누가
고양이를
죽였나

윤대녕 소설집
누가 고양이를 죽였나

초판 1쇄 발행 2019년 1월 11일
초판 2쇄 발행 2019년 1월 23일

지은이 윤대녕
펴낸이 이광호
주 간 이근혜
편 집 김필균 이민희 조은혜 박선우
펴낸곳 ㈜**문학과지성사**
등록번호 제1993-000098호
주소 04034 서울 마포구 잔다리로7길 18 (서교동 377-20)
전화 02)338-7224
팩스 02)323-4180 (편집) 02)338-7221 (영업)
전자우편 moonji@moonji.com
홈페이지 www.moonji.com

ⓒ 윤대녕, 2019. Printed in Seoul, Korea

ISBN 978-89-320-3499-7 03810

이 도서의 국립중앙도서관 출판예정도서목록(CIP)은 서지정보유통지원시스템 홈페이지
(http://seoji.nl.go.kr)와 국가자료공동목록시스템(http://www.nl.go.kr/kolisnet)에서
이용하실 수 있습니다. (CIP제어번호: CIP2019000126)

윤 대 녕 소 설 집

누가
고양이를
죽였나

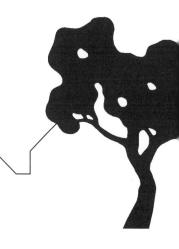

문학과지성사

차례

서울-북미 간

1

4월이 되기 전에 한국을 떠나야 한다고 K는 줄곧 생각했다. 그건 언제부터의 일이었을까? 작년 4월? 아니 어쩌면 몇 년 전부터였는지도 모른다. K 자신이 생각하기에도 다소 막연하고 무모한 발상이다 싶었으나, 그럴 수 있는 기회가 3월 초에 갑작스럽게 찾아왔다. 재작년에 암으로 부인을 잃은 의과대학 후배가 K에게 전화를 걸어와 페이 닥터 자리를 구할 수 있느냐고 물어왔던 것이다. 그는 부인이 암 선고를 받자 자신이 운영하던 개인 병원을 정리하고 마지막 순간까지 아내의 옆을 지킨 뒤 고향 거제도로 내려가 이때껏 소식이 없던 터였다. 그러니까 서울로 다시 돌아오기 위해 K에게 전화를 한 셈이었다. 그는 아이들 학교 문제 때문이라고 단순하게 말했다.

사흘 뒤 K는 후배와 만나 점심을 먹으면서 당분간 자신의 병원을 맡아줄 수 없냐고 오히려 부탁하는 입장으로 얘기하고 있었다. 같은 페이 닥터라도 원장 자리를 두고 한 말이었다. 왜냐고 묻는 후배에게 K는 긴 휴가를 떠날 계획이라고 에둘러서 대꾸했다. 기간이 얼마가 될지는 K 자신도 알 수 없었다.

후배에게 병원 인수인계를 끝내고 K는 3월 하순에 비행기로 무려 열 시간이 걸리는 북미(北美)의 한 도시인 밴쿠버에 도착했다. K는 이 도시에서 먼저 H를 만나볼 생각이었다. 공항에 내려 K는 H에게 자신이 가까이에 와 있음을 알렸다. 3년 전에 두 사람은 페이스북을 통해 알게 됐고 이때껏 꾸준히 연락을 유지해왔다. 그러나 직접 통화를 하거나 만난 적은 없었다. 미리 알리지도 않고 찾아와 막상 부담을 느끼고 있는 걸까. K가 호텔에서 나흘째 머무는 날까지 H에게서는 아무런 응답이 없었다. 페이스북에서도 접속한 흔적을 찾을 수 없었다. 구글 지도 찾기로 검색해보니 K가 머물고 있는 호텔과 H가 사는 곳은 차로 한 시간 정도 거리에 떨어져 있었다.

호텔에 머무는 동안 K는 아침저녁으로 근처에 있는 숲을 산책했다. 3, 40미터씩 되는 미송과 붉은 삼나무로 뒤덮인 이 거대한 숲은 서쪽으로 바다를 끼고 있었고, '태평양의 영혼'이라는 이름이 붙어 있었다. 수많은 트레일이 거미줄처럼 얽혀 있어 K는 첫날 숲에 들어갔다가 길을 잃고 호텔로 돌아오는 데 한참이나 애를 먹었다. 텔레비전에서는 연일 자막으로 '봄철 곰 주의보'를 흘려 내보냈다.

도착한 다음 날 K는 한국인 교민이 운영하는 렌터카 업체를 찾아가 일제 혼다 어코드 차량을 렌트하면서 임대 기간을 일단 한 달로 정했다. 또 당장 필요한 일은 아니었으나 이민국에 전화를 걸어 워크 퍼미트 신청 절차에 대해 알아보았다. 현지 면허를 취득해 장기 체류를 하려면 비자 변경 신청을 하거나 아예 이민 절차를 밟아야만 했다. 사흘째 되던 날에는 H가 운영하는 다운타운의 서점에 가보았지만 문이 닫혀 있는 상태였다. 서점의 규모는 K의 짐작보다 작았고 영어 학습 교재와 한국어 서적을 취급하고 있다는 문구가 간판에 적혀 있었다. 주로 유학생과 현지 교민을 상대로 하는 서점인 듯했다. 출입구에 '휴가 중'이라고 씌어진 쪽지가 붙어 있는 것을 발견하고 K는 낙담한 심정으로 돌아섰다.

그 외 대부분의 시간을 K는 호텔 방에서 보냈다. 혼자 관광을 할 기분은 아니었고 단지 음식을 사 먹기 위해 주변을 기웃거리며 돌아다니고 싶지도 않았다. 공항에 내린 순간부터 어쩌다 한국인끼리 눈이 마주치면 서로 은근히 외면한다는 느낌을 받고 나서는 더욱 밖에 나가는 일을 꺼렸다. 어디를 가더라도 한 번은 한국인과 마주치게 됐는데, 괜한 자격지심 때문인지 K도 그때마다 반사적으로 눈길을 피하곤 했다.

H와 연락이 되지 않는 시간이 길어지면서 K는 자신이 그

녀에 대해 과연 얼마나 알고 있는지를 새삼 자문해보았다. 만난 적이 없었으므로 물론 단정적으로 안다고 말하기는 어려웠다. 동시에 K는 H에 대해 너무나 많은 것을 알고 있다고 생각했다. 지난 3년 동안 수많은 대화를 주고받으면서 상대에 대한 온갖 사소한 정보가 누적돼 있는 게 사실이었다. 게다가 서로의 얼굴이 등장하는 사진도 그간 여러 차례 주고받은 터였다. 다만 통화를 한 적이 없었으므로 목소리의 고유한 톤이나 울림은 여전히 미지인 채로 남아 있었다. 교신의 시간과 단계가 지날수록 오히려 서로 통화를 꺼렸던 것은 그간에 자기 방식대로 쌓아놓은 상대에 대한 환상이 훼손될지 모른다는 일말의 두려움 때문이었을 것이다. 누군가와 실제로 대면한다는 것은 언제나 엄중함과 두려움이 뒤따르게 마련이었다. 그러므로 K는 H를 만나는 일에 대해서도 지나친 기대를 품지 않으려 했다. 살아오는 동안 자신이 만들어놓은 환상의 누추한 실체를 목격하면서 그때마다 조용한 절망과도 같은 체념을 여러 번 경험했기 때문이었다.

두 사람이 페이스북에서 교신을 하게 된 계기는 이러했다. H가 로키 밴프를 여행하면서 풍경 사진을 몇 장 올렸고 K는 눈에 뒤덮인 웅장한 산들을 눈여겨보다 무심코 '그 숲에서 곰을 만났나요?'라는 글을 메신저에 남겼다. 잠시 후 H가 '곰? 무슨 곰요?'라고 물어왔다. 둘 사이의 대화가 이어져, K는 영화 「가을의 전설」의 마지막 장면, 즉 늙은 주인공이 곰과 사투를 벌이다 장렬하게 죽는 장면을 언급하고 나서 '야생의 곰과 가까이에서 대면해보는 게 오래된 꿈이자 열망'이라고 덧붙였다. 그러자 H가 뜻밖의 말로 응대해왔다.

'K 씨께서는 현상의 역동이 아니라, 그 안에 전해 내려오는 풍속까지 욕망하시군요. 무엇이 K 씨를 그렇게 만든 걸까요?'

순간 K는 바늘로 심장이 찔린 듯한 뜨거운 감정에 사로잡혔다. 그 감정의 실체를 분명히 알아차리기도 전에 K는 자신이 원하는 궁극의 상태에 대해 장황하게 토로했다.

'혼돈을 치대고 패서 달궈 곁눈질과 수군거림 가운데 조응하는 정중동(靜中動)의 상태에 이르기를 염원하며 살고 있습니다. 불에서 달궈져 나온 도자기처럼 말입니다.'

이후 K와 H의 교신은 거듭되어 어느덧 일상적으로 변해갔다. 그 과정에서 K는 H가 캐나다 국적을 가진 교민이며 한국을 떠난 지 이미 17년이 되었다는 사실을 알게 되었다. 더불어 딸과 둘이 살면서 다운타운에서 서점을 운영하고 있다는 것도, 고향이 제주도이며 서울에서 대학을 나왔다는 사실까지도. H는 1969년생, 한국 나이로는 마흔일곱 살이었다. K도 H에게 물론 자신의 신상을 공개했다. 1962년생 81학번이며 직업은 신경정신과 전문의, 자세한 사정은 밝히지 않았지만 현재 혼자 살고 있다는 것까지.

두 사람이 심정적으로 더욱 가까워지게 된 계기는 어느 날

H가 '고향이 그리워 몸이 타들어갈 지경'이라는 메시지를 K에게 보내온 다음이었다. H는 제주의 검은 돌과 노란 유채꽃과 자리물회와 한치회와 연둣빛의 바다와 거친 바람과 사람들의 얼굴이 사무치게 그립노라고 K에게 격정적으로 토로했다. 이렇듯 폭발할 듯한 향수(鄕愁)의 순간들이 2, 3년 간격으로 어김없이 찾아온다고 했다. 그 메시지를 받은 주말에 K는 제주도로 내려가 H가 그토록 그리워하는 것들을 카메라에 담아 시간대별로 페이스북을 통해 전송했다. 또한 한치, 옥돔, 문어, 다시마, 멸치, 미역 등속의 건어물을 택배로 부쳐주었다. H는 감격한 듯했고 급기야 K와 기회가 되면 한번 만나보고 싶다, 캐나다에 올 일이 있었으면 좋겠다, 심지어는 보고 싶다,라는 벌거벗은 말까지 서슴없이 주고받게 되었다. 시간이 지남에 따라 K와 H는 마치 오래된 연인인 양 서로에게 익숙해졌고 하루라도 연락이 되지 않으면 어느덧 초조함을 느끼는 사이로 변했다. 하지만 역시 사이버 공간에서 발생한 관계였으므로 서로 내밀한 것들은 여전히 완고하게 은폐돼 있었다.

2

H와 말문을 트기 대략 1년 전부터 K는 완전히,라고 해도 무방할 만큼 삶에 대한 의욕을 상실한 채로 살아왔다. 온몸의 힘줄이 마디마디 끊어진 것처럼 말이다. 그즈음 K는 자신의

직업조차 견디기 힘들어하며 하루하루를 억지스럽게 버텨내고 있었다. K는 이미 알코올 중독 상태였고 직업이 의사임에도 외부와의 접촉을 거의 차단한 채 살았다. 이렇게 된 데는 대체로 남들도 수긍할 만한 이유가 있었다.

4년 전 여름, K는 불의의 사고로 외동딸을 잃었다. 그가 쉰 살이 되던 해였고 딸은 막 대학에 입학한 새내기 스무 살이었다. 여름 방학을 맞아 딸은 대학 동아리 회원들과 강원도 인제로 떠났고 다음 날 오후 내린천에서 래프팅을 하다 급류에 휩쓸려 사망하고 말았다. 그 자체도 받아들이기 힘든 일이었는데, 딸의 죽음은 부부 관계의 파국으로 이어졌다. 딸이 래프팅을 떠나는 걸 처음부터 반대했던 아내는 경찰의 연락을 받자마자 눈을 부릅뜨고 악다구니를 쓰며 K를 몰아붙였다. K는 아무 할 말이 없었다. 딸이 대학생이 되기까지 교육 문제를 포함해 아내가 도맡아 키우다시피 했던 것이다. 그렇다고 K가 딸을 사랑하지 않은 건 아니었다. K는 나이를 먹어감에 따라 자신에게서 하나씩 사라져가는 것들이 딸에게서 오롯이 되살아나는 것을 지켜보며 많은 순간 경이로움과 신비로움을 느끼곤 했다. 그렇기 때문에 K는 가급적 딸이 원하는 대로 해주고 싶었으나, 아내는 사뭇 입장이 달랐다. 대학을 졸업할 때까지는 세상살이에 대한 판단 능력이 부족하므로 부모가 적극적으로 개입해 보호해주고 모양새를 갖춰줘야 한다는 것이었다. 요컨대 딸은 중학교 때부터 장차 국문학을 전공해 교사가 되고 싶어 했으나, 아내의 강압에 가까운 설득에 의해 결국 음대에 진학했고 그러기 위해 무려 6년 동안 방과 후 레슨을 받아야 했다. 아내는 직접 딸을 차에 태워 유명 대학교수의 집까지 데려다주고 레슨이 끝날 때까지 밖에서 기다렸다가 밤늦게 데려왔다. 그렇게 대학에 입학한 딸은 노골적으로 엄마와 맞서기 시작했다.

딸이 동아리 회원들과 래프팅을 떠난다고 했을 때도 아내는 이런저런 사회적 재난들을 열거하며 극구 막아섰다. K가 듣기에도 어느 정도 납득할 만한 얘기들이었다. 하지만 딸은 놀라우리만치 사납게 반발하면서 며칠을 두고 엄마와 격렬하게 맞섰다. 아내도 쉽게 물러설 기미가 없었다. 보다 못한 K가 끼어들어 아내에게 말했다.

"이제 대학생도 됐고 하니 혜정이가 하고 싶은 대로 내버려둬. 그동안 마음에도 없는 공부 한다고 고생한 게 사실이잖아."

K는 딸에 대해 늘 안쓰러운 마음과 함께 야릇한 자책감을 품고 있었다. 다름 아닌 그 자신이 과거에 국어 교사 겸 시인이 되고 싶어 했고 부모의 집요한 강압에 의해 그다지 적성에 맞지 않는 직업을 선택했기 때문이었는지도 모른다. K의 말속에 자신에 대한 은근한 비난이 섞여 있다는 것을 아내가 모를 리 없었다.

"당신이 그동안 혜정이한테 해준 게 뭐가 있다고 그런 말을 하는 거죠?"

"부모가 자식한테 이기적으로 뭘 해주는 게 중요한 게 아니라, 자식이 하고 싶은 대로 뒤에서 지켜봐주는 게 오히려 부모의 역할이자 도리가 아니겠어?"

아내는 K를 차갑게 흘겨보며 혀를 찼다.

"한국은 미국이나 유럽 같은 선진국하고는 시스템 자체가 다르잖아요. 몰라서 그래요? 하물며 재난 방지 장치는 말할 것도 없고요. 이런 나라에서 어떻게 부모가 자식을 무책임하게 방치해요?"

"알아들었으니, 이번엔 혜정이가 하고 싶은 대로 그냥 놔둬. 도대체 언제까지 애를 간섭하고 관리할 셈이야."

K는 냉장실 같은 병원 영안실에서 죽은 딸의 얼굴을 내려다보았다. 물에서 건져낸 흔적이 그대로 남아 있었다. 이마에는 수초 건더기와 함께 머리칼이 말라붙어 있었고 입술은 보라색에 가까운 파란색으로 변해 있었다. 아무래도 실감이 나지 않아 K는 손가락으로 죽은 딸의 볼을 눌러보았다. 경직된 피부의 차가움이 섬뜩하게 온몸으로 전해져왔다. 그 순간 K는 커다란 바위가 가슴에 들어와 박히는 걸 느꼈다. 손가락으로 누른 볼은 움푹 패 들어간 상태에서 밀가루 반죽처럼 그대로 있었다. 어쩔 수 없이 마지막이라는 생각이 몰려와 K는 부들부들 떨면서 딸의 얼굴에 자신의 얼굴을 가져다 댔다. 딸의 몸에는 음지에서 서식하는 버섯 냄새가 배어 있었다.

딸의 장례를 치르고 돌아온 밤, K는 거울 앞에 서서 면도칼로 눈썹을 밀어버렸다. 이후로는 차갑고 낯선 세상에서 스스로 업을 짊어진 존재로 살아가게 됐다고 K는 생각했다. 아마도 정신적 외상 때문이었으리라. 딸이 죽고 나서 K에게는 심한 피부 발진이 생겼다. 피부과 전문의를 찾아가니 알레르기는 대개 원인을 알 수 없기 때문에 근본적인 치료가 불가능하다고 했다. 성인 아토피의 일종일지도 모른다는 애매한 말도 덧붙였다. 스테로이드와 항히스타민제를 복용하면서 그때마다 증상을 가라앉히는 수밖에 달리 방법이 없었다. 붉은 반점은 독버섯처럼 몸에 번졌고 이후 6개월 뒤에나 서서히 가라앉았다.

딸의 죽음에 따른 후유증은 거기서 끝난 게 아니었다. 아내와의 사이에 생긴 균열은 끝내 회복되지 않았다. 아내는 모든 원인과 잘못이 K에게 있다며 한시도 비난을 멈추지 않았고 감정을 조절하지 못해 K가 입고 다니는 옷을 가위로 조각내놓기도 했다. 제풀에 견디지 못한 아내는 결국 친정으로 옮겨갔다. 그러고는 몇 달 후 협의 이혼 서류를 보내왔다. K는 묵묵히 서류에 도장을 찍어 아내에게 보냈다. 법원에서 이혼이 확정되자 아내는 마흔여덟 살의 나이에 요리 공부를 하러 간다며 한국에서의 생활을 정리하고 프랑스로 떠났다.

K는 일상적으로 술을 마셨다. 뼈에 찬바람이 숭숭 드나드는 듯한 공허함과 모진 자책감이 아귀처럼 그를 다그쳤다. K는

병원 근처에 있는, 머리가 하얀 할머니가 꾸려가는 허름한 술집에 저녁마다 출근하다시피 했다. 어느덧 이쪽의 사정을 알게 된 주인 할머니는 K를 적당히 위로하면서 아픈 자식처럼 대해주었다. 그럴수록 K는 술에 빠져들었고 몸의 균형이 흔들리면서 직업적으로도 문제가 발생하기 시작했다.

K는 자신을 찾아오는 환자들에게 이미 진력이 나 있었다. 월요일 아침에 병원의 문을 열자마자 피곤한 몰골의 사십대 부부가 찾아와 미처 문진을 하기도 전에 부부 싸움을 시작해 오전 내내 다른 환자를 받지 못한 경우도 있었다. 그들은 2년이 넘게 부부 관계가 없는 상태였는데, K가 판단하기에는 남편에게 다른 여자가 있는 게 분명했고 부인도 이를 적극적으로 의심하고 있었다. 하지만 남편은 부정도 긍정도 하지 않은 채 요지부동으로 앉아 있으면서 아내의 입에서 거친 말이 튀어나올 때마다 초점이 없는 눈으로 K를 쳐다보곤 했다. 애초에 처방이 불가능한 상황이었다. 처방이라 한다면 아내 쪽에서 목소리를 좀 낮추고 외모에 다소 신경을 쓰는 것 정도일 텐데, 이런 말은 모름지기 의사가 환자에게 할 수는 없는 노릇이었다. 그 외에도 지하 유흥업소에서 일하는 젊은 여성들(가급적 지상의 삶으로 복귀하라는 고언과 함께 신경안정제 처방), 여자 쪽에서 헤어지려고 하자 자해를 일삼는 연하의 남자를 애인으로 둔 삼십대 중반의 회사원(남자는 죽지 않을 터이니 대책 없이 끌려다니지 말고 자신부터 챙기라는 말과 함께

신경안정제와 수면제 처방), 재산 문제로 다투다가 얼떨결에 자식에게 폭행을 당한 노인(정신 건강을 위해 어느 정도 떼어 주고 단계적으로 관계를 정리하라는 훈수와 함께 요가 등의 운동 요법 처방) 등등의 환자 아닌 환자들과 얘기를 주고받다 보면 K는 다름 아닌 자신이 정신과 전문의에게 상담을 받고 싶은 지경이 되어 속으로 진저리를 쳤다. 급기야 K는 직업을 바꾸거나 이민을 가거나 아무튼 전면적으로 개조에 들어가지 않는 한 더 이상 삶을 지탱하기 어렵다고 스스로를 진단했다. 그리하여 산 것도 죽은 것도 아닌 환멸과 무기력의 날들이 매듭 없이 이어졌다. 그러던 어느 날 K 자신도 아내처럼 한국을 떠나야겠다고 결심을 하게 되는, 화염과도 같은 재난의 날들이 다시 찾아왔다.

3

그 전날 K는 오전 진료를 쉬고 딸의 유골이 안치된 분당 메모리얼 파크에 다녀왔다. 4월 15일이 죽은 딸의 음력 생일이었다. 그리고 저녁에는 술을 마시고 자정께 귀가한 다음 샤워를 하고 잠이 들었다. 이튿날인 수요일은 여느 날과 다름없이 빵과 사과와 커피로 간단히 아침 식사를 하고 8시 30분에 병원으로 나갔다. 날씨는 대체로 맑았고 머리가 조금 무거웠으나 컨디션은 나쁜 편이 아니었다. 오전에 진료를 예약한 환자는 열두 명이었다.

접수실을 겸한 환자 대기실에서 소란스러운 느낌이 전해져
온 건 오전 10시 무렵이었다. 그때 K는 시어머니를 요양 병원
에 보내는 문제를 두고 남편과 갈등을 겪고 있는 사십대 부인
과 진료 상담을 하던 중이었다. 뭔가 느낌이 심상치 않아 K는
간호사를 내보내 밖을 살펴보라고 했다. 잠시 후 간호사가 들
어와 남쪽 바다에서 선박 사고가 난 것 같다고 K에게 말했다.
그래? 비껴 있는 문 사이로, 진료를 기다리던 환자들이 텔레
비전 앞에 모여 웅성거리는 게 보였다. 사십대 부인과의 상담
을 마치고 K는 대기실로 나갔다. 텔레비전에서는 여객선 사
고와 관련된 뉴스 특보를 내보내고 있었다. 전날 밤 9시에 인
천항을 출발해 제주도로 수학여행을 가는 고등학생 325명과
교사 15명 외 일반 승객들을 태운 여객선이 진도 앞바다 병풍
도 인근에서 현재 침몰 중이라는 뉴스였다. 이미 침수가 시작
돼 옆으로 기운 거대한 선박 주위로 부근에서 조업 중이던 어
선들이 몰려와 있었고, 상공에는 헬리콥터가 날아다녔으며
일부 구조된 선원과 승객 들이 어선과 해경 경비정에 의해 실
려 나오고 있었다. K는 환자들 틈에서 텔레비전을 지켜보며
또 대형 사고가 터졌군, 이라고 생각하며 다음 환자를 받기 위
해 진료실로 들어갔다. 그리고 11시가 조금 넘은 시각에 간호
사를 통해 승객들이 전원 구조됐다는 얘기를 전해 들었다. 다
행이군. K는 12시 30분 점심시간이 되어 진료실 밖으로 나가

다시 텔레비전 앞으로 다가갔다. 그 시각 선체는 대부분이 수면 아래로 가라앉은 상태였다. 아까 간호사에게 전해 들은 애기와는 달리 아직도 대부분의 승객들이 배 안에 갇혀 있다는 보도가 되풀이해서 흘러나오고 있었다. 사고 해역인 병풍도 인근 바다는 말 그대로 전시(戰時)나 다름없었다. 그제야 K는 사태의 심각성을 제대로 깨달았다. 이어 K의 몸에 돌연 이상 반응이 나타났다. 숨이 점점 가빠지더니 급기야 기도가 조여들기 시작했다. 뒤미처 대기실 안으로 거칠게 물이 쏟아져 들어오면서 자신의 몸이 수직으로 가라앉고 있는 듯한 착각에 사로잡혔다. K는 가슴을 움켜쥐고 그대로 소파에 주저앉았다. 몸을 비틀어보았으나 도저히 숨을 쉴 수가 없었다. 어떤 상황인지를 직감적으로 눈치챈 간호사가 재빨리 서랍을 뒤져 기관지 확장제를 가져와 K의 입안에 뿌려주었다.

잠시 후 숨을 쉴 수 있게 되었을 때, K는 자신에게 급성 천식이 찾아왔음을 알았다. K는 그날 오후 진료를 취소했다. 그러고는 병원 문을 닫고 다음 날 새벽까지 죽은 듯이 텔레비전을 쏘아보았다. 사이사이 죽은 딸의 얼굴이 K의 눈앞에 스쳐갔고 가슴에 깊이 묻어두었던 고통이 되살아나면서 거듭 숨통이 막혀오곤 했다. 중앙재난안전대책본부의 발표는 수시로 바뀌면서 승선객을 포함해 사망하거나 실종된 인원의 숫자를 정확히 파악하지 못하고 있었다. 그런 데다 밤새 수색 작업은 제대로 이뤄지지 않았다. K는 새벽녘부터 피부 발진이 도져 계속 몸을 긁고 있었다.

　사고 발생 사흘째인 18일 아침에 K는 텔레비전을 통해 실종자 가족 대국민 호소문 발표를 시청했고, 그로부터 불과 세 시간이 지난 12시 35분에 여객선이 완전히 수면 아래로 사라지는 장면을 뜬눈으로 지켜봤다. 한 잠수사의 증언에 따르면 학생들이 의자로 창문을 두드리며 다급하게 구조를 요청하고 있었으며, 또 물이 새들어오지 않게 담요로 창문을 막는 학생들도 있었다고 했다. 잠수사는 공황장애에 시달리고 있었다. 사고 발생 5일째가 돼서야 중앙재난안전대책본부는 승선자 476명, 구조 인원 174명, 사망자 58명으로 집계 발표했다. 그러므로 나머지 244명은 차가운 봄 바다에 이미 수장됐거나 실종됐다는 뜻이었다. 그들 대부분은 아직 십대의 어린 생명들이었다.

　4월이 가고 5월이 찾아왔으나 여객선 침몰 사고와 관련된 뉴스는 연일 경쟁적으로 계속됐다. K는 밤마다 아이들이 물속에서 아우성치는 꿈을 꾸다 숨이 막혀 깨어나기를 되풀이했고 피부 발진은 점점 악화됐다.

　5월 첫째 주 화요일 점심시간에 K는 서울 시청 앞에 설치된 여객선 희생자 임시 합동 분향소에 조문을 다녀왔다. 광화문에서 시청 앞까지 이르는 세종로는 온통 노란색으로 물들어 있었다. 조문 순서를 기다리며 뒷전에 서 있을 때, K는 이것이 다름 아닌 피난민의 행렬이자 죽음의 행렬이라는 생각이 들었다. 햇빛 속에서 K는 몸이 부패해 들어가는 듯한 현기증에 시달리고 있었다. 더불어 오랫동안 내면에 깊이 감춰져 있던 부채 의식과 자괴감이 되살아났다. 81학번으로 대학에 입학했으나 K는 적극적으로 시대에 동참하지 못한 채 언저리를 맴돌았고 군 복무를 마치고 복학한 1987년에도 사정은 마찬가지였다. 이를테면 K는 시위에 가담한 주변의 학생들이 의대생인 자신을 배타적으로 대하고 있다는 치졸하고 비겁한 생각에 사로잡혀 있었으며 그럴수록 어둡고 나약한 자의식에 빠져 슬그머니 뒷전으로 물러나 있었다. 몽매에도 계급 의식 따위는 갖고 있지 않다고 여겼으나, 병원을 개업한 후에는 기득권층에 속하게 되었다는 사실을 K 자신도 부인할 수는 없었다. 나이가 들어가면서 K는 체념이라도 한 양 세상일에 점점 무심해졌다. 그것이 체념보다는 묵인에 가깝다는 사실을 속내로는 번연히 알면서도 말이다. 그렇게 열정이나 희망이라는 말을 잊어버린 대신 어느덧 타협과 권태를 적당히 즐길 줄 아는 중년의 나이가 되었다. 그런 K에게도 온전한 기쁨이라는 게 있다면 나날이 미루나무처럼 성장하는 딸을 지켜보는 일이었다. 그런데 어느 날 조문객의 행렬에 함께 서 있게 되었을 때, K는 불현듯 허파가 뒤집히는 고통을 느끼고 있었다. 딸의 죽음에 자신이 직접적으로 관계돼 있음을 뒤늦게 알게 된 것이었다. 더불어 3백 명이 넘는 여린 생명의 죽음과 실종에도 자신이 깊이 연루돼 있다는 사실을 깨달았다. K는 치를 떨었다. 섣부른 체념과 방관이, 손쉬운 타협과 무관심이 이다지도 커다란 업이 되어 돌아올 줄 미처 몰랐던 것이다.

시청 앞 합동 분향소에 다녀온 그날 오후에 어떤 여대생이 진료 상담을 하기 위해 K를 찾아왔다. 긴 머리에 키가 훌쩍 크고 깡마른 학생이었다. 그녀의 가슴엔 예의 노란 리본이 달려 있었다. 며칠 동안 잠을 못 잔 듯 얼굴에 검은빛이 서렸고 눈의 초점이 흐렸다. 그러나 그 눈빛 속에서 K는 조용한 적의와 분노와 삭여지지 않는 고통이 이글거리는 것을 보고 적이 긴장했다. 무슨 일로 왔냐고 K는 그녀에게 물었다.

"상담을 좀 받아보려고요."

물론 그럴 터였다. 진료 카드를 보니 스물두 살, 대학교 3학년의 나이였다. 힘겨운 듯 그러나 또랑한 목소리로 그녀가 말했다.

"실은 제 사촌 동생이 지난 4월 16일에 발생한 여객선 침몰 사고로 죽었거든요? 고등학교 2학년 여학생이었죠. 설마 그 사고를 모르시진 않겠죠?"

K는 진료 카드를 작성하다 고개를 들어 그녀를 마주 보았다.

"근데 제가 낼모레 진도에 가야만 해요. 사학과 학생인데 진도로 사적 답사를 가기로 학기 초부터 예정이 돼 있었거든요. 저는 과대표를 맡고 있고요."

그런데요?라고 물으려다 K는 입을 다물었다.

"근데 제가 진도에는 가슴이 떨려서 도무지 가고 싶지 않거든요? 이럴 땐 어떻게 하면 좋겠어요?"

이쯤에서 K는 대답을 해야만 했다.

"내가 할 얘긴지는 모르겠으나, 사적 답사를 가을 학기로 미루는 게 어떨까요. 지금은 다들 그러고 있지 않나요?"

그녀는 사이를 두지 않고 K에게 쏘아붙이듯 말했다.

"하지만 가긴 가봐야 하잖아요. 팽목항에 말예요. 아직도 배 안에 수많은 아이들이 갇혀 있잖아요. 안 그래요?"

"……"

"선생님 말씀대로 답사는 뒤로 미루고, 저 혼자라도 팽목항에 가는 게 좋을까요? 도무지 가고 싶지는 않지만요."

K는 그제야 깨달았다. 그녀는 지금 어른인 누군가에게 따지듯 호소를 하고 있는 중이었다. 말하자면 그 누군가를 찾지 못해 결국 신경정신과 병원을 찾아온 것이었다. 하지만 K는 도대체 대꾸할 말이 없었다. 상처 입은 이 순결한 영혼 앞에서 처방이랍시고 뻔한 얘기를 늘어놓고 싶지도 않았다. 서로가 침묵이 필요한 시간이라고 K는 생각했다. 침묵이 길어지자 그녀는 마침내 고개를 떨구고 숨죽여 울기 시작했다. 그녀의 모습을 바라보면서 K는 자신의 가슴에 다시금 뜨거운 돌이 들어와 박히는 것을 느꼈다.

그녀에게 해줄 말을 끝내 찾지 못한 K는 다만 병원 문 앞까지 그녀를 배웅해주는 것으로 진료를 대신했다. 엘리베이터를 타고 병원으로 올라오는 동안 K는 자신이 더 이상 환자를 볼 수 있는 상태가 아니라는 것을 느꼈다. 아닌 게 아니라 K는 그날 알코올 중독자와 상담을 하면서 환자와 언쟁을 벌이고 있는 자신을 발견했다.

4

H에게서 전화가 걸려온 것은 K가 호텔에서 5일째 머물던 날이었다. 오전 10시경이었고 상대방은 차분한 목소리로 자신이 H라고 밝혔다. 이어 K가 머물고 있는 장소를 물어온 다음, 한 시간쯤 후에 호텔 커피숍에 도착하겠노라고 덧붙였다. H의 태도가 지나치리만큼 침착했으므로 K는 잠시 당황했다.

H는 어깨까지 구불구불 내려온 머리칼에 선글라스를 쓰고 있었으며 하늘색 재킷에 검은 면바지 차림이었다. 테이블 위로 햇살이 드리운 창가에 앉아 그녀는 삼나무 숲을 내다보고 있었다. K는 직감적으로 H를 알아보았고 그녀 앞으로 천천히 다가가 자신의 이름을 밝힌 다음 무심코 손을 내밀었다. H는 앉은 자세에서 K가 내민 손을 물끄러미 바라보았다. 이어 자신의 손을 내려다보며 어쩐지 미안하다는 어조로 말했다.

"근데 어쩌죠? 제 손이 아주 차갑거든요."

K는 괜찮다고, 악수를 나누고 싶다고 말했다. H의 손은 정말이지 얼음처럼 차가웠다. K가 맞은편 자리에 앉자 H는 잊었던 듯 선글라스를 벗어 테이블 위에 올려놓았다. 이어 눈으

로 조금 웃어 보였다.

"정말 반가워요. 실제로 이렇게 만나게 될 줄은 몰랐어요."

눈가에 잡힌 주름살이 인상을 부드럽게 만들었다. H의 눈은 공허해 보일 만큼 맑고 깊었다. 오래전에 모국을 떠난 사람들에게서 흔히 엿보이는 근원적인 결핍감 때문일까?라고 K는 생각했다. H는 먼저 연락이 늦은 이유에 대해 설명했다. 일주일 전 딸과 함께 여행을 떠났다 어젯밤에야 돌아왔노라고 했다. 첫날은 토론토로 가서 근처에 있는 나이아가라 폭포를 관람하고, 다음 날은『빨간머리 앤』의 무대로 알려진 프린스에드워드섬으로 옮겨 가 거기서 하루를 묵었다고 했다. 그리고 다시 토론토로 돌아와 로키산맥을 관통하는 동서 횡단 열차를 타고 3박 4일에 걸쳐 밴쿠버로 돌아왔다는 것이었다. 그동안 H는 페이스북에 접속하지 않았고 K가 보낸 메시지도 돌아온 뒤에나 확인할 수 있었다.

왜, 무슨 일로 이곳에 오게 됐냐고 물어올 법도 한데, H는 그러지 않았다. K는 문득 그녀와의 사이에 가로놓인 서먹한 거리를 느끼고 있었다. 서로 알게 된 지는 오래됐으나 첫 대면에서부터 비로소 만남이 시작된다는 걸 K도 물론 알고 있었다.

H의 커피 잔이 빈 것을 확인하고 K는 밖으로 나가 좀 걸을까요?라고 그녀에게 물었다. 새벽까지 비가 내리고 나서 날씨는 투명하게 개어 있었다. H는 망설이는 표정이더니 K와

눈이 마주치자 그럴까요?라며 가방을 챙겨 들고 자리에서 일어났다. 호텔 밖으로 빠져나오는 사이에 K는 H가 한쪽 다리를 조금 절고 있다는 사실을 눈치챘다. 금방 눈에 띌 정도는 아니지만 왼쪽 다리를 절고 있었다.

두 사람은 미송과 삼나무가 우거진 숲으로 들어갔다. 이곳엔 처음 와봐요,라고 H가 먼저 말문을 열었다. K는 얼굴을 들어 숲의 우듬지를 올려다보았다. 밀집한 나무들 사이로 언뜻언뜻 햇빛이 스쳐 지나갔다.

"밤이면 곰이 나타날 듯한 숲이에요. 안 그런가요?"

H가 농담조로 웃으며 말했다.

"혹시 곰을 찾으러 오신 건가요?"

대꾸를 하는 대신 K는 다시 손을 잡아봐도 되겠냐고 H에게 물었다. 네?라며 그녀는 잠시 머뭇거렸다.

"그동안 내가 알아왔던 사람이 바로 이 사람인지 다시 확인하고 싶어서요."

H는 고개를 갸웃하더니 K에게 옆으로 손을 내주었다. 침엽수가 빼곡히 우거진 숲의 그늘에선 이끼와 양치류 들이 낮게 낮게 숨죽여 자라고 있었다. 저절로 숨이 다해 스러진 썩은 나무둥치에 군데군데 버섯들이 달라붙어 있는 것을 K는 눈여겨보았다. 차가운 손의 느낌과 함께 K는 버섯의 냄새를 떠올렸다. 숲속에는 군데군데 시냇물이 흐르고 있었고 검은 지느러미를 끌고 이따금 송어가 돌아다니는 게 보였다.

묻지도 않았는데 H가 불쑥 말했다.

"딸아이를 임신했을 때 제 인생을 바꿔놓은 일이 발생했어요. 네, 한국에서요. 그때 충격을 받아 뇌혈관의 일부가 손상됐죠. 그 후 왼쪽 다리를 절게 됐고요."

그게 어떤 일이었는지 K는 묻지 않았다. 함부로 물을 수가 없었던 것이다.

"딸은 괜찮습니까?"

"네, 다행스럽게도요."

그 딸은 올해 스무 살이 되어 대학에 입학했노라고 H는 말했다. 전공이 식물학이라는 말도 덧붙였다. K는 지난 3년 동안 H와 나누었던 대화를 떠올리며 오늘 처음 만난 그녀와 일치시키려 애를 썼다. H도 같은 심정이라는 것을 K는 자신이 잡고 있는 손을 통해 느낌으로 알 수 있었다. 서점엔 몇 시까지 돌아가야 하느냐고 K가 물었다. H와 점심을 함께 먹었으면 했던 것이다.

"부활절 연휴 기간이라, 다음 주 화요일부터나 서점의 문을 열게 될 거예요. 그러니 자꾸 시계를 보지 않아도 됩니다. 그리고 가보고 싶은 데가 있으면 얘기하세요. 언제든 함께 동행하겠습니다. 금방 떠나실 건 아니죠?"

K는 앞으로 한 달가량 이곳에 머물게 될 거라고 말했다. H는 그렇다면 서둘지 않아도 되겠네요,라며 가볍게 되받았다. 숲이 끝나는 곳에서 바다가 나타났고 큰 섬들이 수평선을 가로

막고 있어 더 먼 곳의 바다는 보이지 않았다. 해변을 따라 호텔 근처로 돌아오니 오후가 돼 있었다. 두 사람은 베트남 국숫집에서 점심을 먹은 다음 오후에는 H의 차를 타고 스탠리 파크로 옮겨 가 저녁이 될 때까지 시간을 보냈다.

부활절 연휴 기간에 K와 H는 매일 만났다. 그사이에 처음 대면하던 순간의 서먹함이 걷히고 3년의 시간과 함께 쌓여 있던 익숙함이 되살아났다. H는 K를 데리고 자신이 자주 찾는다는 로카르노 해변에 가서 중국인들이 게 잡는 모습을 보여주기도 하고 리치몬드에 있는 한인 마트에서 함께 시장을 봐 오기도 했다. 또 주말에는 왕복 네 시간이 걸리는 휘슬러까지 차를 몰고 가 케이블카를 타고 눈에 뒤덮인 숲과 산맥을 관람했다. 그렇게 H와 함께하는 동안 K는 자신이 왜 이곳에 오게 됐는가를 H에게 말해야 하는 순간이 다가오고 있음을 알게 되었다.

아침부터 종일 비가 내리던 날이었다. 저녁에 서점의 문을 닫고 찾아온 H와 만나 맥주를 마시면서 K는 그동안 밝히지 않았던 자신의 삶에 대해 털어놓았다. 딸의 이른 죽음에 대해서, 파리에 머물고 있는 옛 아내에 대해서, 화염과도 같은 나날의 삶에 대하여, 견뎌내기 힘든 자책감과 자괴감에 대하여, 수시로 엄습하는 멸절의 욕망에 대하여…… 여기까지 얘기했을 때 K는 너무 많은 말을 하고 있다는 생각이 들어 그만 입을 다물었다. H는 이마를 찡그린 채 한마디 대꾸도 없이 잠자코 앉아 있었다. 힘겨운 듯한 표정이 줄곧 H의 얼굴에 거미처럼 달라붙어 있었다.

H는 끝내 입을 열지 않은 채 밤늦게 다운타운 근처의 집으로 돌아갔다. 그러고는 사흘 후에나 연락을 해와 오후에 딸이 다니고 있는 대학에 갈 일이 있으니 그곳 학생회관 앞에서 보자고 했다.

5

H는 학생회관 1층에 있는 구내 서점에 볼일이 있었고 저녁에 딸을 만나 함께 집으로 들어갈 예정이라고 했다. 그사이 비어 있는 시간에 K와 만나기로 한 것이었다. 두 사람은 사소한 얘기를 주고받으며 캠퍼스를 거닐다 아시안 센터 뒤편에 있는 일본식 돌의 정원을 발견하고 그곳으로 들어갔다. 싱그러운 바람이 잔물결처럼 불어가는 가운데 여기저기 벚꽃이 피면서 동시에 지고 있었다. 두 사람은 돌들이 놓여 있는 정원 끄트머리에 앉아 연못에 비친 꽃과 나무와 탑의 그림자를 바라보며 앉아 있었다. 거기서 H는 며칠 전에 K가 그랬듯 자신이 누구이며 지금껏 어떤 삶을 살아왔는지를 얘기했다.

"제주도에서 여고를 졸업하고 88올림픽이 열리던 해 서울로 올라왔어요. 교대에 입학해 4년 내내 기숙사에서 생활했고요. 남들 눈에 그다지 띄지 않는 평범한 여대생이었죠. 변변한 연애도 못 해봤고요. 그러다 대학을 졸업하던 해 같은 과 친구의 소개로 그 애의 오빠를 만나게 됐어요. 대학원에서 박사 과정을 밟고 있는 사람이었죠."

H가 서울로 올라오던 해 K는 대학을 졸업했고 이후 대학병원에서 몇 년을 수련의로 근무했다.

"1994년 가을에 우리는 결혼했어요. 당시 저는 초등학교 교사로 임용된 상태였고 남편은 대학에 강의를 나가고 있었죠. 이듬해 봄에 저는 아이를 임신했고요."

H는 서초동 삼호아파트에서 시부모를 모시고 살았다고 했다. 그러나 결혼 생활은 불과 8개월 정도밖에 되지 않았다. 1995년 6월 29일이라고 H는 구체적인 날짜를 언급하며 K를 돌아보았다.

"그날 무슨 일이 일어났는지 기억나세요? 오후 5시 50분이 조금 넘은 시각에 말예요. 목요일이었죠."

K는 20년 전, 그즈음의 기억을 더듬어보았다. 뒤미처 그날 서초동에서 발생한 사고를 얼른 기억해냈다. H는 점자책을 읽듯 천천히 말했다.

"네, 백화점 붕괴 사고가 일어났죠. 그래서 5백 명이 넘는 사람이 죽었고 끝내 찾지 못한 사람들도 있었고요."

그날 H는 남편과 오후 6시에 백화점에서 만나기로 약속이 돼 있었다. 일요일에 동남아 여행을 떠나는 시부모를 위해 몇 가지 구입할 물건이 있었던 것이다. 더불어 아기용품점에 들

러 미리 구경도 하고 남편과 저녁을 먹은 다음 귀가할 생각이
었다. 남편은 강의가 일찍 끝나 5시쯤 백화점에 먼저 도착해
커피숍에 있노라고 중간에 연락을 했다. H는 서둘러 퇴근한
다음 버스를 타고 백화점으로 향했다. 그녀가 버스에서 내려
백화점 앞 횡단보도에 도착한 것은 정확히 6시 5분 전, 바로
건물이 붕괴되던 순간이었다. 지진이 난 줄 알았다고 H는 떨
리는 목소리로 덧붙였다.

"1, 2초 정도의 아주 순식간에 일어난 일이었죠."

그녀는 두 눈을 부릅뜬 채 자신에게 날려 오는 포연과도 같
은 검은 먼지에 휩싸여 있었다. 그것은 H의 삶이 붕괴되는
순간이었고 배 속의 아이가 아비 없는 자식으로 변하는 순간
이기도 했다. 그녀는 딴 세상을 보듯 그 자리에 넋이 나간 채
로 붙박여 있었다.

정신을 차렸을 때 H는 병원 응급실에 누워 있었다. 그리고
밤이 되어 있었다. 그녀는 곧바로 병원을 뛰쳐나가 다시 백
화점 앞으로 갔으나 주변으로는 접근조차 불가능한 상황이
었다. 남편이 가지고 있는 호출기에 몇 분 간격으로 메시지를
거듭 남겼으나 끝내 연락은 되지 않았다. 남편의 시신을 찾은
것은 붕괴 사고가 발생한 날로부터 무려 열흘이 지난 다음이
었다. K는 숨을 사린 채 연못에 비친 돌과 벚꽃과 나무의 그
림자를 망연히 바라보았다. 그러자니 걷잡을 수 없는 속도로
시간이 휘발되면서 옆에 앉아 있는 H와 자신이 찰나 그림자

로 변하는 듯한 멸절의 느낌이 찾아왔다. 잠시 후 뒷전으로 바람이 불어가면서 연못에 비친 그림자들이 일제히 나부끼듯 흔들렸다. K는 물속에서 빠져나온 듯 크게 숨을 몰아쉬었다.

"남편의 장례를 치르던 날 갑작스럽게 몸이 마비되는 증상이 찾아왔어요. 다음 날 병원에 갔더니 뇌신경에 문제가 생겼다고 하더군요. 아이를 임신한 상태에서 한동안 재활 치료를 받아야만 했죠. 그런데도 저는 친정으로 돌아가지 않고 고집스럽게 시댁에서 살았어요. 남편이 없다는 사실을 받아들이기 힘들었거든요. 아이가 태어나 세 살이 될 때까지 말예요. 그러던 어느 날 시아버지가 저를 부르더니 외국에 나가 아이를 키우며 사는 게 어떻겠냐고 묻더군요. 이 나라는 이래저래 사람이 많이 죽는 나라니, 떠나는 것이 좋을 것 같다고요. 제가 대답을 하지 않자 시어머니까지 나서서 며칠을 설득하더군요."

"……"

"네, 그래서 한국을 떠나오게 됐어요. 비행기 안에서 아이를 안고 눈물을 쏟으면서 말예요. 그러고 나서 지금껏 한 번도 한국에 가지 않았어요."

K는 대꾸할 말을 찾지 못해 굳게 입을 다물고 있었다.

"여기 와서 인생을 처음부터 다시 시작해야만 했어요. 정착하는 과정에서도 물론 어려운 일이 많았고요. 하지만 가끔 도움을 주는 사람들이 나타났고, 아이가 커가는 모습을 보면서 그럭저럭 견뎌낼 수 있었던 것 같아요."

이때 H의 전화벨이 울렸다. 딸에게서 걸려온 전화였다. K와 H는 정원을 떠나 다시 학생회관 앞으로 걸어갔다.

딸의 이름은 제니퍼라고 했다. 작은 키에 눈빛이 여리고 표정이 한없이 맑아 보였다. 그녀는 한국어를 어느 정도 알아들을 수는 있지만 말은 할 줄 모른다고 했다. H와 제니퍼는 줄곧 영어로 대화를 주고받았고 대화 도중에 K가 누구냐고 딸이 묻는 것 같았다. 한국에서 온 의사, 엄마의 친한 친구 등의 말들이 K의 귀에 들려왔다.

세 사람은 학생회관 지하에 있는 초밥집으로 옮겨 가 이른 저녁을 먹었다. 제니퍼는 이따금 K를 빤히 바라보았고 눈이 마주치면 하얀 이를 드러내고 수줍은 표정으로 웃었다. 그녀의 하얀 이가 드러날 때마다 K는 영문을 알 수 없는 슬픔을 느꼈다. 초밥집에서 나와 세 사람은 커피숍에 한 시간쯤 앉아 있었고 6시가 되어 헤어졌다. 제니퍼가 K에게 만나서 반가웠고 다시 만나기를 바란다며 먼저 악수를 청해왔다. 제니퍼의 손은 엄마와 달리 따뜻했다. K는 자신도 모르는 사이에 안도의 숨을 몰아쉬었다.

6

K가 밴쿠버에서 머문 기간은 3주였다. 마지막 주에 H는

K를 데리고 빅토리아섬으로 여행을 갔다. 페리호를 타고 한 시간 사십 분이 걸리는 곳이었다. 1박 2일의 일정이 될 거라고 H는 페리호 안에서 K에게 말했다. 빅토리아섬에 도착하자 찬바람이 거세게 불어가며 비까지 뿌리고 있었다. 항구 가까이에 있는 호텔을 잡은 뒤 K와 H는 우산을 쓰고 밖으로 나왔으나 날씨 때문에 마땅히 갈 만한 데가 없었다. 어찌어찌 한인 식당을 찾아갔으나 문이 닫혀서 두 사람은 중국인이 운영하는 뷔페 음식점에 들어가 저녁을 먹고 맥주를 마신 다음 호텔로 돌아왔다.

이튿날은 믿을 수 없을 만큼 날씨가 맑고 따뜻하게 변했다. 두 사람은 우거진 숲 사이에 난 도로를 달려 관광 책자에 나와 있는 벽화 마을과 토템 마을을 둘러보고 나나이모라는 조그만 항구 도시로 옮겨 갔다. 그곳 시내에서 점심을 먹고 항구에 딸린 공원 데크에서 두 시간 동안 게 잡이를 했다. 누가 보더라도 한가롭게 관광이나 휴가를 온 사람들의 모습이었다. 바다로 길게 뻗어 있는 나무 데크에는 중국인과 인도인, 아랍인, 원주민 들이 한데 뒤섞여 있었다. 밴쿠버로 돌아가는 배는 나나이모 항구에서 오후 7시에 출발 예정이었다.

페리호 안에서 H는 *끄덕끄덕* 졸고 있었다. H의 지친 모습을 훔쳐보며 K는 매 순간 힘겹게 유지하고 있는 그녀의 삶에 자신이 혹시 균열을 내고 있는 게 아닐까,라는 생각에 불현듯 사로잡혔다. 배가 떠가는 동안 바다에 어둠이 내렸다.

K가 머무는 호텔로 돌아오니 밤 10시 무렵이었다. 다시금 비가 부슬부슬 내리고 있었다. 곧장 집으로 돌아가리라 짐작했던 H는 K를 따라 호텔 방으로 올라왔다. 화장실에서 양치를 하고 나온 H는 침대에 걸터앉아 핏발 선 눈으로 K를 올려다보았다. K는 직감적으로 H가 자신에게 할 말이 있음을 알아차렸다. K가 다가가자 H는 재킷을 벗어 의자에 걸치고 침대에 모로 누웠다. 창에 빗방울이 점점이 묻어났다. K는 H의 곁에 누워 그녀가 자신에게 해올 말을 기다렸다.

H가 K의 손을 더듬어 잡아 자신의 배 위에 올려놓았다. 방 안은 어두침침하고 습기가 차 있었다. 잠깐 눈을 감은 사이 K는 방 안에 이끼가 끼어 있는 것 같다는 생각을 했다. H의 몸에서는 찬 비린내 같은 버섯 냄새가 났다. 이윽고 H가 입을 열었다.

"K 씨는 왜 이곳에 오게 됐는지를 아직 저한테 말하지 않았어요. 그렇죠?"

K는 H에게 어떻게 대답해야 할지를 생각했다.

"혹시 저를 찾아오신 건가요?"

그렇다고 대답하려는 순간 K는 무언가가 자신의 입을 가로막고 있다는 걸 느꼈다. 그게 무엇이었을까?

"하지만 그게 다는 아니겠죠. 그렇다면 여기서 살아보기 위해 오신 건가요?"

수많은 말이 턱까지 차올랐으나 K는 여전히 입을 열지 못했다. 과연 이곳에 살기 위해 온 것인가? H가 낮게 한숨을 내쉬고 나서 서글픈 어조로 다시 물어왔다.

"이런 말을 하는 건 아무래도 잘못된 거지만, 혹시 자신을 해치기 위해 오신 건 아니겠죠? 저는 왠지 그런 느낌을 받았는데요."

K는 숨을 사렸다.

"그렇다면 이제 그만 돌아가세요. 지금 옆에 있는 누군가는 계속 살아가야만 하니까요."

K는 순간 되살아난 환멸과 수치심에 휩싸여 한껏 몸을 웅크렸다. H가 K의 손을 바투 그러쥐며 말했다.

"제발 자신을 해치지는 마세요. 그게 또 언제가 될지 모르지만, 저는 K 씨와 다시 만나고 싶거든요."

K는 적지 않은 자신의 나이와 H가 짊어지고 있는 삶의 무게를 동시에 가늠해보았다. 어느 날부터 K는 아침에 눈을 뜰 때마다 습관적으로 자신이 너무 오래 살고 있다고 생각했다. 그제야 K는 이곳에 온 이래 자신이 H에게 사이사이 고통을 안겨주었다는 사실을 알았다. 문득 제니퍼의 여리고 맑은 얼굴이, 자신조차 미처 감지하지 못한 외로움이 몸에 가득 배어 있는 모습이 눈앞에 떠올랐다. 곧바로 죽은 딸의 얼굴이 정령처럼 천장에 어른거리며 나타났다. K는 질끈 눈을 감아버렸다.

H가 돌아간 뒤 K는 새벽까지 잠을 이루지 못하고 있다가, 인터넷에 접속해 광화문에서 여객선 침몰 사고 희생자 1주기 추모 집회가 열리는 장면을 보게 되었다. 경찰이 물대포를 쏘

아대며 저지선을 넘어서려는 시민들을 강제로 해산시켰고 한쪽에서는 유가족을 포함한 시민들을 죄수처럼 연행해가고 있었다.

떠나오기 전날 K는 혼자 차를 몰고 그동안 H와 함께 다녔던 스탠리 공원과 로카르노 해변과 리치몬드에 다시 가보았다. 그러고 나서 밤에 호텔로 돌아와 이윽고 숲으로 들어갔다. 밤의 숲은 정밀한 고요와 농밀한 어둠이 지배하고 있었다. 귀에 들리는 건 오직 자신의 발소리뿐이었다. K는 트레일을 따라 숲 안쪽으로 계속 걸어 들어갔다. 마침내 길을 잃었다고 생각될 때까지.

개울 속에서 튀어 오르는 송어의 소리를 들었던가? K는 숲의 한가운데서 돌연 걸음을 멈추고 눈앞의 어둠을 노려보았다. 무언가 거대한 물체가 가까이에 와 있다는 느낌이 온몸을 움켜며 달겨들었다. K는 숨을 멈췄다. 이어 무겁고 느린 움직임이 불과 몇 발자국 앞에서 감지됐다. K는 이미 오래전부터 각오하고 있었던 듯 가슴을 한껏 벌리고 그가 다가오기를 기다렸다. 손에 잡힐 듯한 지척의 거리에서 그의 거친 숨소리가 들려왔다. K는 눈을 감았다.

코앞에 다가선 그는 커다란 발을 들어 K의 몸을 더듬었다. 고약한 냄새와 함께 날카로운 발톱의 느낌이 몸 구석구석에 생채기로 남는 순간을 K는 생생하게 받아들였다. 급기야 숨이 끊어지는 듯한 절멸의 순간이 찾아옴과 동시에 K는 절로 사정을 했다. 내처 밭은 숨을 뱉어내며 K는 참았던 울음을 토해냈다. 숲의 어둠 속에서 다가온 그는 다름 아닌 자신의 환영이었음을 깨달았던 것이다.

7

한국으로 돌아가는 비행기를 타기 위해 K는 공항에 앉아 있었다. 그사이 H가 전화를 걸어와 만나서 반가웠다는 말과 함께 조심히 살펴 가라는 말을 전해왔다. 언젠가 다시 만날 수 있는 기회가 왔으면 좋겠다는 말도 거듭 덧붙였다. 통화는 짧게 끝났고 K는 커피숍으로 들어가 손목시계를 보며 비행기 출발 시각을 기다렸다.

이윽고 보딩 시간이 되었음을 알리는 방송이 K의 귀에 들려왔다. K는 트렁크의 손잡이를 잡고 무심코 자리에서 일어나려 했다. 한데 웬일인지 몸이 움직여지지 않았다. 순간 K는 당황했다. 잠시 잊고 있었으되, 그동안 가슴에 들어와 박혀 있던 돌들의 무게가 느껴지면서 몸이 좀처럼 의자에서 떨어지지를 않았다. K는 숨을 한껏 몰아쉬고 나서 다시금 몸을 이리저리 버둥거려보았다.

나이아가라

1

오래전에 그가 머물렀던 북미의 한 해안 도시에서 나는 그의 부음(訃音)을 들었다. 햇살이 뜨겁게 빛나고 있는 오후 6시 무렵, 아버지에게서 걸려온 전화를 통해서였다. 한국은 오전 10시일 터였다. 발인은 내일이라고 했다. 장례는 되도록 간소하게 치를 예정이며 그저 알고나 있으라고 전한 것이니 다녀갈 생각은 하지 말라고 아버지는 덧붙였다. 어차피 서둘러 비행기를 탄다 해도 발인에 맞춰 장례식에 참석하기는 힘든 상황이었다. 유해는 화장을 해서 고향 집 앞 흐르는 개울에 뿌릴 거라 했다. 아버지의 목소리는 무덤덤하게 들려왔고 나또한 담담하게 그의 죽음을 받아들였다. 무려 6년이 넘게 식물인간 상태로 연명하다 세상을 떠났으니 새삼 호들갑을 떨

일도 아니었다.

9년 전 그는 이 해안 도시에 있는 대학에 교환 교수로 와서 2년간 머물다 2008년 2월 초에 귀국했다. 그리고 그해 연말 천수만으로 학회 세미나를 갔다가 저녁 식사를 하는 자리에서 심근경색으로 쓰러져 인근 병원으로 옮겨졌으나, 이미 대뇌가 손상돼 손을 쓸 수 없는 상태라는 진단을 받았다. 그로부터 해묵은 보릿자루처럼 들것에 실려 불치병 환자들을 수용하는 요양 병원을 전전하다 마침내 숨을 거두게 된 것이었다.

2

장례식에 못 가는 대신 그가 2006년 여름에 여행했던 경로를 따라가보기로 했다. 3박 4일에 걸쳐 북미 대륙을 가로지르는 횡단 열차를 예약하고 숙소를 나섰다. 열차가 4,464킬로미터를 달려 목적지인 토론토에 도착하면 거기서 다시 버스를 타고 나이아가라 폭포까지 가볼 생각이었다. 이렇게 하는 것이 나로서는 그나마 그를 이 세상에서 온전히 떠나보내는 방식이라는 생각이 들었다.

열차는 밴쿠버 역에서 오후 8시 30분에 출발했다. 무더위와 오랜 가뭄으로 인해 내륙에 산불이 번지고 있다는 뉴스가 연일 이어지고 있었다. 이상 기온, 백 년 만의 무더위라는 말은 이곳 북미에서도 예외가 아니었다. 나는 예약해둔 1인용 침대칸으로 들어갔다. 안내문을 보니 토론토에 도착할 때까지 열차는 아홉 번 정차할 예정이었다. 그때마다 승객이 타고 내리거나 연료를 보충하거나 기차에 필요한 물품을 싣게 된다고 했다.

해는 9시 30분이 지나서야 지평선 너머로 졌다. 나는 차창 밖으로 흘러가는 드넓은 유채밭과 거대한 습지에 번지는 검붉은 노을을 목도하며 이윽고 기차에서의 첫날밤을 맞았다.

3

그와 만나게 된 것은 내가 일곱 살 때였다. 그해 여름 나는 서울을 떠나 시골집에 맡겨졌다. 아버지의 거듭된 파산으로 인해 먹고사는 일이 막연해지자 당분간 입이라도 하나 덜기 위해 나를 조부모에게 보낸 것이었다. 당시 조부는 면장(面長)이었고 시골집에는 조부모 둘만이 살고 있었다. 그런데 막상 내려가보니 식구가 한 명 더 있었다. 나보다 열 살쯤 많은 까까머리 고등학생이었다. 아버지도 그가 누군지 몰라 조부에게 넌지시 물으니 대전에서 학교를 다니는 아이라고만 말할 뿐, 다른 얘기는 덧붙이지 않았다. 이튿날 서울로 올라가면서 아버지가 내게 이렇게 말했다.

"너는 앞으로 저이를 삼촌으로 부르며 지내거라."

세월이 한참 지나서야 나는 그의 내력을 알게 됐거니와, 당시로서는 누구에게도 물어볼 엄두가 나지 않았다.

그가 조부모 집으로 들어온 것은 열두 살 가을이었다. 두어 달에 한 번쯤 지나가다 들르곤 하던 방물장수 여인의 자식이라 했다. 어느 날 방물장수 여인이 꾀죄죄한 몰골의 사내아이 하나를 데리고 조부모의 집에 나타났다. 그녀는 조모에게 간곡히 청할 말이 있다며 사내아이를 마루에 앉혀둔 채 뒤란 우물가로 앞질러 갔다. 조모가 무슨 일이냐고 묻자, 방물장수 여인은 앵두나무 옆에 주저앉아 자신은 상기 돌이킬 수 없는 지경으로 병이 깊어져 미구에 세상을 등질 것이니 머슴 삼아 자식을 맡아달라고 읍소하며 매달렸다. 조모는 침착하게 아이의 아비가 누구인지를 물었다. 그러자 방물장수 여인은 그간 어디라고 할 것도 없이 풍상에 쫓겨 다니다 불현듯 생겨난 자식이어서 딱히 아비라 부를 만한 이가 없다고 하였다. 조모는 혀를 차고 나서 혼자 덥석 결정할 일이 못 되니 저녁참까지 기다려보라 했다. 그러고는 조부가 돌아오자 사랑채로 따라 들어가 방물장수 여인의 사정을 전했다. 조부는 뜻밖에도 오래 생각하거나 망설이지 않았다. 아이에게 저녁밥을 먹이고 씻긴 다음 건넌방에 재우라고 일렀을 뿐이었다. 아이가 우물가에서 씻는 동안 방물장수 여인은 소리를 죽여 대문 밖으로 빠져나갔다.

조부는 애초에 그를 머슴으로 삼아 키울 생각은 없었던 것 같다. 다음 날 그를 학교에 데려가 입학시키고 매일 밤늦게까지 직접 붙들고 앉아 글을 가르쳤다. 조부는 그 누구에게도 얘기하지 않은 채 우연히 찾아든 어린 손님을 여생의 업으로 삼아 그에게 온 힘을 쏟아부었다. 비록 남들보다 늦은 공부였지만, 그는 또래의 아이들과 함께 인근 중학교에 들어갔고 시골 수재들이 모인다는 대전의 명문 고등학교에 진학했다. 내가 그와 처음 대면했을 때 그는 고등학교 1학년이었고 대전에서 혼자 하숙을 하고 있었다. 그러다 첫 여름 방학을 맞아 조부의 집으로 돌아온 것이었다.

그가 친삼촌이 아니라는 것은 나도 짐작으로 알고 있었다. 그러나 나는 별 스스럼없이 그를 삼촌이라 불렀다. 그때마다 그는 어쩔 줄 몰라 하며 얼굴을 피하곤 했다. 당시의 나는 어쩐지 버림받은 느낌이었고 늘 불안감에 사로잡혀 있었다. 그러니 누구라도 옆에 있어주기를 바랐다. 그걸 알았음인지 조부는 나를 그와 한방에서 지내도록 했다. 밤이 깊어도 그는 좀처럼 잠을 이루지 못했다. 억지로 끌려온 짐승처럼 밤새 뒤척이다 새벽에 슬그머니 방을 빠져나가 아침 녘에나 돌아오곤 했다. 덩달아 나도 잠을 설치며 메마른 꿈에 시달리다 깨어나기 일쑤였다.

방학이 끝나 그가 대전으로 돌아갈 때까지 그와 나는 늘 붙어 다니다시피 했다. 눈이 어두워져 운신이 힘들어진 조모의 심부름으로 읍내에 나가 함께 장을 봐 오기도 하고 이런저런 소식을 대신 전해주기 위해 옆 마을에 다녀오기도 했다. 어느 날 저녁 그와 나는 조부의 심부름으로 주전자를 들고 술청으로 막걸리를 받으러 갔다. 집으로 돌아오는 길에 우리는 징검다리를 건너다 서쪽 하늘을 온통 물들이고 있는 노을을 목격했다. 화로를 엎질러놓은 듯 검붉게 타오르는 하늘을 바라보며 그는 돌연 넋이 나간 얼굴을 하고 있었다.

노을은 개울물에 반사되어 마치 태워버리기라도 할 듯 몸을 감쌌다. 옆에서 그가 내쉬는 커다란 한숨 소리가 들려왔다. 뒤미처 그는 징검다리를 건너 노을이 지는 들판 쪽으로 휘적휘적 걸음을 옮겼다. 그가 들고 있는 주전자 꼭지에서 사이사이 막걸리가 넘쳐흘렀다. 해가 다 질 때까지 나는 그의 뒤를 따라 무연히 들판을 걸어갔다. 이윽고 사위에 어둠이 내리고 달이 떠올랐을 때야 우리는 들판 한복판에 서 있음을 깨달았다. 개망초꽃이 무리 지어 피어 있는 들판을 거꾸로 가로질러 집으로 돌아오는 길에 우리는 어둠 속에서 번쩍이는 도깨비불을 보았고, 두려움을 쫓기 위해 번갈아 주전자 주둥이에 입을 대고 막걸리를 나눠 마셨다. 집에 도착하니 대문 앞에 조부가 뒷짐을 지고 나와 서 있었다. 조부는 우리를 물끄러미 바라볼 뿐 아무 말도 하지 않았다. 그러나 우리는 저녁밥도 얻어먹지 못한 채 새벽 동이 터올 때까지 마루에 나란히 꿇어앉아 있어야 했다.

그 일이 있고 나서 그와 나는 심정적으로 보다 가까워졌다. 우리는 개울 앞에 있는 한지(韓紙) 만드는 집에 자주 갔는데,

머리가 하얀 노부부가 말없이 종일 그 일을 했다. 그들은 아침마다 개울에 담가두었던 닥나무 껍질을 꺼내 갯물에 삶아내고 솥에 넣어 뜸을 들였다. 그리고 납작한 돌 위에 올려놓고 두드리고 씻은 다음에야 한 장 한 장 종이를 떠서 응달에 말리는 것이었다. 우리는 닥나무 껍질을 삶는 구수한 냄새와 아궁이가 내뿜는 열기에 감염되어 땀을 뻘뻘 흘리면서도 그 집을 좀처럼 떠나지 못했다. 노부부는 우리가 있거나 말거나 조금도 신경을 쓰는 눈치가 아니었다. 어쩌다 우리가 일을 거들어주면 돌아올 때 한지를 한 장씩 내주곤 했는데, 그는 무엇에 쓰려는지 그것을 차곡차곡 모아두었다.

그가 방에서 사라진 밤에는 밖에서 하모니카 소리가 들려왔다. 설핏 잠에서 깨어나 옆을 더듬어보면 늘 자리가 허전했다. 더 이상 잠이 오지 않아 방문을 열어보면 개울에서 밀려온 안개가 마당까지 들어와 있었다. 하모니카 소리는 근처 뽕나무밭이거나 사과나무밭에서 들려오는 것 같았다. 그러나 어둠과 안개 때문에 나는 매번 그를 찾아내지 못했다. 어떤 날은 저녁참에도 하모니카 소리가 마루까지 들려오곤 했는데, 조부는 그때마다 혀를 차며 이렇게 중얼거리는 것이었다. 저놈은 어쩔 수 없이 외롭게 살아갈 팔자인가 보다. 조부와 달리 조모는 하모니카 소리가 늘 듣기 좋다 하였는데, 그 해가 지나기 전에 완전히 눈이 멀어버리고 말았다.

여름 방학이 끝나갈 즈음 그와 나는 산으로 꿩을 잡으러 갔다. 산 아래 턱에 콩밭이 있었는데, 꿩들이 자주 날아와 콩을 따먹는 바람에 군데군데 그물을 쳐두었고 며칠 간격으로 올라가보면 그물을 빠져나가지 못한 꿩이 한두 마리씩 보이곤 했다. 이걸 잡아다가 국수를 삶아 먹을 때 육수를 내고 살코기는 고명으로 올렸다. 하지만 그날은 꿩이 보이지 않았다. 허탈한 심정으로 콩밭 언저리를 돌아 내려오는데, 숲속에서 짐승이 우는 소리가 들려왔다. 그와 나는 우거진 나무와 수풀 사이를 헤집고 울음소리가 나는 곳으로 다가갔다.

참나무에 묶어놓은 올무에 어린 노루가 걸려 이리저리 몸부림을 치고 있었다. 그럴수록 철사 줄이 조여들어 노루의 발목은 이미 뼈가 하얗게 드러나 피가 낭자하게 흘러내리고 있었다. 어린 노루의 몸부림은 처절했다. 그는 침착하게 노루를 진정시켜 가슴으로 끌어안고 올무를 풀어냈다. 상처가 깊어 산으로 돌려보낸다 해도 살 수 있을지 의문이었다. 하는 수 없이 우리는 노루를 안고 집으로 돌아왔다. 조부가 당장 뭐라 할 줄 알았는데, 언뜻 놀라는 기색일 뿐 탓하는 말은 하지 않았다. 다만 들짐승이니 방에 들이지는 말라고 했다. 그는 노루를 정성껏 치료해준 다음 비어 있는 외양간으로 데리고 들어가 먹이를 주고 거기서 함께 밤을 보냈다.

대전으로 떠나던 날, 그는 내게 노루를 돌봐달라고 거듭 당부했다. 또 상처가 완전히 회복되면 어미가 있는 산으로 돌려보내라고 했다. 그러나 노루는 겨울이 되어 그가 다시 대전에서 돌아올 때까지 집을 떠나지 않았다. 일껏 숲으로 돌려보내면 제 발로 다시 기웃거리며 찾아들곤 하는 것이었다.

4

오전 6시에 열차가 처음 정차한 곳은 캠루프스라는 작은 도시였다. 약 35분간 정차할 거라는 차내 방송을 들으며 나는 열차에서 내려 담배를 피워 물었다. 날은 이미 훤하게 밝아 있었다. 강 건너로 보이는 산에는 불에 탄 나무들이 비죽비죽 서 있었고 푸른빛은 찾아볼 수 없었다. 역 주변을 노랗게 포위하고 있는 유채밭 지대를 둘러보며 나는 그해 여름, 그도 이 역에 내려 지금 눈앞에 펼쳐진 풍경을 목도했을 거라는 생각을 했다.

열차가 출발한 뒤 나는 아침 식사 시간에 맞춰 식당 칸으로 갔다. 식탁에 모여 앉은 사람들을 일별하니 여름 휴가철을 맞아 동부로 여행을 떠나는 현지인들이 대부분이었고, 그중의 또 대다수는 연금 생활자들로 보이는 노인들이었다. 그 틈에 혼자 여행 중인 듯한 중국인 중년 여성과 삼십대 초반으로 보이는 일본인 남녀가 끼어 앉아 있었다. 남자는 삭발한 머리에 콧수염을 기르고 있었으며 여자는 한여름에 검은 장갑을 끼고 있어 금방 시선을 끌었다. 손에 상처가 있는 걸까? 핏기 없는 얼굴에다 표정에 변화가 없어 누구라도 그들에게 말을 건넬 분위기가 아니었다. 현지인들끼리는 초면임에도 스스럼없이 어울렸으나, 일본인 남녀를 포함해 동양인들은 대체로 어둡고 조용하게 움직였다. 나 역시 식사 시간을 제외하면 지정된 공간에서 차창 밖으로 흘러가는 풍경을 바라보거나 책을 읽는 일로 시간을 보냈다.

오후가 되자 로키산맥 지대로 들어서면서 풍경이 변하기 시작했다. 열차가 기나긴 강을 따라가는 동안 눈이 쌓여 있는 산봉우리들이 나타났고 꿈인 듯 초원을 뛰어가는 사슴의 무리가 보였다. 군데군데 형성된 드넓은 습지에는 오래전에 죽은 나무들이 무더기로 쓰러져 있었으며 새들이 그 위에 떼 지어 앉아 있었다.

나는 꼬박 1년 반을 조부의 집에서 살았다. 그리하여 그해 겨울과 이듬해 여름에도 그와 함께 지내게 되었다. 겨울 방학이 되어 그가 집으로 돌아왔을 때 노루는 한 뼘이나 키가 커 있었고 그만큼 몸도 불었다. 그가 대문 안으로 들어서자 노루가 외양간에서 뛰쳐나와 그에게 펄쩍 안겼을 때의 장면을 두고두고 잊을 길이 없다.

겨울이 깊어가면서 개울에는 아침저녁으로 안개가 자욱하게 피어올랐다. 철새들이 몰려와 울어대는 바람에 밤에 잠을 이루지 못할 지경이었다. 그즈음 그는 조부 몰래 술을 자주 마셨는데, 알고 보니 이미 몸에 병이 들어 있었다. 대전에서 지내면서 밤마다 상습적으로 혼자 술을 마셔댄 모양이었다. 얼굴에 누런 황달기가 보였고 오줌 빛깔이 붉다고 했다. 그런 사실을 알고 나서 조부는 크게 낙담한 눈치였다. 그에게 대전으로 갈 것 없이 이대로 집에 머물며 머슴 일이나 하라고 역정을 냈다. 겨우내 그는 방 안에 누워 병치레를 하며 지냈다. 며칠 간격으로 의원이 다녀갔고 마당에는 늘 한약 끓이는 냄새가 진동했다.

그러던 어느 날 저녁, 그가 방에서 나와 내게 바람을 쏘이러 가자고 했다. 얼굴은 여전히 납빛으로 수척했고 위태로워 보일 만큼 몸이 메말라 있었다. 그와 나는 여름에 개망초꽃이 수북이 피어 있던 들판으로 나갔다. 노루가 뒤에서 기웃기웃 우리를 따라왔다. 메마른 잡풀로 뒤덮인 들판 끝에 시나브로 검붉은 노을이 내려앉고 있었다. 그 속으로 길을 잃은 커다란 소 한 마리가 지나갔다.

지난여름처럼 우리는 노을이 지는 쪽으로 무작정 걸어갔다. 그사이에 어둠이 내리면서 견딜 수 없이 몸이 떨렸다. 뒤에서 노루가 우, 하는 소리가 들려왔다. 더 이상 갈 수 없다고 느꼈을 때 그가 우뚝 걸음을 멈추었다. 아까 소가 지나간 자리쯤이었을까. 나는 멀리서 새 떼가 우는 소리에 잠시 귀를 팔고 있었다. 그때 그가 주머니를 뒤져 성냥을 꺼내는가 싶었는데, 곧 눈앞에서 불꽃이 피어올랐다. 이어 불꽃이 검불로 옮겨 붙자 삽시간에 주위가 환해졌다. 때마침 거센 바람이 불어가면서 불길은 들판 구석구석으로 무섭게 번지기 시작했다. 나는 두려움에 사로잡혀 뒷걸음질을 치다, 개울이 있는 쪽으로 쫓기듯 달아났다.

개울에 다다라 뒤를 돌아보니 붉은 들판 속에서 이쪽을 향해 우쭐우쭐 걸어오고 있는 그의 그림자가 보였다. 매큼한 연기를 머금은 바람결을 타고 그의 울음소리가 환청처럼 귓전에 들려왔다. 얼어붙은 개울을 건너가면서 나는 집집마다 마을 사람들이 몰려나와 불에 뒤덮인 들판을 바라보고 있는 모습을 목격했다.

다음 날 눈이 퍼붓던 새벽에 그는 노루와 함께 집에서 사라졌다.

5

오후 4시가 지나 열차는 재스퍼라는 도시에서 다시 한 시간을 정차했다. 이 아름답고 조그만 도시를 거닐다 나는 커피숍 앞에서 함께 횡단 열차를 타고 온 일본인 남녀와 마주쳤다. 여자는 예의 차고 무표정한 얼굴에 검은 장갑을 끼고 있었으며 남자는 그녀의 손을 완강하게 거머쥐고 있었다. 눈이 마주치자 그들은 재빨리 발길을 돌려 기념품점 안으로 사라졌다.

나는 커피숍에 앉아 휴대전화로 이메일을 확인해보았다.

그사이 내가 적을 두고 있는 대학에서 세미나 강연 요청이 들어와 있었다. 나는 재직 중인 신문사에서 일정 기간마다 주어지는 해외 연수 프로그램을 통해 밴쿠버에 있는 대학의 언론정보대학원에 연구원으로 와 있는 중이었다. 세미나는 열흘 뒤에 열릴 예정이었고 나는 요청을 수락하는 짧은 답장을 보냈다.

커피숍에서 나와 역으로 돌아가는 중에 나는 도로를 서성대는 몇 마리의 산짐승을 보았다. 가뭄과 산불에 쫓겨 마을로 내려온 것일 터였다. 내가 옆으로 지나가는데도 그들은 멀뚱한 눈으로 바라볼 뿐 몸을 피하지도 않았다.

시골집에서 마지막으로 그를 본 것은 이듬해 여름이었다. 대전에서 돌아온 그를 조부는 거들떠보려 하지도 않았다. 눈이 멀어버린 조모를 대신해 건넛마을에 사는 친척 아주머니가 부엌일을 맡아주고 있었으나 늘 일손이 부족했다. 그는 눈치껏 집안일을 거들며 지냈는데, 저녁이 되면 조부를 피해 밖으로 나가 과수원 원두막에서 밤을 보내고 아침 녘에야 기웃거리며 나타나곤 했다. 나는 잠이 오지 않으면 원두막으로 그를 찾아가곤 했다. 그해 여름은 태풍이 자주 몰려와 많은 비가 내렸고 원두막은 한여름에도 추웠다. 거센 바람이 몰려가는 밤에 우리는 겨우 눈 귀만을 열어놓은 채 숨을 죽이고 누워 있었다. 비록 말을 나누지 않더라도 그와 함께 있는 시간들이 내게는 사무치게 다가왔고 마음에 오래 남게 될 거라는 예감이 들었다. 이러한 상념에 휩싸여 어렵사리 잠에 들라치면 그가 몸을 뒤척이며 끙끙 앓는 소리가 들려왔다.

8월의 태풍이 물러가던 날 아침에 그는 각혈을 했고 다음 날 공주 근처의 요양원으로 들어갔다.

이후로는 오랫동안 그를 만나지 못했다. 아버지를 통해 간간이 그의 소식을 엿들었을 뿐이었다. 요양원에서 1년을 보낸 뒤 그는 복학을 했고 이듬해 서울에 있는 대학에 진학했다. 그즈음 조부가 갑작스럽게 세상을 떠나는 바람에 장례식에서 잠깐 마주치긴 했으나 어수선한 분위기여서 서로 말을 나눌 기회는 없었다. 몇 달 후에는 조모마저 유명을 달리했는데 무슨 사정이 있었는지 그는 장례식에 나타나지 않았다. 그후 시골집에는 부엌일을 맡아주던 친척 아주머니가 식구들을 데리고 들어와 살게 되었다.

대학을 졸업한 뒤 그는 부여에서 몇 년간 고등학교 교사를 했다. 그러던 어느 날 과일 바구니를 들고 불쑥 아버지를 찾아와 곧 미국으로 유학을 떠날 거라며 인사차 들렀노라고 했다. 아버지가 학비를 좀 보태주랴 했지만 그는 그간 모아둔 돈이 있다며 끝내 거절했다. 겨우 한 시간쯤 데면데면하게 앉아 있다 그는 몸을 일으켜 그만 가봐야겠다며 집을 나섰다. 내가 뒤따라 나서며 버스 터미널까지 배웅하겠다고 하자 그는 대꾸 없이 걸음을 재촉했다. 썰렁한 터미널 2층 식당에 마주 앉아 짜디짠 된장찌개를 먹으며 그가 더듬더듬 입을 열었다.

"얼마 전에 시골집에 가봤는데, 뒤란의 우물이 메워져 있더구나. 옛날에 우리가 개울에서 잡은 물고기를 우물 속에 넣어 두었던 기억 나느냐?"

나는 그 물고기들의 죽음을 생각하고 있었다.

"누가 뽑아버렸는지 우물 옆의 앵두나무도 사라졌더구나. 너는 모르는 일이겠으나, 그 앵두나무 옆에 내 어머니가 울며 서 있었지. 그게 내가 본 어머니의 마지막 모습이었다."

그가 길게 한숨을 몰아쉬고 나서 덧붙였다.

"괜히 찾아갔지 싶더라. 마음만 되게 섭섭해져 돌아왔으니."

나는 시골집과 유년에 그와 함께 쏘다녔던 들판을 떠올렸다. 끝 간 데 없이 피어 있던 개망초꽃과, 그 위에 내려앉던 노을과, 길을 잃고 헤매던 소와, 불길에 휩싸여 있던 겨울 들판을. 내가 더듬거리며 그런저런 얘기를 하자 그는 혼곤한 눈빛이 되어 쓸쓸히 웃었다.

"그래, 그때 네가 옆에 있어주었기 때문에, 그나마 내가 숨을 부지할 수 있었다는 것을 나이가 들어가면서 비로소 알게 되었다. 요즘도 밤이 되면 그 시절이 자주 눈앞에 떠오르곤 하지."

언제쯤 한국으로 돌아올 거냐고 나는 물었다.

"그동안 부여에 있었던 것은 거기가 내 어머니의 고향이라는 말을 얼핏 들었기 때문이었는데, 결국 아무런 흔적도 찾을 수 없었다. 그렇다면 더 이상 부여에 머물 이유가 없는 게지. 머물 데가 마땅치 않아 떠나는 것이니, 글쎄 언제 돌아올지는 가봐야 알겠다."

그는 사흘 뒤에 뉴욕으로 떠날 거라고 했다.

"남들처럼 가정을 꾸리고 살아가는 것도 괜찮지 않은가요? 그 참에 아이도 낳고요."

그때 나는 대학생이었으므로 이런 말쯤은 할 수 있다고 생각했다. 그가 웃으며 답답한 소리를 늘어놓았다.

"한때 그럴 만한 사람이 하나 있다고 생각했었는데, 막상 그게 그렇게 되지는 않았다. 지금의 네 나이 때 만난 사람인데, 그쪽은 끝내 내 마음을 모르더구나."

그는 실은 오늘 나를 만나러 온 것이었다며, 가방에서 주섬주섬 하모니카를 꺼내 식탁 위로 내밀었다. 나는 영문을 몰라 그의 눈을 마주 보았다. 그는 얼굴을 피하며 우물거렸다.

"별 뜻이 있겠냐만, 그냥 네가 가지고 있어주면 좋겠다는 생각이 들었다. 기약할 수는 없다만 훗날 돌아올 수 있으면 돌아오겠다는 뜻이기도 하고."

뉴욕으로 떠난 지 7년 만에 그는 귀국했다. 그리고 얼마 지나지 않아 강원도에 있는 모 대학에 교수로 임용됐다는 소식을 전해 들었다. 이후 결혼을 하지 않은 채 지방 도시의 조그만 임대 아파트에 살면서 명절이 되면 어쩌다 아버지에게 전화나 걸어오는 정도로 내내 모습을 감추고 살았다.

6

그 여인의 이름은 서혜숙이었다. 그녀는 대학 재학 중에 부모를 따라 캐나다로 이민을 와 한인들이 모여 사는 밴쿠버 인근의 코퀴틀램이라는 도시에 정착했다. 부친은 대기업의 임원이었는데, 구조조정에 의해 회사에서 밀려난 뒤 투자 이민을 결심했다. 그녀는 밴쿠버에 있는 대학에 편입해 졸업을 한 다음 통신 회사에 취직했다. 그리고 2년 후에 중국인 이민자이자 부동산 사업가인 남자를 만나 세 달 만에 결혼했다. 딱히 서두를 이유는 없었으나 이민자로서 살아가기에 적당한 선택이라고 생각했고 결혼에 대한 각별한 환상도 품고 있지 않았다. 결혼한 지 1년이 채 지나기도 전에 그녀는 자신이 커다란 과오를 저질렀음을 깨달았다. 배우자인 남편을 자신이 조금도 사랑하지 않는다는 사실을 알게 된 것이었다. 그런 데다 삶을 꾸려가는 방식과 문화적 차이에서 오는 크고 작은 갈등이 날이 갈수록 잦아졌다. 때문에 결혼 생활은 오래가지 않았다. 아이가 생기지 않았던 게 그나마 천우신조였다고 그녀는 말했다.

그와 만나던 해 그녀는 서른한 살이었고 여전히 통신 회사에 근무하고 있었다. 그녀는 주말이면 다운타운 건너편에 있는 그랜빌 아일랜드라는 섬에 가서 시간을 보내곤 했다. 그곳에는 온갖 아트 공방과 아기자기한 재래시장과 유명한 양조장이 있었다. 쇼핑을 끝내고 나면 그녀는 양조장에서 운영하는 맥줏집에서 생맥주를 한 잔씩 마시곤 했다. 그곳에서 그녀는 매주 비슷한 시간대에 웬 동양인 남자를 보았다. 그가 한국인임을 알게 된 것은 어느 날 테이블 위에 놓여 있는 『백석 시집』이라는 책을 눈여겨보고 나서였다. 그는 늘 구석진 자리에 혼자 앉아 있었으므로 가까이에서 마주친 적은 없었고 이쪽에서 굳이 말을 걸어볼 생각도 하지 않았다. 다운타운 주변의 어디를 가든 하루에 몇 번은 한국인으로 짐작되는 사람들과 스쳐 지나가게 마련이었다. 다만 주말마다 같은 장소에서 눈에 띄었기 때문에 기억에 남아 있는 정도였다.

두 사람이 가까이에서 대면한 것은 2006년 여름 동서 횡단 열차 안에서였다. 휴가철을 맞아 그녀는 수년 동안 미뤄두고 있던 나이아가라 여행을 떠났다. 열차가 재스퍼를 통과해 다음 정차지인 에드먼턴으로 가고 있는 중이었다. 저녁 식사를 마치고 나서 그녀는 바깥 풍경을 180도로 관람할 수 있게 만들어진 유리 돔 칸으로 옮겨 갔다. 4인용 좌석이 두 개, 2인용 좌석이 네 개밖에 되지 않는 유리 돔 칸에는 먼저 식사를 마친 노인들이 자리의 대부분을 차지하고 있었다.

그녀는 2인용 좌석에 혼자 앉아 커피를 마시며 밖을 내다보고 있었다. 그렇게 30분쯤 지났을까. 대지에 차츰 어둠이 스미고 하늘에 달이 떠오를 즈음 손에 포도주 잔을 든 중년의 남자가 유리 돔 칸 안으로 들어왔다. 두 사람은 스치듯 눈이 마주쳤다. 남자는 사위를 두리번거리다 마땅히 앉을 자리가 보이지 않자 돌아 나가려는 몸짓을 했다. 그때 두 사람의 시선이 다시 엉키듯 부딪쳤고 그녀는 적이 놀랐다. 낯이 익은 얼굴이었던 것이다. 그녀의 표정을 보고 그도 잠시 고개를 갸우뚱거리며 서 있었다. 그녀는 무심코 손을 들어 비어 있는 자신의 옆자리를 가리켰다.

그가 멈칫거리며 다가와 고맙다고 말하며 그녀의 옆에 앉았다. 잠시 후 그가 먼저 말을 건네왔다.

"혹시, 전에 만난 적이 있던가요?"

순간 그녀는 야릇한 혼란에 휩싸여 말을 얼버무렸다.

"글쎄, 그렇다고 해야 하나요?"

그러자 그의 얼굴에 미묘한 웃음이 번졌다.

"맞는 것 같군요. 하지만 여기서 이렇게 만나게 되다니."

두 사람은 재차 구면임을 확인하고 나서 의례적으로 자신의 신분을 밝혔다.

"그럼 대학에서 무얼 가르치시나요?"

그는 환경경제학을 전공하고 있다고 사실대로 말했다. 백석의 시집을 떠올리고 있던 그녀는 다소 의외라는 생각을 했다. 어쨌거나 그로부터 두 사람은 한시적으로 여행의 동반자가 되었다. 식사 때마다 같은 테이블에 앉았고 열차가 정차할

때면 함께 밖으로 나가 바람을 쏘이고 돌아왔다. 그러는 사이
에 서로에 대해 더 많은 것을 알게 되었다.

두 사람은 열세 살 터울이었다. 따라서 서로 경계심을 가질
필요가 없었고 횡단 열차라는 예외적 시공간 속에서 만난 터
였으므로 오히려 터놓고 얘기할 수 있었다. 자신은 원치 않았
던 이민, 힘겨웠던 대학 생활, 수수께끼 같던 중국인과의 짧
은 결혼, 몇 해 전 못내 그리워서 찾아갔던 서울에서 느꼈던
국외자로서의 고독함, 또한 삼십대에 접어들어 겪고 있는 터
무니없이 공허한 시간들에 대해서 그녀는 담담히 얘기했다.
그녀의 말에 죽은 듯 귀를 기울이고 있던 그는 이어 난생처음
으로 누군가에게 자신에 대해 털어놓기 시작했다. 이때 그녀
가 전해 들은 얘기들은 그때껏 나도 모르고 있었거나 영영 모
를 수밖에 없던 대목도 섞여 있었다. 또한 그날 이후로 그녀
는 그에 대해 가장 많은 것을 알고 있는 사람이 되었다. 어떻
게 그런 일이 가능했던 것일까?

두 사람은 토론토에 도착해 내처 나이아가라까지 동행하
기로 했다. 그러나 사흘째 되던 날 그가 홀연히 사라지는 바
람에 그렇게 되지 않았다. 크고 작은 호수들이 드넓게 산재해
있는 매니토바주(州)를 지나 열차가 온타리오주로 들어선 뒤
의 일이었다. 울창한 자작나무 숲 사이를 관통해 열차가 혼페
인이라는 시골 마을에 정차한 것은 오후 4시 무렵이었다. 차
내 방송을 통해 지금 인근에 산불이 났으니 역 주변을 떠나지

말라는 멘트가 거듭 흘러나왔다. 열차에서 내리자 하늘이 온통 혼탁한 연기로 뒤덮여 있었고 공기 속에서는 후끈한 열기가 감지됐다.

두 사람은 역 앞에 있는 음료수 가게에 들렀다 근처 자작나무 숲이 며칠째 타고 있다는 말을 들었다. 산불에 쫓겨 내려온 짐승들이 마을 곳곳을 배회하고 있으니 함부로 다니지 말라는 이야기도 들었다. 아니나 다를까. 음료수 가게에서 나오자마자 두 사람은 자욱한 연기 속에서 서성대는 산양과 엘크의 무리를 목격했다. 그들은 연기에 이리저리 쫓겨 다니며 잔뜩 사나워져 있었다. 그녀가 걸음을 재촉하는 와중에 그는 자꾸 뒷전을 돌아보았다. 그때마다 돌부리에 걸린 듯 멈춰 서곤 했다. 왜요?라고 그녀가 외쳤으나 그는 듣지 못한 듯 대꾸가 없었다. 그녀는 그가 바라보는 곳으로 고개를 돌렸다. 커다란 뿔이 달린 엘크 한 마리가 그들의 뒤를 따라오고 있었다. 그러다 이쪽에서 걸음을 멈추면 엘크도 그림자처럼 멈춰 서는 것이었다.

연기 속을 헤집고 열차가 서 있는 플랫폼에 다다랐을 때, 그녀는 옆에 그가 없음을 알아차렸다. 그의 이름을 부르며 그녀는 다급히 왔던 길을 되돌아갔다. 사방에 짐승들이 서성이고 있었으므로 그녀는 감당하기 힘든 두려움에 사로잡혔다. 그녀는 자욱한 연기 속에서 얼핏 그를 본 것 같았다. 커다란 엘크와 함께 그는 불길에 휩싸인 숲 쪽으로 점점 멀어지고 있었다.

출발 시간이 임박했으므로 그녀는 다시 플랫폼으로 뛰어와 서둘러 열차에 올라탔다. 혹시나 싶었으나 열차 안에서 그의 모습은 찾을 수 없었다. 그녀는 그가 사용했던 1인용 침대칸으로 자신의 짐을 옮겨놓고 그를 기다렸다. 그때껏 그의 전화번호조차 모르고 있다는 사실을 그녀는 뒤늦게 깨달았다. 이튿날 열차가 종착역에 도착할 때까지 그는 나타나지 않았다.

열차는 오전 9시에 토론토 유니온 역으로 들어섰다. 그와 연락할 방법이 막연했으므로 그녀는 횡단 열차 사무실에 찾아가 사정을 밝힌 다음 그의 짐을 맡기기로 했다. 그리고 나이아가라에서 자신이 묵게 될 호텔의 위치와 전화번호를 남겼다. 그러고 나서도 그녀는 정오까지 사무실에 앉아 그를 기다렸다. 그녀는 시곗바늘이 정확히 12시를 가리킴과 동시에 자리에서 일어나 밖으로 나가 간단히 요기를 한 다음 터미널로 이동해 나이아가라로 가는 버스에 올라탔다.

그녀가 묵고 있는 호텔로 그가 찾아온 것은 그날 밤이었다. 그는 초췌한 얼굴로 나타나 자리를 비워 미안했노라고 거듭 사과하고 그간의 경위에 대해서는 별다른 설명을 하지 않았다. 그녀는 마음이 지쳐 있던 터였으므로 그래요?라고 차갑게 되받고는 그를 문 앞에서 돌려보냈다. 그리고 원래 계획했던 대로 혼자서 움직이기로 했다. 다음 날 아침 국경을 연결하는 다리를 건너 미국에 잠시 다녀왔고, 오후에는 폭포 아래를 왕래하는 유람선 체험을 했다. 또 저녁에는 투어 버스를 타고 나이아가라 일대를 돌아보고 나서 폭포가 내려다보이는 맥줏집 발코니에 앉아 불꽃놀이를 구경했다. 그사이에 그와 두 번이나 마주쳤다. 오후에 유람선 선착장에서 스쳐 지나갔고 두번째는 맥줏집에 앉아 있는 그녀를 발견하고 그가 발코니로 올라왔다. 불꽃놀이가 한창 진행되고 있을 때였다.

숙소는 달랐으나 두 사람은 나이아가라에서 이틀을 함께 머물렀다. 그들은 기념품 가게와 한식당과 선술집과 쇼핑센터에서 시간을 보냈다. 그것은 규정할 수 없는 시간의 연속이었고 이후 두 사람의 관계 또한 뭐라 설명하기 힘든 것이었다. 그녀의 증언에 따르면, 그들은 끝내 연인도 친구도 아니었으며 단지 스치듯 만났다 헤어진 관계도 물론 아니었다. 그렇다면 오직 두 사람 사이에서만 내밀하게 오가던 어떤 불가해한 감정이 존재했을 터였다.

나이아가라를 떠나 두 사람은 토론토에서 함께 비행기를 타고 밴쿠버로 돌아왔다. 그 후에도 주말이면 자주 만나 맥주를 마시거나 시장을 보거나 혹은 가까운 곳으로 한나절 여행을 다녀오기도 했다. 그런 식으로 두 사람의 관계는 그가 한국으로 돌아올 때까지 1년 반 동안 지속됐다.

7

나는 그해 여름에 두 사람이 이동했던 경로를 따라 매니토

바주의 호수 지대와 온타리오주의 자작나무 숲을 지나고 있었다. 내륙의 풍경은 시차와 함께 변해갔다. 유리 돔 칸에 앉아 끝도 없이 이어지는 자작나무 숲을 바라보며 나는 그녀와 처음 만났던 날을 떠올렸다.

그가 쓰러진 뒤 주기적으로 병원에 들르는 사람은 환자의 보호자 격인 아버지뿐이었다. 하지만 아버지도 세월이 지남에 따라 점점 발길이 줄어드는 눈치였다. 굳이 따지자면 혈연 지간이 아닌 데다 식물인간 상태로 누워 있는 사람을 찾아가는 일이 허망하다고 느꼈을 터였다. 나도 사정이 다르지 않아 계절이 바뀔 즈음에나 한 번씩 들여다보고 오는 정도였다. 그나마 그게 가능했던 것은 유년에 그와 함께 보냈던 시간들이 이따끔 나를 그쪽으로 이끌었기 때문이었다. 그는 참으로 기나긴 잠에 빠져 있었다.

그녀와 만난 것은 2010년 2월의 일이었다. 그즈음 그는 성남의 한 요양 병원에 누워 있었다. 병실에 들어섰을 때 나는 그의 병상 앞에 앉아 있는 웬 삼십대 중반의 여자를 목격했다. 붉은빛이 도는 하프 코트에 청바지 차림이었고 머리엔 하얀 털모자를 쓰고 있었다. 내가 알기로 이제 그를 찾아올 만한 사람은 없었다. 그가 재직하던 학교의 관계자가 이때껏 잊지 않고 드나들 리도 만무했다.

나는 그녀에게 다가가 내 신분을 밝힌 뒤, 어떻게 오신 거냐고 정중하게 물었다. 일순 당황한 기색이었으나, 그녀는 금세 차분한 표정으로 대꾸했다.

"한때 제가 알았던 분입니다."

글쎄, 그렇다면 도대체 누구일까? 그녀는 흔들림 없는 눈빛으로 내 얼굴을 바라보았다.

"실례가 되지 않는다면, 제가 차를 한잔 대접해도 될까요?"

내가 이렇게 말했던 것은 그녀가 어쩐지 나를 알고 있는 것 같은 표정을 짓고 있었기 때문이었다. 그녀는 망설이는 눈치였다.

"부담이 되시면 물론 거절해도 됩니다. 그런데 저는 여기까지 삼촌을 찾아올 사람이 없다고 생각했거든요."

이윽고 그녀는 큰 결심이라도 한 듯 고개를 끄덕여 보였다. 아래층으로 내려가니 그새 땅거미가 지면서 거센 바람이 불고 있었다. 그녀와 나는 1층에 옹색하게 차려진 커피숍에 마주 앉아 한 시간쯤 얘기를 나눴다. 그녀는 먼저 자신이 캐나다 국적을 가진 교민이라고 밝힌 뒤 이름을 알려주었다. 그때 내 머릿속은 실타래처럼 엉켰다. 그가 몇 해 전에 캐나다에 교환 교수로 가 있었다는 사실을 떠올렸던 것이다.

"네, 밴쿠버에서 그분을 만나 알게 됐어요."

"......"

"귀국하신 뒤에도 이메일로 간간이 소식을 주고받았고요. 그런데 어느 날 갑자기 소식이 끊기더군요. 그래서 그저 그려려니 했는데, 아무래도 느낌이 이상해 재직하고 계신 학교로 전화를 했더니 사실대로 알려주더군요. 물론 여기까지 찾아오는 과정에서 약간 애를 먹긴 했지만요. 몇 군데 전화를 걸어 입원하고 계신 병원을 확인하는 절차가 필요했죠."

그렇다면 캐나다에서 일부러 여기까지 찾아왔다는 뜻일까?

"아니, 꼭 그런 건 아니고요. 서울에 명절을 쇠러 온 김에 수소문해봤어요. 어쨌거나 한 번은 뵙고 싶었거든요."

그녀는 어둠이 차오르는 창밖으로 얼굴을 돌렸다. 가로등 속으로 희끗희끗 진눈깨비가 흩날리는 게 보였다. 나는 두 사람이 어떤 관계였는지에 대해 막연히 생각해보고 있었을 것이다. 손목시계를 확인한 뒤 그녀가 내 표정을 살피며 말했다.

"그분께서는 어떤 한 사람에 대해 자주 말씀하셨어요."

나는 그녀의 텅 빈 듯한 눈을 바라보았다.

"지금 제 앞에 앉아 계신 분에 대해서요."

"……"

"과거에 두 분이 함께하셨던 시간들이 당신 인생에서 가장 좋았던 한때였다는 말을 자주 하셨어요. 무슨 뜻인지 아실 거라고 생각합니다."

불현듯 가슴이 뻐근하게 조여들며 눈이 따가워졌으나 나는 애써 감정을 드러내지 않았다.

"이제 짐작하시겠지만, 그분은 저에게 당신에 대한 거의 모든 얘기를 들려줬어요. 그렇다는 사실을 아주 나중에야 알게 됐지만요."

나는 그 말을 얼른 알아듣지 못했다.

"혹시 어떤 계기가 있었나요?"

"그건 저도 분명하게 말하기 힘들어요. 다만 그분에게는 자신의 얘기를 털어놓을 어떤 사람이 간절히 필요했던 것 같아요."

그녀는 의자 등받이에 몸을 기대며 깊게 숨을 몰아쉬었다. 나는 더 이상 두 사람의 관계에 대해 캐물을 수가 없었다. 나는 그녀에게 어디로 갈 것인지 물었다.

"일단 서울로 나가 묵고 있는 호텔로 돌아갈 생각이에요."

그녀는 모레 캐나다로 돌아갈 예정이었다. 찾아와줘서 고맙다고 나는 그녀에게 말했다. 그러자 그녀의 입가에 의미를 알 수 없는 희미한 미소가 번졌다.

나는 내 차의 조수석에 그녀를 태우고 광화문에 있는 코리아나 호텔까지 데려다주었다. 처음엔 사양했으나 내가 근무하고 있는 신문사가 광화문 근처에 있다고 하자 그녀는 그러마고 응했다. 퇴근 시간이어서 도로가 자주 막혔고 광화문까지 오는 동안 그녀는 피곤한지 줄곧 눈을 감고 있었다. 서울에 도착해 내가 저녁을 함께하면 어떻겠냐고 하자, 그녀는 조금 생각하는 눈치더니 맥주를 한잔 마시겠다고 했다. 나는 그에 대한 얘기를 그녀에게서 좀더 듣고 싶었을 것이다.

그녀와 나는 변호사 회관 옆 골목에 있는 일식집에서 모둠

회를 시켜놓고 청주와 맥주를 번갈아 마셨다. 처음이자 마지막 만남이라고 생각했던지, 그녀는 그와 만나게 된 순간부터 헤어지던 순간까지의 일들을 내게 세세하게 들려주었다. 더불어 그날 알게 된 사실인데, 귀국하고 나서 몇 개월 뒤에 그는 그녀를 만나기 위해 불쑥 캐나다에 다녀갔다고 했다. 그리고 또 몇 개월이 지나서는 그녀가 서울에 다녀갔다. 그가 천수만 근처에서 쓰러지기 불과 얼마 전의 일이었다.

밤늦게 그녀와 헤어지고 나서 나는 광화문 거리를 걸었다. 진눈깨비는 그새 눈으로 변해 있었다. 그는 비록 무의식 상태로 누워 있으나 여전히 삶의 한 부분을 나와 공유하고 있다는 새삼스러운 자각이 몰려왔다. 그와 함께했던 유년의 순간들이 오랜 세월 가슴속에 파묻혀 있다 숯불처럼 되살아나 뜨겁게 나를 지피고 있는 느낌이 들었다. 어쩌면 그것은 어둠 속에서 빨갛게 눈을 뜨고 늘 나를 지켜보고 있었는지도 모른다.

해외 연수 프로그램을 신청할 때 내 머릿속에 반사적으로 떠오른 곳은 그가 교환 교수로 가 있던 대학이었다. 나는 언론재단을 통해 그곳으로 방문 연구원 신청 서류를 보냈다. 그리고 한 달쯤 후에 서류가 통과됐다는 소식과 함께 초청장을 받았다. 한국을 떠나올 때부터 나는 9년 전에 그가 여행했던 행로를 한번 따라가봐야겠다는 생각을 품고 있었다. 그가 그토록 애타게 찾아다녔던 것이 무엇인가를 알고 싶었던 것이다.

당시 그가 실종됐던 혼페인의 거리엔 그날처럼 산에서 내려온 엘크들이 서성이고 있었다. 근래 또 산불이 났었는지 도시 곳곳에 아직도 매캐한 냄새가 배어 있었다. 나는 검게 그을린 민둥산을 바라보며 낯익은 두 사람의 얼굴을 떠올려보았다.

8

나이아가라는 원주민 언어로 '천둥소리를 내는 물'이라고 했다. 열차는 예정보다 30분 늦은 오전 9시 30분에 종착역으로 들어섰다. 나는 터미널까지 걸어가 나이아가라행 버스 티켓을 구입하고 대합실에 앉아 출발 시간을 기다렸다. 그쪽으로 가는 여행객들이 많아 두 시간을 꼬박 기다려야만 했다.

버스 안에 횡단 열차에서 만났던 일본인 남녀가 함께 타고 있다는 것을 안 것은 토론토 시내를 막 벗어나고 있을 때였다. 그들은 운전석 뒷자리에 나란히 앉아 커피와 빵을 먹고 있었다. 버스는 오후 2시에 나이아가라에 도착해 상가가 밀집해 있는 시내 중심부에 승객들을 내려놓았다.

나는 인터넷으로 예약해둔 모텔에 찾아가 짐을 풀고 나와 중국인이 운영하는 식당에서 늦은 점심을 먹었다. 나이아가라 일대는 각국에서 온 관광객들로 붐볐고 날씨는 맑고 무더웠다. 식당에서 나와 순환 버스를 타고 유람선 선착장으로 갔다. 유람선 투어는 두 개의 폭포 아래를 돌아오는 코스였다.

국경을 타고 넘어오는 거대한 물줄기가 눈앞에서 무너지듯 쏟아져 내리고 있었다. 유람선이 폭포 아래로 접근하자 거센 물보라가 배의 고물로 덮쳐왔다.

젖은 옷을 갈아입기 위해 모텔로 돌아왔다가, 나는 믿을 수 없으리만치 깊은 잠에 빠져버렸다. 꿈을 꾸었던가? 물안개 속에서 온갖 짐승들이 나타났다 사라지면서 누군가가 옆에서 울고 있는 소리가 귓전에 들려왔다. 누구였을까? 어느덧 나는 유년의 모습으로 돌아가 불길이 휩쓸고 지나가는 겨울 들판에 혼자 서 있었다. 나는 광막한 외로움에 사로잡혀 누군가를 애타게 부르고 있었다.

깨어나니 저녁참이었다. 나는 밖으로 나가 국경 지대에 있는 호스슈 폭포로 갔다. 암벽을 수직으로 뚫어 폭포를 아래쪽에서 가까이 볼 수 있게 승강기를 설치해놓은 곳이 있다고 했다. 나는 그 지점에서 그를 떠나보내야겠다고 생각했다.

승강기에서 내리기가 무섭게 굉음과도 같은 물소리가 고막을 때렸다. 바야흐로 폭포에 노을이 비치면서 붉은빛을 머금은 물길이 눈앞에서 천둥처럼 쏟아져 내리고 있었다. 일시에 시야가 뿌옇게 흐려진 가운데 사람들이 넋이 빠진 얼굴로 폭포를 올려다보는 게 눈에 들어왔다. 누군가 탄식하듯 내뱉는 외마디 소리가 옆에서 들려오기도 했다.

하얗게 덮쳐오는 물벼락을 온몸으로 맞으며 나는 주머니에서 하모니카를 꺼내, 그가 즐겨 불었던 슈베르트의 「송어」를 따라 불었다.

「송어」를 되풀이하는 동안 가슴에 화석처럼 각인돼 있던 유년의 풍경들이 다시금 눈앞에 생생하게 되살아났다가 거센 물줄기 속으로 흔적 없이 사라져갔다. 더불어 그동안 내 안에서 뜨겁게 숨 쉬고 있던 것들이 걷잡을 수 없는 속도로 몸에서 빠져나가는 느낌이 몰려왔다. 나는 진저리를 치며 입을 앙다물었다.

그곳에서 돌아 나올 때 나는 뿌연 물보라 속에서 낮이 익은 두 사람의 모습을 발견했다. 나와 함께 횡단 열차를 타고 왔던 그들, 일본인 남녀였다. 그들은 폭포를 앞에 두고 허리를 구부린 채 어깨를 들먹이며 흐느끼고 있었다. 그들의 울음소리는 물줄기 소리에 가려 내 귀에는 들려오지 않았다.

이제 내게 남은 일은 떠나온 곳으로 돌아가는 것이었다. 내일쯤 토론토에서 비행기를 탈 예정이었다. 돌아가면 곧 더위가 잦아들면서 온 대지에 단풍이 물드는 시기가 다가올 터였다. 오랜 옛날부터 원주민들이 본격적으로 사냥에 나선다는 계절이었다. 그때가 오기 전에 내게는 할 일이 있었다. 그녀에게 연락해 그의 죽음을 알려야겠다는 생각이 들었다. 아마도 연락처 정도는 알아낼 수 있을 거였다.

아니, 이제는 애써 그럴 필요가 없게 된 것일까?

경옥의 노래

1

경옥은 그해 5월 속초 고속버스 터미널 앞 횡단보도에서 화물 트럭에 치여 마흔한 살의 나이로 갑작스레 세상을 떠났다. 비가 내리고 있는 저녁 무렵이었다. 그녀가 왜 속초에 가서 그런 변을 당했는지는 3년 가까이 연인 관계였던 상욱조차 알지 못했다. 사흘 전부터 그녀와 연락이 두절되었는데 또 어디로 갔나 보다,라고 생각했을 따름이었다. 비바람이 불거나 눈이 내릴 때면 늘 그런 일이 되풀이되곤 했던 것이다.

사망 당시 그녀가 가지고 있던 것은 낡은 세고비아 기타와 부엉이 무늬가 수놓인 에코백 속의 휴대전화, 화장품, 지갑, 생리대, 물티슈, 수첩 따위의 자잘한 소품들이었다. 사체는 사고 현장에서 터미널 근처에 있는 속초의료원 영안실로 이

송됐고, 다음 날 상욱과 재순에 의해 서울로 옮겨 와 장례식이 끝난 뒤 벽제에서 화장을 했다.

다음 날 상욱은 서울에서 자취를 감췄다. 재순이 몇 차례 수소문해보았으나 끝내 행방을 알 수 없었다. 나중에야 알았으되, 상욱은 경옥의 뼛가루가 든 항아리를 들고 그녀와 머물렀던 곳들을 찾아다니며 한 줌씩 뿌렸다고 했다.

6월에 상욱은 속초 고속버스 터미널 앞에서 경옥과 똑같은 사고를 당했다. 지나던 시내버스에 받혀 속초의료원 응급실로 이송됐다. 온몸이 부서진 듯한 고통 속에서 깨어났을 때, 상욱은 자신이 형광등 불빛 아래 산소마스크를 쓰고 누워 있다는 것을 알았다. 목숨은 건졌으나 요추 두 개와 왼쪽 다리가 부러진 중상을 입은 상태였다.

2

경옥과 상욱이 만난 것은 3년 전 여름, 제주도 서쪽에 있는 비양도에서였다. 영화감독인 재순이 어느 날 상욱에게 전화를 걸어와, 엊그제 먼 데서 돌아온 여자가 옆에서 찾고 있으니 서둘러 제주로 내려오라 했다. 재순은 상욱의 고등학교 동창이자 막역한 친구 사이로 1년에 대여섯 번 만나며 살아오고 있었다. 혀가 풀린 소리로 비일상적인 말을 내뱉는 걸로 봐서 술을 마시다 걸어온 전화임이 분명했다. 상욱은 일산에 살고 있었으므로 공항이 그리 멀지 않았으나, 단지 술을 마시기 위해 제주도까지 내려갈 형편이 아니어서 으레 하는 소리로 또 낮술 처먹고 있구나, 제발 그 술이라는 것 좀 작작 마셔라, 하고는 곧 끊으려 했다. 이어 2, 3초간의 분절된 시간이 지나고 삼십대 중반쯤으로 짐작되는 여자의 음성이 흘러나왔다. 허스키한 톤에 맑은 운율이 실려 있는 목소리였다. 상욱은 문득 귀가 트이는 느낌을 받았다. 그 목소리가 아니었다면 순간 마음이 움직였을 리가 없다고 상욱은 그 후 오랫동안 생각했다. 몸속에 까맣게 잠들어 있던 새가 깨어나 지저귀는 듯한 느낌을 받았던 것이다.

"저, 경옥인데, 혹시 기억나세요?"

상욱은 숨을 사린 채 잠자코 있었다.

"기억 안 나시는구나. 하긴, 그새 20년이나 지났으니 그럴 만도 해요. 그런데, 저 지금 어쩌죠? 상욱 오빠가 몹시 보고 싶은데."

상욱은 아무래도 경옥이란 이름을 기억할 수 없었다. 미안하지만,이라고 상욱이 되받으려는데 경옥이 사이를 두지 않고 말을 이었다. 그녀도 이미 술을 몇 잔 마신 듯했다.

"지금 재순 오라버니와 한림항 선술집에 앉아 있어요. 이따 배를 타고 비양도로 들어가려고 하는데, 바쁘지 않으시면 이쪽으로 건너오시면 안 될까요? 저 이틀 전에 시애틀에서 돌아왔어요."

상욱은 얼른 대꾸할 말이 없어 재순을 바꿔달라고 했다.

"경옥이가 제주가 그립다고 해서 데리고 내려왔어. 숙식은 제공할 테니까 휘이 건너와서 함께 술이나 마시고 올라가지 그래? 오랜만에 경옥이하고 얘기도 좀 할 겸."

그제야 상욱은 까마득한 옛날 일이 떠올랐다. 20년 전이면 대학생일 때인데, 입대를 앞두고 한겨울에 재순과 여수로 여행을 간 적이 있었다. 거기서 상욱은 재순의 이종사촌 누이라는 여고생을 만나게 되었는데, 그 여학생이 바로 경옥일 거라는 생각이 들었다. 갈래머리에 사복 차림으로 나타난 그녀는 어깨에 기타를 메고 있었다. 차디찬 바닷바람이 틈입해 들어오는 허름한 식당 겸 술집에서 그녀가 「매기의 추억」「스와니 강」같은 번안곡과 팝송을 불렀던 기억이 어렴풋이 되살아났다. 그러다 술에 취한 재순이 거듭 재촉하자 「떠날 때는 말없이」「밤안개」등의 가요까지 불렀던 것 같다. 아무려나 그 앳되고 새파랗던 여학생이 무려 서른 후반이 되어 여차저차 상욱과 통화 연결이 된 셈이었다. 한데 상욱은 막막하리만치 그녀의 얼굴이 떠오르지 않았다.

그날 마감할 원고가 있었으므로 상욱은 이튿날 아침 김포에서 비행기를 타고 제주 공항에 내려 한림항으로 갔다. 두 사람은 비양도에 들어가 있는 상태였고, 마침 풍랑주의보가 발효돼 배가 뜨느니 마느니 어수선한 분위기였다. 도선 대합실에서 세 시간을 기다린 다음에야 상욱은 간신히 배에 올라탔다.

　민박집에 도착해서야 상욱은 전후 사정을 알게 되었다. 재
순은 교육 방송 프로그램인 「한국의 섬 기행」 촬영차 비양도
에 들어와 있었다. 연전에 개봉한 영화가 다시 흥행에 실패하
고 나서 그는 방송 외주 업체에서 월급쟁이 PD로 일하고 있
었다. 어디까지나 임시 방편이라고 우겼으나, 언제 또 영화
를 찍을 수 있을지 묘연한 상황이었다. 재순은 섬을 취재하는
중이어서 저녁에나 얼굴을 볼 수 있었고, 경옥이 혼자 마루를
지키고 있었다. 재순이 그녀를 데려오긴 했으나, 막상 상대해
줄 여유가 없어 겸사겸사 상욱을 불러 내린 셈이었다.

　경옥은 하얀 원피스 차림으로 선글라스를 낀 채 우두커니
앉아 있었다. 마치 저녁의 어둠이 내리고 있는 것을 감지하고
있는 눈먼 사람처럼. 상욱은 자신이 왜 경옥의 얼굴을 떠올릴
수 없었는지를 그때야 깨달았다. 20년 전에 만났을 때도 그녀
는 줄곧 선글라스를 쓰고 있었던 것이다. 그럼에도 세월이 무
색하리만치 경옥의 존재가 익숙하게 다가왔던 것은 무슨 까
닭이었을까? 상욱은 어디선가 그녀를 본 듯한 기시감이 들었
다. 경옥은 천천히 마루에서 몸을 일으키더니, 누군가를 안으
려는 듯한 포즈로 두 팔을 들어 올렸다 엉거주춤 내려놓았다.
그리고 조금 웃어 보였다.

3

"시애틀에서 저는 꼬박 1년을 세탁 공장에서 일했어요. 아침 8시에 출근해 오후 4시까지 점심시간을 빼고 하루 일곱 시간씩. 시애틀은 1년의 절반이 비가 내리는 곳이어서 세탁물이 많은 도시였죠. 퇴근 후엔 스타벅스 1호점과 퍼블릭 마켓 가까이에 있는 광장에 나가 태평양을 바라보며 해 질 무렵까지 앉아 있었어요. 가끔 노래를 부르기도 하고요. 그럼 사람들이 동전을 던져주고 지나가더군요. 그 돈으로 퍼블릭 마켓에서 저녁을 사 먹고 숙소로 돌아오곤 했죠. 공장에 나가지 않는 토요일과 일요일에는 종일 숙소에서 책을 읽거나 노래를 만들거나 혼자 음식을 만들어 먹으며 지냈고요."

"시애틀엔 어떻게 가게 된 거죠?"

"어떻게든 정착을 해볼 생각으로 어렵사리 친척의 초청장을 받아 갔는데, 비자 만료 기간이 다가오자 제가 한국을 그리워하고 있다는 걸 깨달았어요. 떠날 당시에는 아예 돌아오지 않을 생각이었는데 말이죠."

"무엇이 그렇게 그립던가요?"

경옥이 두어 번 말을 놓으라고 했으나, 상욱은 그게 되지 않았다.

"먼 나라에서 이방인으로 살다 보면 흔히 맹목적인 허기에 시달리게 되는데, 그건 결국 사람이 아니었을까요? 저야 한국에서도 별 연고 없이 살아온 사람이지만요."

상욱은 그저 고개를 주억거렸다. 경옥이 에코백을 뒤져 담배를 꺼내 물고 말했다.

"그만 한국으로 돌아가야겠다고 생각한 건…… 어쩌면 그 실종 사건 때문이었는지도 모르겠어요."

"……"

"올봄에 저는 짧은 휴가를 받아 시애틀에서 멀지 않은 오리건주로 여행을 다녀왔어요. 여행 마지막 날 저는 컬럼비아 강에 속해 있는 멀트노마 폭포라는 곳에 들르게 됐죠. 그날도 역시 비가 내리던 날이었어요. 폭포를 구경하고 돌아 나오다, 저는 다리 난간에 붙어 있는 실종자를 찾는 전단지를 발견했어요. 사진을 보고 직감적으로 한국인이라는 걸 알았죠. 앨리사 김이라는 이름을 가진 서른여섯 살 된 여자였어요. 그녀가 실종된 건 작년 12월 중순이었고요. 그녀의 주소는 시애틀 외곽이었는데, 그곳과는 꽤 거리가 떨어진 멀트노마 폭포에서 그녀가 타고 있던 마쓰다 승용차(제가 타고 있던 승용차와 차종이 같았어요)가 발견된 거죠. 인터넷을 통해 좀더 자세히 알아보니, 그녀는 한국인 이민자였고 열세 살 된 딸까지 둔 주부였어요. 그런데 실종된 지 4개월이나 지났는데, 그때까지 찾지 못했던 거죠. 시애틀로 돌아와서도 그 여자 생각이 머리를 떠나지 않았어요. 그리고 시간이 갈수록 점점 두려운 느낌에 사로잡히게 되더군요. 그즈음이었던 것 같아요. 서둘러 한국으로 돌아가야겠다고 생각한 것은. 이런 느낌 혹시 이

해하겠어요?"

집주인 남자가 마루로 삶은 소라와 한치가 놓인 술상을 들고 왔다. 경옥이 병뚜껑을 따서 상욱의 잔에 소주를 따르며 물어왔다.

"오빠는 그동안 어떻게 지냈죠? 오래전에 작가가 됐다는 얘기는 재순 오라버니한테 이미 들었고요."

상욱은 소주잔을 든 채 막연하게 대꾸했다.

"등단하고 나서 책을 몇 권 내고 났더니, 어느 날 마흔두 살이 되어 있더군요. 되도록 세상 소문을 멀리하고 이냥저냥 지내고 있습니다. 궁색한 편이긴 하지만 혼자서는 살아지게 마련이더군요."

"결혼은요?"

그런 얘기까지는 굳이 하지 싶지 않았으나, 상욱은 어쩌랴 싶어 사실대로 털어놓았다.

"서른 살에 초등학교 교사를 만나 결혼을 하긴 했는데, 이듬해 내가 등단을 하고 직장을 그만두자 곧 부부 사이의 균형이 붕괴되기 시작하더군요."

"균형요?"

구차한 말까지는 늘어놓고 싶지 않아 상욱은 얼버무렸다.

"원래 허구와 현실은 균형 관계를 유지하기가 쉽지 않은 법이죠. 결혼 2년 만에 헤어졌고, 그 후 지금까지 서로 연락이 없는 상태로 지내고 있습니다. 경옥 씨는요?"

굳이 물을 생각은 아니었는데, 상욱의 입에서 무심코 그 말이 튀어나왔다. 경옥은 얼른 알아듣지 못한 얼굴로 물끄러미 상욱을 바라보았다. 상욱은 소주잔을 비우고 젓가락으로 삶은 소라를 한 점 집어서 입으로 가져갔다.

　"저도 비슷하다고 해야 될까요? 서류상으로 이혼한 적은 없지만, 잠깐씩 같이 산 남자들이 있었죠. 제 나이가 서른여덟인데, 이때껏 왜 아무 일도 없었겠어요."

　이렇게 말하며 그녀는 두 손을 얼굴로 가져가 천천히 선글라스를 벗었다. 마치 허물을 벗듯이. 경옥이 상욱의 눈을 피하며 중얼거렸다.

　"혹시 알고 있었는지 모르지만, 저는 눈에 좀 문제가 있어요."

　선글라스를 벗은 그녀의 얼굴이 상욱은 돌연 낯설어 보였다.

　"오드 아이(Odd Eye)라고들 하죠. 동공의 색깔이 서로 다른, 짝눈 말예요. 아주 희귀한 경우에 속하죠. 더구나 한국에서는요."

　이윽고 경옥은 고개를 돌려 상욱을 마주 보았다. 상욱이 눈여겨보니 왼쪽 눈동자는 검은색이고 오른쪽 눈동자는 옅은 갈색이어서 언뜻 한쪽 눈이 의안(義眼)처럼 보였다. 그 두 눈은 외부를 향해 있으면서 동시에 내부를 응시하는 듯한 불균형한 느낌과 함께 깊은 공허함을 담고 있었다. 상욱은 슬쩍 돌담 밖으로 시선을 돌렸다. 에메랄드 빛과 연둣빛이 뒤섞인 협재 바다가 눈앞에 드러누워 있었다. 그는 경옥(景玉)이란 이름이 협재 바다의 색깔과 잘 어울린다고 생각했다.

소주가 몇 순배 돌자 경옥은 지난 세월의 허기를 메우려는 사람처럼 상욱에게 자신의 얘기를 털어놓았다. 상욱은 의구심이 들었지만 그녀의 말에 귀를 기울였다.

"언제부턴가, 상욱 오빠는 어떤 얘기를 해도 들어줄 사람이라는 생각이 들었어요. 글쎄, 오빠가 작가여서 그런 걸까요? 시애틀에 있을 때 재순 오라버니가 가끔 전화를 걸어왔는데, 언젠가 제가 상욱 오빠 안부를 물어본 적이 있어요. 왜 그랬는지는 잘 모르겠지만."

그러나 재순은 상욱에게 경옥의 얘기를 한 적이 없었다. 부지불식간에 바람이 마루를 쓸고 지나가면서 잠시 낯선 고요함이 머물다 사라졌다. 아주 가까운 곳에서 갈매기 우는 소리가 들려왔다.

"저는 좀 불행하게 자란 편이에요. 엄마가 저를 낳고 더 이상 아이를 가질 수 없는 몸이 되자 아버지는 새엄마를 들였고, 엄마는 저를 버려둔 채 집을 나가버렸어요. 제가 세 살 때 일이죠. 아빠는 해산물 공판장에서 경매 일을 했는데, 하루도 술을 마시지 않는 날이 없었죠. 이른 나이에 간암으로 병원에 입원한 상태에서도 계속 술을 마셨으니까요. 저는 여고를 졸업할 때까지 아빠와 새엄마 밑에서 자랐고 자주 학대를 당해 지금도 척추가 굽은 상태예요. 새엄마한테 다듬잇방망이로 매질을 당해 손목뼈가 부러진 적도 있었죠. 지금도 날이 흐리면 온몸이 아파요. 게다가 천식을 앓고 있었고요. 아무튼 여고에 들어갈 때까지 저는 벙어리처럼 입을 닫고 살았어요. 눈 때문에 심각한 대인 기피증에 시달려야만 했고요. 그런데 어느 날 담임 선생님이 저한테 기타를 주면서 앞으로 노래를 불러보라고 하더군요. 너는 노래라도 불러야 살 수 있을 거라고 하면서요. 그 말이 순간 저한테는 복음처럼 들려왔죠. 그 후 기타를 배우고 노래를 부르면서 비로소 제대로 숨을 쉬고 말문도 트이게 됐죠."

상욱은 불현듯 마음이 아파왔다. 경옥이 노래를 부르는 일은 아마도 자신을 치유하는 주술 행위 같은 것이었으리라.

"여고를 졸업하고 저는 달랑 기타만 들고 서울로 올라왔어요. 서울역에 내렸는데, 막상 갈 데가 없다는 것을 알았죠. 하는 수 없이 허름한 여관방에 투숙을 하고 역에서 들고 온 「벼룩시장」을 뒤져 여기저기 전화를 걸어 일자리부터 알아보았어요. 그러다 라이브 카페라는 델 찾아갔죠. 운명이란 참으로 이상한 것이더군요. 저는 취직이 쉽지 않을 거라고 생각했어요. 그런데 주인 여자가 제 얼굴을 빤히 바라보더니, 그날부터 바로 일을 시키더군요. 글쎄, 저한테서 무엇을 보았던 걸까요?"

습한 바람이 불어와 상욱이 고개를 돌려보니, 한라산 자락이 뿌옇게 흐려지고 있었다.

"제가 그 집에서 바텐더 겸 가수로 일하는 동안 단골손님이 꽤나 많았어요. 왜였을 것 같아요? 바로 제 눈 때문이었죠. 하지만 그 집에서는 1년 정도밖에 버티지 못했어요. 지하 술집에서 일하다 보니 천식이 악화돼 병원에 실려 가게 됐죠. 그러자 또다시 가파른 절벽에 서 있는 심정이 되더군요. 그런데 그때 병원에서 저는 이상한 경험을 하게 됐어요."

"……"

"산소마스크를 쓴 상태였는데도, 도무지 숨이 쉬어지지 않아 저는 발악하듯 마스크를 벗어던지려고 했어요. 곧 숨이 막혀 죽을 것 같았으니까요. 그때 누군가 다급히 제 손을 잡고 외쳤어요. 아가씨! 참아야 해요. 조금만 참으면 다시 숨을 쉴 수 있을 거예요. 그러니까 제발 조금만 견디세요. 저는 그렇게 말하는 사람이 간호사일 거라고 생각했어요. 그녀는 아주 간곡한 목소리로 호소를 하듯 저를 계속 진정시켰어요. 이윽고 조였던 숨통이 트이면서 저는 가까스로 호흡을 되찾았죠. 곧바로 울음이 터져 나오더군요. 그러자 귀에 다시 이런 소리가 들려왔어요. 알아요, 아가씨가 지금 얼마나 힘든지. 네, 잘 알고 있답니다. 그러나 모두가 힘들고 아픈 것이겠지요? 누구라도 등에 무거운 짐을 지고 살아가게 마련이니까요. 그러니 비록 힘들더라도 견뎌야만 해요. 차츰 나아질 테니까요."

그러고 나서 그녀는 깜빡 잠이 들었다.

"그렇게 한 시간쯤 지났을까요? 저는 어렴풋이 잠에서 깨어났죠. 그런데 웬일인지 눈을 뜰 수가 없었어요. 몇 시나 됐는지, 또 여기가 어딘지 모르는 상태에서 저는 구원을 기다리는 심정으로 그대로 눈을 감고 있었어요. 이윽고 멀리서 발소리가 들리더니, 누군가 옆으로 다가와 다시 제 귀에 대고 속삭이더군요. 이제 좀 괜찮은가요? 저는 고개를 끄덕였어요. 그럼 천천히 눈을 떠보세요. 내가 이렇게 손을 잡고 있을 테니까요."

그녀는 왠지 두려운 느낌이 들어 좀더 눈을 감고 있었다.

"아가씨는 곧 여기서 나가게 될 겁니다. 그러니 그만 눈을 뜨고 일어나야 해요."

그 말을 듣고 경옥은 눈을 번쩍 떴다. 천장에 매달려 있는 형광등 불빛이 사납게 눈으로 쏟아져 들어왔다. 그녀는 눈을 꾹 감았다 다시 떴다. 그리고 살피듯 주위를 둘러보았다. 벽시계는 새벽 2시를 가리키고 있었고, 그녀가 누워 있는 침대 옆에는 아무도 없었다.

"네, 아무도 없었어요. 그 누구도."

상욱은 절로 몸에 소름이 돋았다.

"그럼 그게 모두 환청이었단 뜻인가요?"

"처음엔 간호사가 있었겠지만, 그 후는 분명 아니었어요."

"……"

"시애틀에서도 잠결에 그런 말들이 들려오곤 했으니까요.

지독한 외로움에 빠져 있을 때마다. 그 환청들을 들으며 저는 깨달은 사실이 하나 있어요. 내 안에 무당이 살고 있구나. 그 무당이 힘들 때마다 나를 달래고 보듬어주는구나. 그렇다면 그 무당이 다른 사람의 아픔과 상처까지 치유해줄 수 있지 않을까. 그게 어쩌면 내 운명이 아닐까. 그런 생각들까지 하게 됐어요. 물론 노래를 통해서겠죠. 내가 할 수 있는 건 그것밖에 없으니까요."

애기는 다시 그녀의 이십대 시절로 돌아갔다.

경옥은 스물세 살에 기획사를 통해 음반을 내고 데뷔했으나 대중에 알려지지 않았다. 이후 연극배우로 활동하기도 하고 가수로 케이블 티브이에 출연하기도 했다. 또한 재순이 감독한 영화에 두어 번 단역으로 출연한 적도 있었다. 그제야 상욱은 깨달았다. 재순의 영화에서 그녀를 본 적이 있다는 것을. 뒤미처 공항 대합실 의자에서 커다란 가방을 옆구리에 낀 채 졸고 있던 경옥의 모습이 흐린 화면으로 떠올랐다. 또 다른 장면은 은행잎이 떨어지고 있는 공원에서 사람들에 둘러싸여 노래를 부르고 있는 모습이었다.

서른 중반도 넘어 경옥이 시애틀로 가게 된 것은 마지막 선택이자 출구 같은 것이었다. 그러나 앞서 말했듯 시애틀에서도 그녀는 감당하기 힘든 삶의 허기에 시달리며 하루하루를 외롭게 견뎌야만 했다. 앞으로 어떻게 살아갈 생각이냐고 상욱이 넌지시 묻자, 경옥은 어떻게든 또 살아지지 않겠어요?

라고 도리어 반문했다.

비바람이 몰려왔는지 한라산은 두꺼운 회색 구름에 뒤덮여 있었다. 다시 소주가 한 순배 돌고 나서 상욱이 말했다.

"오랜만에 경옥 씨가 부르는 노래를 듣고 싶은데, 괜찮을까요? 옛날에 여수에서 들었던 「매기의 추억」이 다시 듣고 싶네요."

경옥은 어깨로 내려와 있던 머리칼을 뒤로 틀어 올려 젓가락을 꽂고 고즈넉하게 「매기의 추억」을 불렀다. 고통과 상처를 통해 정련된 듯한 깊고 맑간 목소리를 들으며 상욱은 걷잡을 수 없는 마음의 진동을 느꼈다. 그녀의 목소리가 귀로 수은처럼 스며 들어와 혈관으로 샅샅이 퍼지며 새벽녘의 빗소리처럼 영혼을 두드리는 듯했다.

재순이 촬영 팀과 함께 민박집으로 돌아온 것은 저녁참이었다. 때맞춰 거센 바람이 불어가며 바다에 파도가 하얗게 일렁이기 시작했다. 갈매기 떼가 바람의 힘을 못 이겨 북쪽으로 떠밀려 가고 있었다. 저녁을 먹은 촬영 팀은 지친 듯 곧 방으로 들어가버렸고 재순만 마루에 남아 셋이서 남은 술을 마셨다. 술상을 가운데 두고 경옥이 슬그머니 상욱의 옆으로 와서 앉자 재순은 어? 하는 눈빛으로 두 사람을 번갈아 보더니 기어이 한마디 했다.

"그새 무슨 공사라도 벌인 남녀들처럼 보이는군. 하긴, 이런 소도 같은 섬에서 낮부터 술을 마시다 보면 묘묘한 일들이 심심찮게 벌어지게 마련이지."

두 사람이 반응이 없자 재순이 덧붙였다.

"그래, 너희 둘 다 버림받은 처지니 비 내리는 처마 밑에서 함께 라면이라도 끓여 먹을 수 있다면 그것도 나름 복 받은 거겠지."

그렇게 말하는 재순의 처지도 별다를 게 없었다. 재작년에 아내가 다른 남자와 눈이 맞아 집을 나가고 나서 중학생인 아들을 본가에 맡겨둔 채 오피스텔에서 혼자 지내고 있었다. 그때부터 재순은 술이 더 늘었고 자조적이고 체념적인 말들을 자주 늘어놓았다. 근래엔 몸까지 나빠진 눈치였는데, 상관없다는 투로 계속 술을 마셔댔다.

어둠이 내리면서 눈앞에 떠 있던 바다는 감쪽같이 지워졌다. 밤이 깊어가면서 비바람이 마루까지 몰아쳤다. 지칠 만도 한데 경옥의 얼굴은 변함이 없었다. 낮보다 오히려 평온해진 모습이었다.

"저는 이런 날씨가 좋아요. 비도, 바람도, 이 맑은 어둠도."

바람은 그다음 날 오후에야 겨우 잦아들었다. 일행은 비양도를 떠나 한림항으로 나왔고 재순과 촬영 팀은 곧바로 공항으로 향했다. 경옥과 상욱도 함께 서울로 올라갈 줄 알았던 재순은 또 얼핏 당황한 눈치였다.

"제주에 내려온 김에 하루 이틀 더 묵고 올라가려고."

상욱이 먼저 이렇게 말하자 옆에 서 있던 경옥이 따라나섰다.

"저도, 상욱 오빠와 함께 있다 올라갈게요."

내심 당황했던 건 상욱도 마찬가지였다. 재순은 그래? 하고는 더 이상 별말 없이 뒤돌아섰다. 재순과 일행이 떠난 뒤 두 사람은 버스를 타고 제주 해안을 남쪽으로 돌아 서귀포와 중문을 거쳐 표선에 내렸다. 그때까지 두 사람은 한마디도 나누지 않았다. 각자 다가올 운명에 대해 생각하고 있었을 것이다.

버스에서 내린 두 사람은 동네 구멍가게에서 소주와 맥주를 몇 병 챙기고 식당에서 데친 문어를 사서 한적한 바닷가 민박집을 찾아갔다. 할머니 혼자 살고 있는 민박집에서 두 사람은 사흘을 묵으며 낮에는 우산을 들고 바닷가를 산책하고 밤에는 사랑을 나누었다. 사랑을 나눌 때마다 두 사람은 집을 한 채씩 태워버리는 듯한 격렬한 소용돌이에 휘말렸다. 표선에는 비가 자주 내렸고 저녁이 되면 바람이 몰려와 새벽까지 길게 불어갔다. 놀라운 고요함과 숯불처럼 뜨거운 순간들이 사이사이 교차하면서 시간은 더디게 흘러갔다. 20년 만에 경옥을 만나고 나서 상욱도 그간 감쪽같이 잊고 있던 삶에 대한 맹렬한 허기를 느꼈고 그것을 경옥이 채워주었다.

제주를 떠나올 때 두 사람은 며칠 전과는 완전히 다른 세상을 보고 있었다.

4

　서울로 올라와서 경옥은 상욱의 집에서 며칠을 조용히 지냈다. 그녀는 잠을 많이 잤고 깨어나면 술을 마시고 다시 잠이 들기를 반복했다. 그러던 어느 날 경옥이 느닷없이 통영으로 내려가겠다고 했다. 새벽에 태풍이 몰려와 집 안의 창문이 뜯겨 나가듯 덜컹거리던 날이었다. 베란다에 서서 비가 자욱하게 흩뿌리는 밖을 내다보던 경옥은 주방에서 국수를 삶고 있던 상욱에게 다가와 터미널까지 데려다달라고 했다. 전에 없이 평온한 날들을 보내면서 상욱은 묘한 불안의 기미를 느끼고 있었다. 역시 그렇군, 이라고 웅얼거리며 상욱은 가스레인지 불을 줄이고 돌아섰다.

　"이 험한 날씨에 우리 경옥 아씨가 어디로 가려고 그러는 걸까? 태풍이 그녀를 꼬드기고 있나 보다."

　경옥은 재순의 알선으로 동피랑 예술인 마을에 방을 얻게 되었다며 당분간 통영에서 지낼 계획이라고 했다.

　"당분간 언제까지? 그러다 날씨가 변덕을 부리면 또 어디론가 옮겨 가려고?"

　경옥이 냉담한 말투로 되받았다.

　"나를 비난해도 어쩔 수 없어요."

　"천둥 벼락이 치듯 사랑에 빠진 마당에 어떻게 내가 경옥이 너를 비난하겠어. 그런데 뭔가 좀 아득하긴 하군."

　"계속 함께 있게 되면 저를 견디기 힘들 거예요. 그럼 다시는 볼 수 없는 순간이 찾아올 테고요. 저는 그게 두려운지도 몰라요."

"대체 어떤 빌어먹을 무당이 그런 말을 하던가? 그럼 나는 어찌하면 좋을까. 괴나리봇짐을 지고 어디든 경옥 아씨를 찾아다녀야 할까? 뭐, 그러라면 그러겠지만."

"이제 저한테 남자는 당신 한 사람뿐이에요."

"그렇다면 처지는 나와 다를 바 없는데, 기어코 서로 떨어져 있어야만 한다는 뜻이군."

"당신이 찾아오면 언제든 우린 함께 지낼 수 있어요."

그쯤에서 상욱은 그녀의 뜻을 받아들일 수밖에 없다는 것을 알았다. 애써 붙잡는다고 될 일이 아니었다. 퉁퉁 불은 국수로 대충 끼니를 때운 다음 상욱은 아반테 승용차에 경옥을 태우고 그길로 통영까지 데려다주었다. 태풍이 점령한 고속도로는 곳곳에 사고가 나 있었고, 길이 더뎌 어두워질 무렵에나 통영에 도착했다. 비바람이 몰아치는 동피랑 언덕에 차를 대고 열쇠를 건네주러 온 사무실 직원이 다녀가자 이내 밤이 찾아왔다. 낡은 슬레이트 지붕의 작은 집에 짐을 올려다주고 상욱이 돌아서려는데, 뒷전에서 비를 맞고 서 있던 경옥이 잡아끌듯 말했다.

"상욱 오빠, 오늘은 여기서 자고 내일 올라가면 안 돼요? 나 혼자 있기 싫은데."

상욱은 못 들은 척 내처 대문을 나서 언덕길을 내려가다 중간에 발길을 돌려 술을 몇 병 사들고 다시 경옥이 있는 집으로 올라갔다. 경옥은 축축한 마루에 앉아 도깨비들처럼 불빛이 웅성거리는 강구안 바다를 내려다보고 있었다. 두 사람은 비양도에서처럼 마루에 마주 앉아 과자 봉지를 뜯어놓고 술을 마시며 드문드문 얘기를 주고받았다.

경옥은 시애틀에서 만든 노래들을 다듬어 다시 음반을 낼 계획을 가지고 있었다. 그러자면 혼자 작업할 시간과 장소가 필요하다고 했다. 생계는 여행객들이 드나드는 카페에서 공연을 하거나 아르바이트를 해서 해결할 생각이었다. 음반 작업이 마무리되면 서울로 올라와 공연 활동을 하면서 지낼 거라는 말도 덧붙였다. 재순이 알게 모르게 신경 써줄 것으로 짐작됐으나, 상욱의 귀에는 어쩐지 비현실적으로 들렸다. 상욱도 소설만 써서는 생계가 불안정해 이런저런 잡다한 일을 하고 있었다. 형편이 이러한데 살림을 차리고 산다는 게 가당키나 한 것인가, 하고 상욱은 속으로 쓴웃음을 지었다.

경옥은 통영에서 6개월을 살았다. 상욱은 월말에 한 번씩 통영에 내려가 며칠씩 묵고 서울로 올라오는 속절없는 생활을 되풀이했다. 그럼에도 둘의 관계는 애틋했고 시간이 갈수록 서로에게서 놓여날 수 없는 처지가 되었다. 그런데 경옥은 상욱이 없을 때 가끔 자해를 하는 눈치였다. 그럴 때마다 공황 상태가 찾아와 삶에서 멀어지는 일이 되풀이되곤 했다. 가슴에 문신처럼 남아 있는 과거의 어두운 기억에서 좀처럼 놓여날 수 없었던 걸까.

매서운 추위가 몰려온 이듬해 2월에 경옥은 상욱에게 알리지도 않고 제주로 거처를 옮겼다. 산방산 근처 사계리에서 게스트하우스를 운영하고 있는 아는 언니에게 몸을 의탁하기 위해서라고 했다. 그로부터 얼마 지나지 않아 상욱은 그녀의 건강에 문제가 생겼다는 것을 알게 되었다. 경옥은 그런 사실조차 상욱에게 말하지 않으려 했다. 3월 초에 제주도로 내려간 상욱은 경옥을 설득해 서울로 함께 올라오려 했으나, 그녀는 한사코 그의 등을 떠밀었다. 산방산 아래 무리 지어 피어 있는 유채 꽃밭 앞에서 경옥은 이렇게 말했다.

"세상에 이렇게나 아름다운 곳에 있는데, 내가 가긴 도대체 어딜 가겠어요. 떠돌이 무당 팔자도 꼭 나쁘지만은 않은 것 같네요."

상욱은 사계리 앞바다에 떠 있는 형제섬이나 망연히 바라보고 있었다.

여름 초입에 웬만큼 건강을 되찾은 그녀는 제주 시내로 거처를 옮겨 한라수목원 밑에 원룸을 얻어놓고 시내 중심가인 연동의 한 라이브 카페에서 밤마다 공연을 했다. 그즈음의 일이었다. 제주로 출장을 왔던 서울의 한 라디오 방송국 음악 담당 프로듀서의 눈에 띄어 경옥은 그동안 자신이 만들어놓았던 곡들을 음반으로 제작할 기회를 얻었다. 그리고 그중 한 곡이 방송을 타면서 대중에 알려지기 시작했다. 경옥은 제주도 생활을 정리하고 서울로 올라와 상욱의 집에 머물며 방송과 공연 활동을 하며 몇 달을 바쁘게 지냈다. 경옥에게 떠돌이 생활을 청산하고 삶을 거머쥘 수 있는 기회가 있었다면 바로 이 시기였을 것이다.

그런데 설악산에 단풍이 짙어질 때 경옥은 불쑥 속초로 몸을 옮겼다. 세 살 때 자신을 버리고 떠났던 어머니를 어찌어찌 찾게 되었는데, 그 어머니란 사람이 병든 채 속초 중앙시장에서 작은 식당을 하며 혼자 살고 있다고 했다. 그로부터 두 달 뒤 그녀의 어머니는 세상을 떠났고, 그동안 경옥은 마음을 자주 다치면서도 병수발에 온갖 뒤치다꺼리를 했다.

어머니의 장례를 치른 뒤 경옥은 눈이 퍼붓던 날 슬그머니 상욱을 찾아왔다. 한 해가 저물어가는 크리스마스 전야였다. 상욱의 집으로 들어선 그녀는 한눈에 봐도 병색이 완연했다. 상욱은 다음 날 아침 경옥을 병원에 데려가 입원시켰다. 검사 결과를 받아보니 자궁에 종양이 생겨 당장 수술을 하지 않으면 예후를 장담할 수 없는 위급한 상황이었다. 그때 경옥의 나이는 불과 마흔이었으나, 머리가 반백에 가깝게 변해 있었다.

열흘 후 퇴원을 하고 경옥은 상욱의 집에서 한 달 정도 요양을 하며 통원 치료를 받았다. 한데 눈보라가 몰아치던 어느 날 아침, 경옥이 서재 겸 작은 방에서 잡지에 보낼 글을 쓰고 있던 상욱을 찾았다. 경옥이 노크를 하고 방으로 머뭇머뭇 들어오는 순간 상욱은 그녀가 또 떠나려 한다는 것을 알았다.

상욱의 뒤로 다가온 경옥이 늙은 앵무새처럼 중얼거렸다.

"저, 이제 가봐야겠어요."

상욱은 컴퓨터 모니터에 시선을 고정시킨 채 말했다.

"지금 밖의 날씨는?"

남쪽으로 눈발이 몰려가고 있다고 경옥이 대꾸했다.

"그럼 경옥이도 그쪽으로 가겠군. 하지만 남쪽에도 과연 눈이 내릴까?"

"바다가 있는 곳으로 가려고요. 아무래도 그래야지 싶어요."

"그러지 않으면 안 되겠는 거지?"

상욱은 의자에서 일어나 경옥을 바라보았다. 그날따라 경옥의 두 눈은 유독 낯설고 처연해 보였다.

"경옥 아씨의 노래를 들은 것도 어느덧 오래전이군."

경옥이 가물가물한 눈빛으로 상욱을 바라보았다. 상욱은 온천이 있는 부산으로 그녀를 데려가리라 생각하고 있었다.

"아직 회복이 덜 된 상태니, 내가 따라나서야겠어. 그것도 안 된다면 이 엄동설한에 집 밖으로 내보낼 수는 없어."

"……"

"이제부터 네가 어디를 가더라도 함께 가겠어. 이 상태로 혼자 내버려둘 수는 없는 일이니까. 오후 일찍 집을 나서기로 하고, 옷하고 기타부터 챙겨."

5

그날 두 사람이 가 닿은 곳은 부산 청사포 해안이었다. 상욱은 동래나, 해운대를 염두에 두고 있었으나 경옥이 청사포로 가고 싶다고 했다. 눈발이 휘날리는 경부고속도로를 타고 내려가며 상욱은 이번 여행이 길어질 것이고, 어쩌면 그녀와의 마지막 여정이 될 거라는 예감에 사로잡혀 있었다.

밤이 이슥해 청사포에 이르자 거기도 눈이 내리고 있었다. 두 사람은 돌연 오갈 데 없는 심정이 되어 여기저기 기웃거리고 다니다, 아직 불을 밝혀둔 식당 겸 민박집으로 들어갔다. 길 건너편에서 물벼락이라도 뿌리듯 간헐적으로 파도가 문 앞까지 덮쳐왔다. 남쪽으로 내려왔으나 바닷가의 추위는 사납고 매서웠다. 무뚝뚝한 오십대의 주인 여자가 내온 곰장어 구이를 놓고 두 사람은 소주와 맥주를 번갈아 마셨다. 상욱이 두어 번 말렸는데도 경옥은 한사코 술을 마시겠다고 했다. 상욱은 문득 회한에 빠져 중얼거렸다.

"내가 경옥이를 이토록 애타게 여기는데도, 가여운 너는 늘 나와 따로인 것 같구나."

핏발 선 눈을 꿈벅거리며 경옥이 입엣말로 되받았다.

"미안해요."

아까는 붉었던 얼굴이 점점 하얗게 변했다. 난로 옆에 웅크리고 있던 고양이가 무슨 기척을 느꼈는지 두 사람이 앉아 있는 쪽을 돌아보았다. 상욱이 다시금 한탄조로 내뱉었다.

"무당이 이리 아파서 어찌할까. 그럼 노래는 누가 부르나. 남들의 눈물은 또 누가 닦아주나."

"······"

"도대체 마음이 어디 있는지 모르겠지? 그건 원래 없는 거라고들 하더구만."

경옥이 시선을 탁자 아래로 떨어뜨리며 동문서답을 했다.

"당신이 아니었더라면 벌써 죽었을 텐데, 나는 아직 이렇게 살아 있어요. 그것만도 고마운 일이에요."

상욱은 맥주에 소주를 섞어 단숨에 마시고 주머니를 뒤져 담배를 피워 물었다.

"이쯤에서 내가 서울 생활을 정리하고 조용한 바닷가 마을에 집을 얻어 둘이 살면 어떨까. 뭐 남해도 좋고, 우리가 처음 사랑을 나눴던 제주도 좋겠지. 가끔 내가 잡아 온 생선도 조리해 먹고, 뭐 고기도 구워 먹으면서 말이야. 앞마당에는 상추나 마늘 같은 것을 심고, 하얀 강아지도 키우면서. 처마에서 비가 떨어지는 날은 마루에 앉아 함께 술을 마시기도 하면서. 그러다 또 천둥 번개가 치듯 아이가 생기면 낳아서 곱게 기를 수도 있겠지."

그러자 경옥의 얼굴에 의미를 알 수 없는 야릇하고도 공허한 미소가 번졌다. 주인 여자는 난로 옆에서 *끄덕끄덕* 졸고 있었다. 경옥이 재채기라도 하듯 고개를 가로젓고 나서 또 엉뚱한 말로 되받았다.

"힘들면 이제 다른 여자를 만나보세요. 저는 괜찮으니까요."

상욱은 절로 한숨이 나왔다.

"다른 여자가 누구지? 세상에 그런 여자도 있나? 아니, 그러느니 차라리 이대로가 나아."

상욱은 벽시계를 쳐다보다 10시가 되자 자리에서 일어났다. 주인 여자도 그만 쉬어야 할 것 같았다. 두 사람은 열쇠를 받아 들고 2층 방으로 올라갔다. 한겨울인데도 이불과 베개에는 퀴퀴한 냄새가 배어 있었고 파도 소리가 드세 좀처럼 잠을 이룰 수가 없었다. 상욱은 어쩐지 세상의 끝에 와 있는 심정이었다. 꿈을 꾸는지 경옥은 밤새 앓는 소리를 냈다.

이튿날 아침까지 눈은 그치지 않았다. 두 사람은 짐을 꾸려 경옥이 살았던 통영으로 갔다. 그사이 눈이 그치고 있었다. 봄이 아직 멀었는데도 통영은 공기 속에 따스한 빛이 어려 있었다. 또 어디로 가나 싶었는데, 경옥이 남해의 섬들이 보이는 미륵도 미남리로 가자 했다. 바다가 내려다보이는 그곳 민박에서 두 사람은 열흘을 머물렀다. 상욱은 낚시점에서 도구를 빌려 방파제에 나가 물고기를 잡아 와 끼니마다 구이나 탕을 끓여 상을 차렸다. 그때마다 경옥은 문득 환한 얼굴이 되어 밤늦도록 지치지도 않고 노래를 부르는 것이었다.

2월 하순에 두 사람은 경옥의 고향인 여수로 길을 놓았다. 경옥의 부친은 이미 작고한 상태여서 딱히 찾거나 만날 이가 없었으나, 경옥은 그곳에서 하루쯤 묵어가기를 바랐다. 저녁참에 두 사람은 돌산대교에서 그리 멀지 않은 대교동 주택가의 오래된 골목을 찾아갔다. 경옥은 페인트칠이 벗겨진 어느 집 대문 앞에 발을 멈추고 깨금발로 어둑한 마당을 들여다보았다. 그리고 석탄재가 들어찬 듯 목이 콱 잠긴 소리로 웅얼거렸다.

"여기가 제가 태어나서 자란 집이에요. 그런데 불이 꺼져 있는 것을 보니, 이제 빈집이 된 모양이네요. 새엄마와 동생은 어디로 간 걸까요?"

마당가에 을씨년스럽게 한 주 서 있는 앙상한 대추나무가 상욱의 눈에 들어왔다. 한때의 바람이 불어가면서 후미진 골목까지 비릿한 바다 내음이 번져왔다. 그 냄새에 이끌리듯 두 사람은 돌산대교 쪽으로 무연히 걸어갔다. 그러다 습자지를 덧댄 듯 흐린 창으로 밤바다가 내다보이는 선술집에 들어가 복국을 끓여놓고 막걸리를 마셨다. 수염이 덥수룩한 중년 사내 서넛이 옆자리에 앉아 술추렴을 하며 욕설이 섞인 말들을 쉼 없이 내뱉고 있었다. 경옥은 이맛살을 찌푸리며 내내 힘겨운 표정을 짓고 있었다. 왜, 어디가 안 좋은가?라고 상욱이 묻자 그녀는 힘없이 고개를 가로저었다.

"아뇨, 죽은 아버지 생각이 나서요. 남자들은 나이가 들면 왜 다들 똑같은지 모르겠어요. 저러다 집에 들어가 또 아내나 아이들을 두들겨 패겠죠. 여수엔 괜히 왔나 봐요."

그녀는 그렁그렁한 눈으로 상욱을 쳐다보았다.

"내일 날이 밝는 대로 여길 떠야겠어요."

그럼 또 어디로 가지?라고 반문하려다 상욱은 입을 다물었다. 돌아보니 서울을 떠나온 지 그새 보름이 다 돼가고 있었다. 비록 말을 꺼내지는 않았으나, 상욱은 내내 경옥의 몸이 걱정이었다.

다음 날 두 사람은 고흥 거금도로 옮겨 갔다. 이후 완도와 해남 땅끝과 진도와 목포와 신안, 영광을 거쳐 변산 채석강에서 마지막 밤을 보낸 뒤 한 달여 만에 서울로 올라왔다. 그리고 경옥은 곧바로 재입원을 했다. 그날 연락이 닿은 재순이 병원으로 찾아와 경옥이 누워 있는 모습을 보더니 기겁을 하며 옆에 서 있는 상욱을 홱 돌아보았다. 온전히 제 탓도 아니건만 상욱은 차마 재순의 얼굴을 마주 볼 수 없었다.

며칠 뒤 다시 병원에 나타난 재순이 경옥에게 영화를 같이 해보자고 제의했다. 무슨 생각을 했던 것일까. 혹시 경옥의 마음을 붙잡아놓으려는 생각이었을까. 하지만 재순의 태도는 사뭇 진지했다. 독립 영화를 찍어 영화제에 출품할 계획이라고 했다. 공허한 눈빛으로 한참이나 천장을 올려다보고 있던 경옥이 말했다.

"저한테 지금 그럴 만한 힘이 남아 있을까요?"

전에도 함께 영화를 만들어본 경험이 있지 않냐며 재순은 포기하지 않고 경옥을 설득했다.

"하긴, 저는 너무 오래 쉬었네요. 하루도 쉬지 못한 채 말예요."

아무튼 그 일로 경옥은 원기를 회복해 병원에서 퇴원한 후 재순의 오피스텔에 머물며 대부분의 시간을 보냈다. 촬영은 서둘러 4월부터 시작됐다. 상욱은 간간이 경옥과 통화를 주고받으며 지냈으나 만나지는 못했다. 영화는 여름이 되기 전에 촬영을 마칠 거라고 했다. 그런데 막상 그렇게 되지 않았다. 5월에 경옥이 사라지고 나서 며칠 뒤 속초에서 사고를 당했던 것이다.

6

경옥을 보내고 상욱은 그녀의 유골이 담긴 항아리를 배낭에 넣은 채 그녀와 머물렀던 곳들을 빠짐없이 찾아다니며 한 줌씩 뿌렸다. 마지막 한 줌은 3년 전 여름, 그녀와 20년 만에 해후했던 비양도에서 음복하듯 술에 타서 마셨다.

5월에 서울을 떠난 상욱이 속초에 나타난 것은 더위가 시작되는 6월 초순이었다. 한 달 가까이 곳곳을 떠도는 동안 상욱의 몸과 마음은 지칠 대로 지쳐 있었다.

그가 고속버스 터미널에 내린 것은 오후 2시쯤이었다. 상욱은 터미널에서 나와 어디로 갈지 모르는 상태에서 횡단보도 앞에 서 있었다. 양양과 속초 시내 양방향으로 오가는 차들이 그의 눈앞을 환영처럼 스치고 지나갔다. 여기가 거긴가? 상욱은 돌연 아뜩한 현기증에 시달리며 두 눈을 부릅뜨고 사위를 둘러보았다. 눈에 보이는 모든 것들이 휘발되듯 햇빛에 가물가물 타오르고 있었다. 한낮에 미칠 듯이 잠이 쏟아져 내렸다. 그는 다리에 힘이 풀려 자리에 주저앉으려 했다. 그때 경옥의 모습이 상욱의 눈에 비쳐들었다.

그녀는 예의 선글라스를 끼고 어깨에 기타를 멘 채 횡단보도를 우쭐우쭐 건너가고 있었다. 미처 보지 못했던 걸까? 신호등에는 빨간불이 들어와 있었다. 순간 상욱은 이것저것 가릴 겨를도 없이 경옥의 이름을 외치며 휘청휘청 도로로 달려들었다. 뒤미처 몸에서 천둥이 치는 소리를 들으며 그는 도로 한복판에 나뒹굴었다.

속초의료원에 입원해 있는 동안 상욱은 자신도 곧 세상을 떠나리라는 예감에 자주 시달렸다. 더는 살아갈 기력이 남아 있지 않다고 생각했다. 밤이면 늘 같은 꿈을 꾸었는데, 누군가 숨이 끊어질 정도로 길게 통곡을 하는 것이었다. 6인용 병실은 무더웠고 밤마다 귀신들이 들끓는 듯했다. 어떤 이는 울고 어떤 이는 화를 내고 또 어떤 이는 밤새 괴성을 질러댔다. 그러던 어느 날 밤 상욱에게 기이한 일이 일어났다. 설핏 잠이 들어 있을 때, 누군가 침대 가까이로 다가오더니 귀에 대고 이렇게 속삭였다.

"이제 좀 괜찮은가요? 그럼 눈을 떠보세요. 내가 이렇게 손을 잡고 있을 테니까요."

눈에 풀칠을 한 듯 상욱은 좀처럼 눈을 뜰 수가 없었다.

"당신이 염려해준 덕분에 이제 나는 웬만합니다. 잘 쉬고 있으니 염려 마세요."

"……"

"당신과 함께했던 날들이 떠오릅니다. 바닷가의 방들. 그 방에 어둠이 차오르고 이윽고 새벽이 올 때, 나는 그 놀라운 고요함 속에서 혼자 깨어나 당신의 잠든 얼굴을 내려다보았지요. 그렇듯 늘 제 옆을 지켜주셔서 고마웠습니다."

그게 누구라는 것을 알고, 상욱은 다시금 소리 죽여 통곡했다. 그러다 숨이 끊어질 듯한 찰나, 눈을 번쩍 떴다. 그는 어둠에 잠겨 있는 사위를 유령처럼 찬찬히 둘러보았다. 그러나 그가 누워 있는 침대 주위에는 아무도 없었다.

7월에 상욱은 속초에서 서울에 있는 한 대학병원으로 옮겨 왔다.

그날 저녁 병원으로 찾아온 재순을 만나 그간의 얘기를 나누다, 상욱은 그가 봄에 찍다 만 영화의 제목이 「경옥의 노래」라는 걸 알게 되었다.

총

1

춘천에 사는 누나 영란한테서 명기에게 전화가 왔다. 그녀의 목소리를 듣는 순간 명기는 숨을 사렸다. 평소 서로 연락을 주고받지 않고 사는 데다, 부지불식간에 걸려온 전화를 받으니 문득 긴장할 수밖에 없었다. 아마도 가족과 관련된 일일 텐데, 행여 반가운 소식을 전해올 리 없었다.

명기가 영란을 마지막으로 본 것은 5년 전이었다. 잡지사 일로 춘천에 갔다가 그녀가 꾸려가는 조그만 커피숍에서 잠깐 얼굴만 확인하고 헤어진 터였다. 몇 마디 안부의 말이 오간 뒤에 영란이 물어왔다.

"너 이번 주 토요일에 시간 좀 낼 수 있니?"

"글쎄, 왜?"

"그날이 아버지 생신이야."

아버지,라는 말을 듣자 명기는 가시덤불 속으로 지나가는 뱀을 본 것처럼 오싹한 느낌이 들었다.

"어제저녁에 아버지한테 전화가 왔는데, 토요일에 후산에서 다들 모이자고 하시더라. 너하고 금란이, 그리고 나까지. 추모공원에 들러 당신 묫자리를 봐둘 생각인가 봐."

금란은 무주에서 공무원 생활을 하고 있는 명기의 바로 아래 동생이었다. 무슨 말이든 해야겠기에 명기는 되는대로 대꾸했다.

"누나도 알다시피 우리 그동안 이산가족처럼 살아왔잖아. 그러니 서로 연락 안 하는 게 그나마 도와주는 거였고. 근데 아버지 묫자리 정하는 데, 새삼스럽게 우리까지 동행해야 하나? 난 좀 뜬금없다는 생각이 드는데."

짧게 한숨을 내쉬고 나서 영란이 되받았다.

"몸이 많이 안 좋으신가 보더라."

일흔이 넘은 나이면 누구나 그런 거 아닌가? 몸이 안 좋기로 따지면야 온갖 합병증에 녹내장으로 앞조차 제대로 못 보고 사는 어머니가 훨씬 더하겠지. 대뜸 이런 말이 튀어나오려는 것을 명기는 억지로 입안으로 욱여넣었다.

"나라고 썩 내키겠니? 하지만 다른 일도 아니고 이번엔 가 봐야지 싶어."

여전히 글쎄, 하는 심정으로 명기는 침묵했다.

"이참에 유언을 남기겠다고 하시더라. 유산 문제를 포함해서. 그러니 네가 빠지면 모양새가 그렇잖아."

"지금 살고 있는 집 말고 유산이랄 건 또 뭐 있겠어요? 하긴 워낙 구두쇠니 금고에 뭐가 들어 있는지 우리는 모르지."

"자꾸 그런 식으로 말할래? 그래도 너, 내 말은 듣는 편이잖아. 더 이상 말꼬리 잡지 말고 토요일 정오에 후산역에서 만나기로 했으니, 시간 맞춰 내려와. 금란이는 그날 차 가지고 공주에 들러 아버지 모시고 오기로 했어. 일하는 중이니 이만 끊는다."

후산은 서울에서 승용차로 두 시간 거리의 남쪽에 있었다. 주말에 도로가 막힐 것을 감안하면 족히 세 시간은 걸릴 거였다. 영란과 통화를 끝내고 명기는 일정을 확인해보았다. 요즘 텔레비전에 자주 등장하는 요리사를 인터뷰한 사진과 글을 정리해 다음 주 월요일까지는 잡지사에 보내줘야 했다. 그게 아니더라도 명기는 이번 주말에 수연이를 만나 저녁을 사줄 생각이었다. 내년이면 중학생이 되는 수연은 근래 가뜩이나 예민해져 이래저래 엄마의 속을 썩이는 눈치였다. 사춘기라 그런가 싶다가도 명기는 어린 딸조차 곁에서 돌보지 못하고 사는 자신을 탓하며 자괴감에 사로잡히곤 했다.

심정이 어수선한 상태에서 명기는 형숙에게 주말에 일이 생겨 수연이와의 약속을 다음 주말로 미뤄야 할 것 같다고 카톡 메시지를 보냈다. 형숙에게선 아무 대꾸가 없었다. 동네

미술 학원에서 시간제로 초등학생들을 가르치는 일로는 생활이 힘든지 몇 달 전부터 그녀는 대형 마트에서 캐셔 일을 하고 있었다. 명기의 사정도 별반 다르지 않았다. 프리랜서란 애매한 신분으로 온갖 잡다한 일을 하며 근근이 버티는 정도였다. 어른들이야 그렇다 치고 앞으로 수연의 뒷바라지를 할 일이 명기는 늘 걱정이었다. 다른 건 몰라도 학비 부담은 해줘야 한다고 생각했다.

수연을 위해 다시 살림을 합치는 게 어떠냐고 명기는 두어 번 형숙의 마음을 떠보았으나, 그녀는 그냥 이대로가 편하다고 했다. 그때마다 명기는 아직도 그 자식을 만나나?라는 말로 그녀를 자극했다. 그 자식이란 형숙이 대학 때부터 사귀던 과 선배로 결혼 후에도 두 사람은 관계를 끊지 못했다. 뒤늦게 그 사실을 알고 명기는 형숙을 콩처럼 들볶았는데, 줄곧 침묵으로 저항하다 마침내 이혼 얘기를 먼저 꺼낸 것은 형숙이었다. 그즈음 생각만 하면 명기는 여태껏 울화가 치밀다가도 그조차도 자신이 초래한 일이라는 생각이 들어 열패감에 사로잡혔다. 변변한 직장도 없이 집을 비우기 일쑤였던 데다 생활비조차 그때그때 조달하지 못했던 것이다. 하물며 가장으로서의 위엄은 고사하고 누구만큼 알뜰하게 형숙을 보살피고 끔찍이 여긴 것도 아니었다.

후산으로 내려가는 날은 새벽부터 비가 내렸다. 12월로 접어들면서 기온이 쑥 내려가 있었다. 운전이 주는 부담을 피하

기 위해 기차를 이용할까 하다가 명기는 대중교통을 이용해
용산역까지 가는 게 번거로워 결국 지하 주차장에서 차를 끌
고 나왔다. 예상대로 내부순환로부터 도로가 막히기 시작했
고 성산대교를 건너 서해안고속도로에 진입하기까지 한 시간
반이 걸렸다. 그사이 영란에게서 지금 서울에서 내려오고 있
는 거냐는 확인 문자가 도착했다. 그녀는 일찌감치 춘천을 출
발해 서울에 도착한 다음 기차를 타고 이미 후산으로 내려가
는 중이었다.

명기는 초등학교 때 딱 한 번 후산에 내려가본 적이 있었으
나, 그 후로는 그럴 기회가 없었다. 아비가 집안사람들과 소
원하게 지내왔기 때문이었다. 그럼에도 이제 와 고향에 돌아
가 묻히길 바라는 아비의 뻔뻔함을 생각하며 명기는 다시금
비틀린 마음이 되었다. 그래, 이참에 나눠 가질 수 있는 유산
이라도 있다면 나쁠 건 없겠지. 이런 옹색한 생각을 하며 명
기는 제풀에 쓴웃음을 지었다.

2

아비는 자신에 관해서는 자식들한테 일체 함구했다. 따라
서 명기는 간혹 어머니나 주변 사람들의 입을 통해 아비에 대
해 알게 된 사실이 전부였다. 파편적으로 전해 들은 얘기였으
므로 뜬소문처럼 여겨지는 대목도 없지 않았으나, 그렇다고

믿지 않을 수도 없었다.

　아비가 후산을 떠난 건 고등학교를 졸업하고 사관학교에 입교하던 해였다. 1945년생이므로 대략 1964년의 일이 되겠다. 그 후 그는 고향을 찾지 않았다. 심지어는 부친의 환갑 때도 어린 명기만 아내에게 딸려 다녀오게 했다. 아비를 포함해 위아래로 4형제가 있었는데, 이유는 모르겠으나 그들은 서로를 찾는 일이 없었다. 장교로 임관한 뒤 그는 자원해서 1968년 혹은 그 이듬해 베트남으로 갔다. 그리고 1973년 베트남에서 미군이 철수하면서 귀국했다. 베트남 전쟁에서 그는 여러 차례 무공훈장을 받았다고 한다. 귀국한 후에는 중매로 만난 서울 출신의 어머니와 결혼을 했으며 화천에서 군 생활을 이어갔다. 그 시절 장녀 영란이 태어났고 연년생으로 명기가 태어나자 어머니는 자식들을 데리고 친정으로 몸을 옮겨 왔다.

　아비는 20년 가까이 인제, 양구, 철원 등 주로 전방 지역에 근무하면서 한 달에 한 번꼴로 서울 집에 다녀갔다. 1990년대 중반에야 대령으로 진급한 뒤 국방부로 발령을 받은 그는 연희동에 2층짜리 단독주택을 구입해 처가로부터 분가했다. 영란이 대학에 들어가던 해였고 명기가 고등학교 3학년일 때였다. 명기 아래로는 두 살 터울의 금란과 다섯 살 터울의 남동생 홍기가 있었다.

　연희동에 살게 되면서부터 집안 분위기는 수용소처럼 변했다. 아비는 늘 유령처럼 음울한 표정을 짓고 있었고 마치 절대자처럼 가족에게 군림했다. 그는 2층 전체를 혼자 쓰면서 처자식들과는 일상적인 대화조차 주고받지 않았다. 어쩌다 입에서 튀어나오는 말은 명령조의 전달 사항이 전부였다. 그러한 억압적인 태도와 음울한 침묵은 늘 주위를 질식시켰다. 그의 얼굴에는 뭐라 말할 수 없이 복잡한 느낌들이 숨어서 꿈틀거리고 있었는데 이를테면 분노와 경멸, 자기기만과 권태, 비루한 욕망과 위악 들이 온통 뒤범벅돼 있었다. 두려웠던 건 그 중심에 언제 폭발할지 모를 폭력이 억눌린 채 숨을 헐떡이고 있다는 것이었다. 그는 철저히 자기라는 감옥에 갇혀 사는 사람이었고, 자신의 의지와 다르게 주변이 흘러간다 싶으면 괴로운 듯 침묵하다 이윽고 참을 수 없는 상태가 되면 손에 무언가를 집어 들었다. 그의 책상 서랍 안에 한 자루의 권총이 뱀처럼 똬리를 튼 채 잠자고 있다는 사실을 명기는 중학생 때부터 이미 알고 있었다. 어머니도 그걸 몰랐을 리 없었다. 그녀는 남편인 그를 몹시도 두려워했다.

어느 날 명기는 어머니가 누나 영란을 붙잡고 하소연하는 소리를 문틈으로 엿듣게 되었다. 아비가 전방 부대에 근무할 때 내연녀와 살림을 차려 살았다는 얘기였다. 또 이런 말도 했다. 아비가 베트남에서 사람을 많이 죽였다는 것이었다. 그래서 저렇게 무섭게 변한 거라고 했다. 아비가 집에 없는 시간에만 식구들은 비로소 숨을 몰아쉬며 은밀히 얘기를 주고받았다. 그러다 그가 나타날 때가 되면 냉큼 입을 다물고 재빨리 흩어졌다.

그는 55세가 되던 1999년에 대령으로 예편했는데, 근무 연수로만 따지면 이미 장군으로 진급했어야 할 나이였다. 진급 심사에서 거듭 누락되면서 대령 근무 연한을 채우게 되었고 어쩔 수 없이 예편을 하게 된 것이었다. 명기는 이와 관련된 소문도 어디선가 엿들었다. 아비가 국방부에 근무할 당시 직속 부하의 부인을 상습적으로 추행했다든가 군수 물품 구입 자금을 횡령해 상부로부터 면책을 당했다든가 하는 따위의 얘기들이었다.

군에서 예편한 뒤 그는 영관급 장교 출신의 국가 유공자에게 주어지는 혜택을 받아 고속버스 회사의 상무가 되었다. 그는 국가로부터 배신당했다고 생각하면서도 골수 국가주의자임을 자처했고 텔레비전 뉴스에서 노동자 파업이나 대정부 시위 장면을 보게 되면 예외 없이 이런 말을 내뱉곤 했다. 개돼지만도 못한 것들! 저 중에 분명 간첩이 끼어 있을 텐데 색출해내서 모조리 사살해버려야 해! 도대체 국가 없이 개인이 존재하느냐 이 말이야! 누가 지들을 이만큼이나 먹여 살렸는데. 비록 혼잣말이었으나 식구들은 그의 언저리에 가는 것조차 극구 피했다.

고속버스 회사에 출근하면서 그는 골프에 심취했고 수시로 동남아로 원정 골프 모임을 떠났다. 그가 집을 비울 때면 어머니는 작심한 듯 자식들을 불러놓고 한시바삐 집을 떠나라는 말을 되풀이했다. 안 그래도 모두가 내심 그날이 오기만을 손꼽아 기다리고 있었다. 다만, 아직 중학생인 막내 홍기만이 불안스러운 눈빛으로 뒷전에 서서 입을 다물고 있었는데, 나이가 어리다는 것 말고도 그 애에게는 극복하기 힘든 장애가 있었다. 홍기는 말더듬이였고 구루병을 안고 태어나 심하게 등이 굽어 있었다. 때문에 아비는 홍기를 늘 눈엣가시처럼 여겼다.

　홍기가 말을 더듬기 시작한 것은 초등학생 때 벌어진 사건 때문이었다. 홍기가 어머니를 거듭 졸라 재래시장에서 흰 강아지 한 마리를 사 왔다. 홍기는 그 강아지를 제 동생처럼 여기며 밤마다 이불 속에서 끌어안고 잤다. 그 애는 순결한 영혼을 갖고 태어난 존재였다. 어쩐지 세상 사람들과는 끝내 어울릴 것 같지 않은 맑고 여린 성정의 소유자였다. 강아지가 짖을 때마다 식구들은 혹시라도 아비가 반응할까 싶어 두려움에 사로잡혔다. 다행히 그런 일은 일어나지 않았으나, 어느 날 홍기가 강아지에게 손을 물리는 일이 발생했다. 그제야 기다렸다는 듯 아비는 마루에 놓여 있던 다듬잇방망이를 집어들고 홍기가 보는 앞에서 강아지를 두들겨 패기 시작했다. 강아지는 피로 범벅이 되었고 곧 숨이 끊어졌다. 그 참혹한 순간을 홍기는 눈을 부릅뜬 채 끝까지 지켜보고 있었다. 아비가 2층으로 올라가자 홍기는 죽은 강아지를 품에 안고 대문 밖으로 나갔다. 그리고 밤늦게 혼이 나간 얼굴로 돌아왔다.

그날 이후 홍기는 말을 더듬었다. 구루병을 앓고 있는 데다 막내였기 때문에 식구들은 그 애를 사뭇 애틋하게 대했다. 그러나 그 일을 겪고 난 뒤 홍기는 누구의 관심도 거부한 채 마음을 완전히 닫아버렸다. 집에서는 대개 발가벗고 있었고 방문을 걸어 잠금 채 원숭이처럼 창틀에 구부리고 앉아 밖을 내다보는 일로 많은 시간을 보냈다.

홍기는 고등학교 2학년 봄에 집에서 홀연히 사라졌다. 열여덟 살 때의 일이었다. 그러니 벌써 17년이나 지난 일이었다. 그가 사라지기 얼마 전에 아비가 어머니를 감금한 사건이 있었다. 이유는 나중에 알았는데, 어머니가 옆집 남자와 동네 시장 근처에서 몇 번 만난 적이 있었던 모양이었다. 그 사실을 눈치채고 나서 아비는 어머니를 2층 방에 며칠을 가둬놓고 분이 풀릴 때까지 매질을 해댔다. 그 소리를 자식들은 아래층에서 벌벌 떨며 다 듣고 있었다.

그다음다음 날인가 홍기는 공주, 부여로 수학여행을 다녀왔다. 수학여행에서 돌아온 날 저녁 홍기는 명기에게 암시적인 말을 남겼다. 부여 무량사에 갔다가 건물 기둥에 붙어 있는 시(詩)를 보게 되었다고 했다. 담임 선생이 옆에서 뜻풀이를 해주었는데, 그게 참 마음에 와 닿더라고 홍기는 말했다. 오랜만의 대화여서 명기는 홍기에게 바투 붙어 앉아 그게 무슨 시였느냐고 물어보았다. 홍기는 곡진한 표정으로 그 시를 더듬더듬 외웠다.

천척의 낚싯줄이 아래로 곧게 내려가고
한 물결이 조금 움직임에 만 물결이 따른다
밤이 고요하고 물이 차니 고기가 먹지 아니하고
빈 배에 허공만 가득 싣고 달빛 속으로 돌아온다

당시에 홍기가 읊어준 그 시를 명기는 그 자리에서 다 기억
하지 못했다. 뜻을 알 수도 없으려니와 얼른 마음에 와 닿지
도 않았던 것이다. 한데도 명기는 홍기에게 어떤 변화가 찾아
왔음을 직감적으로 깨달았다. 그러나 그게 곧 가출로 이어질
줄은 꿈에도 몰랐다. 홍기가 집을 나가고 몇 년이 지나 명기
는 사방을 수소문하다 부여 무량사까지 가게 되었다. 그곳에
서 그 시가 영산전 네 기둥에 한 줄씩 세로로 붙어 있는 것을
발견했다.

千尺絲綸直下垂(천척사륜직하수)
一波纔動萬波隨(일파재동만파수)
夜靜水寒魚不食(야정수한어불식)
滿船空載月明歸(만선공재월명귀)

3

홍기가 떠난 뒤 집은 더욱 적막하고 음울하게 변했다. 미처 몰랐으되, 그 애가 차지하고 있던 공간감과 존재감이 너무 컸던 것이다. 어머니는 넋이 나간 얼굴로 홍기가 벌거벗고 앉아 있던 창틀에 몸을 기대고 하염없이 밖을 내다보곤 했다. 그때부터 모두가 떠날 준비를 서둘렀다. 영란은 마침 대학 졸업을 앞두고 있었고 명기는 곧바로 휴학계를 내고 군에 입대했다. 그리고 금란은 학교 앞에 자취방을 얻어 집을 나와버렸다. 그 시점에 모두가 부모와 결별한 셈이었고 또한 서로를 찾지 않게 되었다.

각자 독립을 했으나 공포와 억압 속에서 불안하게 성장한 탓이었는지 저마다 우여곡절을 겪으며 살았다. 영란은 교육 대학을 졸업하고 인천에 있는 초등학교에 교사로 부임하자마자 동료 교사와 결혼을 했는데, 이듬해 아이를 사산하고 나서 휴직계를 내고 몇 달 여행을 하며 지냈다. 그사이에 엎친 데 덮친 격으로 남편이 음주 교통사고로 사망했다. 충격을 이기지 못한 영란은 아무 연고도 없는 춘천으로 이주해 여태껏 혼자 살아오고 있었다. 이주한 첫해에는 소양강 아래 샘밭이라는 마을에서 움막을 얻어놓고 귀신처럼 지냈다고 했다.

금란도 평이한 삶을 살았다고는 할 수 없었다. 집을 나온 지 얼마 되지도 않아 대학을 자퇴하고 카페나 술집 같은 데를 전전하다 기타 치는 남자를 만나 여수로 내려가 결혼도 하지 않은 채 몇 해를 살았다. 이후 그 남자와 헤어지고 전주로 올라와 역시 요식업소를 전전하며 살았던 것 같고, 서른이 넘어서야 독학으로 공무원 시험을 준비하더니 7, 8년 전에 무주로 발령을 받아 가까스로 자리를 잡았다. 나이 차이가 많이 나는 농부와 같이 산다는 얘기가 있었는데, 누구도 직접 확인한 바는 없었다. 금란은 여름이 되면 반딧불이가 서식하는 곳을 찾아다니며 산다고 했다. 또 집 근처에 너른 보리밭이 있는데, 초여름이면 그 풍경이 얼굴이 노랗게 변할 정도로 아름다워 무주가 전생의 고향 같다는 말도 했다고 한다.

한편 명기는 군대를 제대하고 1년 가까이 떠돌이 생활을 했다. 주로 절간을 옮겨 다니며 지냈는데, 실은 홍기를 찾고 있었다. 부여 무량사에 들른 것도 그즈음이었다. 그러나 어디서도 그 애의 흔적은 발견되지 않았다. 그럴수록 명기는 홍기가 사무치게 그리웠다. 초겨울에 남도를 헤매다 명기는 급기야 병이 들어 수소문 끝에 춘천에 사는 영란을 찾아갔다. 집으로 돌아갈 생각은 몽매에도 없었고 잠시라도 몸과 마음을 의탁할 사람은 누나밖에 없다고 생각했다. 당시 영란은 공지천 근처에 원룸을 얻어놓고 초등학교에서 기간제 교사로 일하고 있었다.

노숙자와 다름없는 꼴로 나타난 명기를 보고 영란은 기함을 하며 그를 목욕탕부터 데려갔다. 그러고 나서 밤늦게 국밥집에 둘이 마주 앉아 소주를 마셨다. 밖에는 눈이 풀풀 날리

고 있었다. 남매는 한참을 서로 쳐다보다 손을 부여잡은 채
소리 죽여 흐느꼈다. 각자 집을 나와 어찌들 지내고 있는지에
대해서도 명기는 이날 영란을 통해 전해 들었다. 그는 그동안
홍기를 찾아다녔다고 털어놓았다. 부여 무량사에 갔던 얘기
도 했다.

"알고 보니 그게 중국 송나라 때 뱃사공이자 선승이었던 야
부도천이란 사람이 지은 선시(禪詩)더라구. 그런데 누나 말이
야. 그 야부도천이란 중이 어떻게 죽었는지 알아? 자신이 타
고 있던 배를 스스로 엎어 강물에 빠져 죽었다는 거야. 이거,
미친놈 아니야?"

영란은 가물가물한 눈빛으로 명기를 바라보았다.

"홍기 그 녀석도 혹시……"

말이 끝나기도 전에 영란이 냉큼 가로챘다.

"명기야!"

"……"

"너 지금 무슨 소리 하는 거야! 네 마음이나 내 마음이나
뭐가 다르겠니. 우리 두고두고 기다려보자. 혹시 아니? 오늘
너처럼 어느 날 불쑥 홍기가 우리 앞에 나타날지."

명기의 정신을 차리게 하려고 그랬는지 영란은 어머니 얘
기를 꺼냈다. 몇 달 전에 아비가 연희동 집을 처분해 전원주
택을 지어 공주로 이사를 했다고 했다. 어머니는 곡기를 끊다
시피 하며 살고 있는데, 몸이 극도로 쇠약해져 류머티즘에 늑

막염에 고혈압에 당뇨까지 앓고 있다고 했다. 당시 어머니는 고작 오십대 중반의 나이였다. 그나마 영란은 어머니와 가끔 연락이 되는 모양이었다.

영란은 명기에게 1년밖에 남지 않은 대학부터 졸업하라고 말했다. 그래야만 앞으로 뭘 해도 먹고살 수 있을 거라고 간곡하게 타일렀다. 춘천에서 며칠 몸을 추스른 다음 명기는 영란이 챙겨준 돈을 들고 서울로 올라왔고 대학을 졸업한 뒤에는 대기업 홍보실에 취직해 주로 사보 만드는 일을 했다. 그리고 사내 디자인실에 근무하는 형숙과 1년여 사귀다 명기가 먼저 청혼을 했다. 명기를 만날 즈음 그녀는 실연으로 방황하고 있었는데, 그는 자신이 그녀를 끝까지 두둔하고 품어줄 수 있으리라고 단순하게 생각했다. 그가 회사에 잘 적응했더라면 아마 그렇게 됐을는지도 모른다. 그러나 명기는 회사 생활에 갈수록 염증을 느꼈고 형숙과 결혼한 지 불과 몇 달 만에 충동적으로 사표를 제출했다. 형숙은 그때 임신 중이었다. 두 사람 사이에 눈에 보이지 않는 균열이 시작된 것도 아마 그즈음이었을 터였다.

4

명기가 후산역에 도착한 것은 약속 시간보다 20분이 지난 시각이었다. 후산으로 내려오는 동안 비는 그쳤고 대낮임에도 공기 중에 섬뜩한 기운이 감돌았다. 영란은 대합실 의자에 앉아 휴대전화를 들여다보고 있었다. 금란은 아직 도착하지 않은 상태였다. 수년 만에 만난 영란은 어느덧 중년의 모습으로 변해 있었다. 가마 주위로 흰 머리가 퍼지고 광대뼈가 도드라지면서 얼굴이 각이 져 보였다. 명기가 다가가자 영란은 배시시 웃으며 자리에서 일어났다. 그 무구한 얼굴을 보며 명기는 순간 가슴이 아려왔다.

금란과 아비를 기다리는 동안 명기와 영란은 이런저런 얘기를 주고받았다.

"수연이는 잘 크고 있니?"

누구든 무심코 던져오는 이런 질문을 받게 되면 명기는 이내 심정이 복잡해졌다.

"사춘기라 엄마 속을 제법 썩이는 모양이야. 뭐, 크느라고 그러는 거겠지."

"형숙 씨는?"

"모르겠어. 누군가 옆에서 챙겨주는 사람이 있는 것 같기도 하고."

영란은 가늘게 한숨을 내쉬고는 가방에서 누런 포장지에 싼 물건을 꺼내 명기에게 건네주었다. 수연이한테 주는 선물인데 손으로 직접 만든 디즈니 공주 인형이라고 했다.

영란은 미리 명기를 단속했다.

"이따 아버지 만나게 되면 혹시 감정이 상하는 말을 듣게 되더라도 네가 좀 참아. 알았지?"

명기는 말을 돌렸다.

"누나는 어떻게 지냈어요? 기껏 사십대 초반인데, 계속 혼자 살 건가요?"

"내가 새삼스럽게 인생을 또 바꿀 엄두가 나겠니? 이젠 무서워서 싫다."

"……"

"명기 너나 형숙 씨하고 다시 잘해봐. 수연이가 아직 어린데, 다른 여자 만나는 것도 쉽지 않은 일이잖아."

그때 대합실 안으로 금란이 들어섰다. 청바지에 회색 하프 코트를 걸친 단출한 차림이었다. 자매는 손을 맞잡고 고개를 주억거리며 몇 마디 말을 나눴다. 뒤에서 멀뚱하게 서 있는 명기를 돌아보며 금란이 말했다.

"오빠는 여전하네."

명기가 퉁명스럽게 되받았다.

"뭐가?"

"언제든 싸울 준비가 돼 있는 사람처럼 인상 쓰고 있는 거. 아무튼 오랜만에 본다."

영란이 물었다.

"아버지는?"

"차 안에 계셔. 배고프니까 어디 가서 점심부터 먹자."

"엄마 보고 왔어?"

"응, 계속 누워 지내셔. 언니하고 오빠 보고 싶다고 하더라."

금란은 몇 년 전부터 한 달에 한 번꼴로 무주에서 공주를 왕복하며 어머니를 돌보고 있다고 했다. 그런 사실을 영란도 오늘에야 알게 된 모양이었다. 목이 잠긴 소리로 그녀가 말했다.

"금란이 너라도 그래 주니 고맙구나."

명기의 차는 역 주차장에 세워놓고 금란의 차에 모두 올라탔다. 명기는 뒷자리에 앉아 있는 아비와 눈이 마주쳤지만, 인사의 말을 건네지 않았다. 눈이 마주치는 순간 저도 모르게 입이 굳어버렸다. 돌이켜보면 17년 만의 해후였는데, 명기의 눈에는 아비가 단지 낯선 노인처럼 보였다. 아비도 별다른 말이 없었다. 그러나 조수석에 앉은 명기는 줄곧 뒤통수에 와 박혀 있는 그의 시선을 감지하고 있었다. 휴대전화로 미리 검색을 해놨던지 영란이 후산저수지 인근에 있는 식당 이름을 대며 그쪽으로 가자고 했다.

후산저수지는 호수만큼 드넓었고 어죽과 민물매운탕을 파는 식당들이 곳곳에 늘어서 있었다. 식당 뒤편으로는 수확이 다 끝난 사과밭이 가로로 띠를 이뤄 황량하게 펼쳐져 있었다. 햇빛에 하얗게 반사되는 저수지에 낚싯배들이 드문드문 떠 있는 게 보였다. 멀리서 개 짖는 소리가 들려오는 가운데 이따금 도로에 차들이 먼지를 날리며 지나갔다. 그토록 이완된 풍경 속에서 네 사람은 테이블을 가운데 두고 서먹하게 마주 앉았다. 영란이 종업원을 불러 어죽과 맥주 두 병을 주문했다. 아비는 앞자리에 앉아 있는 명기를 관찰하는 시선으로 골똘히 쏘아보았다. 명기는 의식적으로 그의 눈길을 피하며 맥주를 따라 마셨다. 영란도 덩달아 잔에 맥주를 따랐다.

어죽이 나오는 동안 어색하니 다들 입을 다물고 있었다. 먼저 입을 연 것은 아비였다. 그가 명기에게서 눈을 떼지 않은 채 물었다.

"너는 요즘 뭐 해 먹고사는 거냐?"

그 말투 때문에라도 명기는 대뜸 신경이 곤두섰다. 겉모습은 초라하게 야위었으나 말투는 여전히 거침없고 고압적이었다. 명기가 대꾸가 없자 그가 말을 이었다.

"이혼까지 했다면서?"

"아버지가 상관하실 일이 아닙니다."

들은 척도 않고 아비가 되받았다.

"네가 원한다면 복권방 하나는 분양받아줄 수 있다. 너는 모르겠지만, 그것도 국가유공자 가족한테 나라가 베풀어주는 혜택이다. 그거면 그럭저럭 먹고살 수는 있을 거다."

영란이 명기의 눈치를 보며 재빨리 끼어들었다.

"명기는 제 할 일 잘하며 살고 있어요."

가만히 있는 게 차라리 나았으련만, 명기가 기어이 한마디 내뱉었다.

"이런 나라에서 정부가 베풀어주는 혜택 따위는 받고 싶지 않습니다. 염치와 면목이라는 게 있으니까요."

"그럴듯한 말이구나. 염치와 면목."

"세상 사람들을 볼 염치와 면목이 없다는 뜻이지, 파렴치하고 부패한 자들이 함부로 좌지우지하고 있는 이 나라를 두고 하는 말이 아닙니다."

아비가 물러서지 않고 침착하게 말했다.

"그래서, 너도 요 근래 촛불시위니 뭐니 하는 모임에 나가는 거냐? 설마 해서 물어보는 것이다."

"왜요, 그러면 안 되는 이유라도 있나요?"

자매가 불안한 눈빛으로 히뜩 명기와 아비를 바라보았다.

"잘 듣거라, 정부가 힘이 없어서 시위대를 가만 놔두는지 아느냐? 그렇다면 그건 엄연한 착각이다. 일단 놔두고 보는 거야. 언제까지들 저러는지."

"아주 위험한 생각을 갖고 계시는군요."

"너희들도 이제 웬만큼 나이가 들었으니 똑똑히 알아둘 필요가 있다. 과거에 부모 세대가 어떻게 살아왔는지, 어떤 희생을 치르면서 여기까지 왔는지를 말이다. 다들 굶주리고 헐벗은 채 무릎으로 땅바닥을 기다시피 하여 여기까지 온 것이다. 다른 나라라면 몰라도 이 나라에서 그들에 대해 함부로 말해선 안 된다. 극소수 반동 세력을 제외하면 그들은 다들 애국자였다."

어려서부터 들어온 그 뻔한 말에 명기는 짐짓 진저리를 쳤다. 영란이 옆에서 명기의 허벅지를 꼬집었다. 금란은 아예 귀를 막아둔 표정이었다. 종업원이 다가와 테이블에 음식을 내려놓았다.

"그래, 밥은 먹어둬야 할 테니 여기까지 하마. 밥값은 내가 내겠다."

고작 맥주 두어 잔에 명기는 얼굴이 불콰하게 달아올랐고 속도 부글부글 끓어오르는 참이었다. 그러나 오랜만에 가족을 만난 터에 되도록 참아야겠다고 명기는 다짐했다. 민물 잡어를 넣고 진득하게 끓인 매큼한 죽을 먹는 동안 잠시 물러갔던 침묵이 다시 엄습했다. 명기는 아비가 단지 늙고 병이 들었을 뿐 결코 변한 게 없다고 생각했다. 아니, 오랜 세월 참았던 것을 토해내듯 오히려 입이 소란스러워져 있었다. 겨우 그것을 확인하기 위해 내려왔나 싶어 명기는 심정이 착잡했다. 그래도 딴에는 뭔가 야릇한 기대를 품고 있었던 것이다.

식당에서 나와 추모공원에 도착한 것은 오후 2시 무렵이었다. 네 사람은 우선 분양 사무실에 들러 직원이 준비해놓은 설명을 들었다. 이곳 추모공원은 수도권에서 두 시간 거리에 위치한 전국 8대 명당 중의 하나로 황금 닭이 알을 품고 있는 금계 포란형의 지형이다. 뛰어난 전망과 일조량이 풍부한 6만 2천여 평의 대지에 단지별로 조성돼 있다. 또한 공원 내에 숲이 있어 방문한 가족들의 휴식처로도 더할 나위 없이 적합한 곳이다. 더불어 고객의 편의를 위해 호텔식의 특급 서비스를 제공하고 있다는 등등의 말을 꽤나 설득력 있게 늘어놓았다. 이어 직원은 단지를 직접 둘러보자며 서류철을 들고 자리에서 일어났다. 네 사람은 밖으로 나와 줄지어 봉고차에 올라탔다. 직원은 맨 위에 있는 단지로 차를 몰고 올라갔다.

봉고차에서 내리자 늦가을, 아니 초겨울의 호수와 헐벗은 과수원들과 빈 논밭들이 눈앞에 흑백 스크린처럼 펼쳐졌다. 오후로 접어들면서 바람이 더욱 매섭게 변하고 있었다. 아비는 조성된 지 얼마 되지 않아 보이는 누군가의 봉분 옆에 뒷짐을 지고 서서 사방을 유심히 둘러보았다.

"내 풍수에 관해서는 잘 모른다만, 느낌이 썩 나쁘진 않구나. 근데 여기는 겨울에 북서풍이 불면 아무래도 춥지 않을까? 눈도 잘 녹지 않을 테고. 아래로 한 칸씩 내려가보자."

누구에게랄 것도 없이 중얼거리며 아비는 한쪽 다리를 절면서 아래 단지로 이동했다. 그때마다 몇 마디씩 품평을 늘어놓았는데, 뒤에서 입을 다물고 따라가던 명기는 점점 속이 거북했다. 어디가 됐든 죽어 묻히면 그만일 텐데, 뭘 그렇게 일일이 따지고 드는지 알 수 없었다. 아비가 합장묘 얘기를 꺼낼 때는 어머니가 과연 그것을 원할지 의구심이 들어 절로 한숨이 새 나왔다. 1단지에서 12단지까지 돌아보는 데는 무려 두 시간이 걸렸고 다들 지친 기색이 역력했다. 무엇보다도 추워서 견디기가 힘들었다. 마침내 6단지 중간께 자리로 결정하면서 아비는 뒤에 서 있는 자식들을 돌아보며 말했다.

"죽어서 기껏 나 하나 편하자고 이러는 게 아니다. 묘를 잘

못 써서 혹여라도 후손들한테 좋잖은 영향을 미칠까 싶어 그런다. 한데 내가 죽으면 막상 여기까지 와볼 자식이 있기는 할까?"

그 말에 아무도 대꾸를 하지 않았다. 다시 분양 사무실로 돌아와 믹스 커피를 마시며 아비는 분양 계약서에 서명을 했다. 유가족 대표의 동반 서명이 필요하다는 직원의 말에 다들 명기를 돌아보았다. 명기는 선뜻 내키지 않는 표정으로 꾸물거리다 이렇듯 얼버무렸다.

"그래도 장녀인 누나가 서명하는 게 낫지 않겠어?"

그러자 아비의 입에서 나직한 신음 소리가 새 나왔다.

"천하의 몹쓸 놈."

명기는 부스스 자리에서 일어나 밖으로 나왔다. 그리고 화장실에 들어갔다 나와 담배를 피워 물고 주차장 주변을 어슬렁거렸다. 오후 5시 무렵이 되면서 슬슬 땅거미가 지고 있었다. 10분쯤 후에 아비의 뒤를 따라 영란과 금란이 사무실에서 나왔다. 이제 그만 후산역으로 돌아가는가 싶었는데, 차에 올라탄 아비가 생각지도 못했던 말을 꺼냈다.

"이왕 내려온 김에 고향 집이나 멀리서 보고 갈까 싶다. 다시는 내려올 일이 없을 테니 말이다."

금란은 아비가 시키는 대로 면사무소 이름을 내비게이션에 입력하고 그쪽으로 차를 몰았다. 낮에 점심을 먹었던 식당 앞을 지나 저수지가 끝나는 지점을 통과하자 금세 날이 어둑해

지기 시작했다. 길 양옆은 온통 사과밭이었다. 가지에 드문드
문 매달려 말라가고 있는 사과를 눈여겨보고 있자니 명기는
문득 형숙과 수연의 얼굴이 떠올랐다. 시나브로 밤이 깊어지
면서 사방에 하얗게 서리가 내리리라. 짐짓 몸을 떨며 명기는
뒷좌석에서 아비가 하는 말을 일방적으로 듣고 있었다.

"너희가 나한테 서운한 점이 있을 걸로 짐작한다. 그러나
세상사가 그렇듯 부모 자식 간도 서로 뜻대로 되는 건 아니
다. 간혹 불합리하거나 잘못된 일도 있었겠지. 하지만 이제
와 어쩌겠느냐."

"……"

"굳이 할 말은 아니다만, 내 나름으론 한다고 하며 살아왔
다. 평생 국가를 위해 헌신했고 아닌 게 아니라 젊어서는 남
의 나라 전쟁에 참전하기도 했다. 그게 아무것도 아니라고 말
하면 안 된다."

"가족에 대해서는 어떻게 생각하세요? 지금껏 살아오면서
후회하거나 되돌리고 싶은 일은 없으신가요?"

명기는 뭔가 기대하는 심정으로 그렇게 물었다.

"글쎄다. 말했다시피 서운한 점들도 있었겠지. 그러나 이
애비가 가장으로서 한 일도 마땅히 인정해야 하지 않겠느냐."

"가족을 위해 뭘 하셨는데요?"

"다섯이나 되는 식구를 부양하고 먹여 살린 일만 해도 나
는 대단한 업적이라고 생각한다. 다들 이렇게 장성해 제 앞가

림들을 하며 살고 있질 않느냐. 그런데도 너희는 아무도 나를 공경하지 않더구나."

아비의 말투에는 어느덧 톱니 같은 날이 서 있었다.

"어머니가 왜 저렇게 아프신지 알고는 계시나요?"

아비가 대뜸 되받았다.

"그게 내 탓이란 말이냐? 니 에미가 저리 앓아누워서 살기가 불편한 건 다름 아닌 이 애비라는 걸 모르고서 하는 소리냐?"

"그럼 홍기는 왜 집을 나갔을까요. 그 후로 한 번이라도 그 애를 찾아보기는 하셨나요?"

"홍기 그놈은 애초에 그렇게 될 놈이었어. 너희도 알다시피 그게 어디 제대로 된 놈이었냐? 그리고 제 발로 집 나간 놈을 무슨 수로 찾는단 말이냐."

명기는 간신히 목소리를 눅여 말했다.

"그 애가 죽었는지 살았는지 궁금하지는 않으세요? 살아 있다면 그새 서른다섯이 됐을 텐데."

"자식을 여럿 두다 보면 병신이 하나쯤 나오게 마련이다. 이참에 말한다만, 태어날 때부터 나는 그 녀석을 아예 버린 자식으로 생각했다."

"그럼 저희 셋에 대해서는 어떻게 생각하세요?"

"뭘 말이냐."

"다들 제 앞가림들을 하며 잘 살고 있는 것 같습니까? 가슴에 맺힌 거 없이 그저 무난하게 말이죠."

"영란이가 남편을 잃은 거야 어쩔 수 없는 일이고, 금란이는 말단이나마 국가 공무원으로 살고 있으니 그만하면 됐다 생각한다. 그래, 말하다 보니 명기 네가 그중 변변찮구나. 애까지 낳아놓은 마당에 기껏 이혼이라니. 남 보기 창피하지도 않느냐?"

"아버지는 후회하는 바가 전혀 없으시군요. 일말의 반성도 없으신 것 같고."

마침내 아비가 언성을 높였다.

"뭐, 반성? 내가 도대체 왜 그따위 짓을 해야 한단 말이냐!"

"네, 그러시군요."

차가 면사무소 앞에 이르자 그때부터는 아비가 직접 금란에게 길 안내를 했다. 날이 이미 어둑해져 있었으므로 사위를 분간하기가 어려웠다. 전조등에 의지해 차는 느릿한 속도로 움직였다.

"몰라보게 변해서 이제 길을 찾기조차 힘들군. 조금만 더 올라가면 아마 저수지가 보일 거다. 그건 그대로 있겠지. 옛날엔 저수지 끝에 방앗간이 있었는데, 거기를 지나면 곧 마을이 나올 거다. 얼추 다 왔지 싶다."

아비의 고향 집이라는 곳은 마을 외곽의 초등학교 뒤편에 허름하게 남아 있었다. 어려서 다녀간 적이 있기는 해도 명기는 기억조차 어렴풋했다. 지금 그 집에는 아버지의 바로 아래

동생인 삼촌 일가가 살고 있다고 했다. 아비는 길가에 차를 세워둔 채 밖으로 나와 그쪽을 우두커니 바라보기만 했다. 도로에서 5분여를 머문 뒤 아비는 그만 돌아가자며 몸을 돌렸다.

"집까지 들어가볼 필요는 없지 싶다. 막상 대면해봐야 그렇고 그런 얘기나 주고받다 시간만 지체될 게 뻔하다. 그보다 어디 가서 제대로 저녁이나 해야겠다. 점심으로 죽을 먹어놨더니 그새 출출하구나."

일단 후산역으로 가자고 영란이 말했다.

"세상 맛없는 게 역전 식당 밥이다. 가다가 좋은 데가 보이면 그리로 들어가자. 마저 할 얘기가 남아 있으니."

5

명기는 불현듯 부여로 가고 싶었다. 무량사에 들러 영산전 네 기둥에 그 시가 여전히 붙어 있는지 확인하고 싶었다. 아까부터 들끓듯 마음이 소용돌이치고 있었다. 차 안에서 아비와 얘기를 나누는 동안 새삼 못 견디게 홍기가 그리웠다. 평소에는 잊고 살았던 어머니의 얼굴이 떠오르면서 왈칵 눈물이 나오려는 것을 명기는 억지로 참으며 이를 악물었다.

차가 멈춘 곳은 기와지붕에 붉을 밝혀놓은 한우 고깃집이었다. 중절모를 벗고 안으로 들어서며 아비는 주인에게 조용한 방을 내달라고 했다. 주말 저녁이었으므로 식당은 소란스러웠다. 기관원들로 보이는 이들이 모여 앉아 떠들썩하게 단체 회식을 하고 있었다. 명기가 얼핏 듣자니 최근 시국과 관련된 얘기들을 저마다 목에 핏대를 세우고 경쟁적으로 주고받고 있었다. 홀에 걸려 있는 텔레비전에서는 때마침 광화문 촛불시위 현장을 보여주고 있었고, 가수 한영애가 무대에 올라 「조율」이란 노래를 부르는 참이었다.

알고 있지 꽃들은
따뜻한 5월이면 꽃을 피워야 한다는 것을
알고 있지 철새들은
가을 하늘 때가 되면 날아가야 한다는 것을
문제 무엇이 문제인가
가는 곳 모르면서 그저 달리고만 있었던 거야
지고지순했던 우리네 마음이
언제부터 진실을 외면해왔었는지
잠자는 하늘님이여
이제 그만 일어나요
그 옛날 하늘빛처럼
조율 한번 해주세요—

여기까지 귀로 흘려들으며 방으로 들어가 저마다 자리를 잡고 앉자 곧 종업원이 이글거리는 숯불 통을 들고 들어왔다.

명기는 검붉게 타오르는 숯불을 짐승처럼 노려보았다. 뭔가 참을 수 없는 감정이 여태도 가라앉지 않은 채 속에서 이글거리고 있었다. 생고기를 담은 접시가 나오자 금란이 집게를 들고 불판 위에 소고기와 버섯과 마늘 등속을 올려놓았다. 그녀는 오늘 한마디도 하지 않은 성싶었다. 영란이 소주병을 따서 아비에게 먼저 따랐다.

"운전할 사람들은 콜라 마셔."

그러자 명기가 불쑥 되받았다.

"나도 한잔 줘요."

그러자 영란이 슬쩍 명기를 바라보며 이맛살을 찌푸렸다. 술이 한 순배 돌자 그녀가 조심스럽게 말했다.

"하실 말씀이 있으면 마저 하세요."

금란은 여전히 못 들은 척 집게로 고기를 뒤집으며 가위질을 하고 있었다. 술잔을 집어 들고 입으로 가져가며 이윽고 아비가 말했다.

"근래 내가 몸이 썩 좋지 않다. 이대로라면 너희 에미가 먼저 갈지 내가 먼저 갈지 모르겠다, 그런 말이다. 이런 마당에 야속한 생각 따위는 그만 버리도록 해라. 부모 입장에서 생각하면 제대로 효도 한번 받아보질 못했지 않느냐."

"……"

"그나마 금란이는 가끔 집에 들러보기라도 하지만, 너희 둘은 아예 후레자식들처럼 살아가더구나."

죄송해요,라며 영란이 말꼬리를 흐렸다. 아비가 고기를 우물거리며 마저 말했다.

"부모가 떠나고 나면 유산 문제 때문에 서로 아옹다옹할 것 같아서 내 미리 얘기해두겠다. 그동안은 연금 덕분에 어찌어찌 살아왔는데, 너희 에미 병치레 때문에 이때껏 들어간 돈이 많다. 지금 남아 있는 것은 집 한 채와 고속버스 회사에 다닐 때 이 근처에 사둔 과수원뿐이다. 법원 경매를 통해 당시 시가보다 싸게 매입했는데 지금은 꽤 올랐을 거다. 너희들이 부모한테 한 게 없으니 무엇 하나 물려주고 싶지 않다만, 나중에 똑같이 3등분해서 나눠 갖도록 해라."

줄곧 입을 다물고 있던 금란이 공벌레처럼 몸을 웅크리며 발작적으로 내뱉었다.

"저는 안 받을래요! 그거 없이도 살 수 있어요."

순간 아비의 얼굴에 묘하게 일그러졌다.

"그래? 그럼 영란이 너는."

영란은 곤혹스러운 표정으로 눈을 내리깔며 얼버무렸다.

"저도 뭐 꼭 필요한 건 아네요. 아버지 말마따나 부모님한테 해드린 것도 없고."

"하긴, 너희들은 이때껏 부모한테 용돈 한번 내민 적이 없지. 그래, 좋을 대로들 하거라. 그럼 마지막으로 명기 너한테 묻겠다."

날카로운 눈으로 아비가 명기를 노려보았다. 앓듯이 내내 고개를 숙이고 앉아 있던 명기가 느리게 고개를 치켜들었다. 웬일인지 명기의 낯빛이 파리하게 변해 있었다.

"저도 받지 않겠습니다."

"그래?"

"더 이상 아버지가 주는 그 어떤 것도 받지 않겠습니다. 그동안 너무나 많은 괴로운 것들을 부당하게 받으며 살아왔으니까요."

아비가 큼, 하고 목을 가다듬으며 몸을 곧추세웠다.

"그리고 마지막으로 돌려드릴 게 있습니다."

다들 입을 굳게 다문 채 명기를 주시하고 있었다. 불판에서는 고기 타는 냄새가 역하게 피어오르고 있었다. 명기는 옆에 놓여 있던 배낭을 끌어당겨 지퍼를 열었다. 이어 그 안에서 무언가를 꺼내 천천히 아비의 이마를 향해 겨누었다. 순간 영란과 금란은 질겁한 소리를 내며 뒤로 몸을 사렸다. 명기가 손에 들고 있는 것은 권총이었다.

아비의 눈에 희번덕 놀람의 빛이 스치고 지나가면서 순간 실핏줄이 서렸다. 그러나 그는 곧바로 냉정하게 표정을 수습했다. 총을 들고 있는 명기의 손이 조금씩 떨리고 있었다.

아비가 가래 끓는 소리로 나직이 내뱉었다.

"내 기억이 맞다면, 거기엔 총알이 장전돼 있을 거다."

"아마 그럴 겁니다."

"그럼 주저하지 말고 방아쇠를 당기거라. 그전에 내 한마디만 하겠다."

"그 한마디가 매우 중요할 겁니다."

아비의 얼굴에 찰나 차가운 웃음기가 번졌다 사라졌다.

"행여라도 내가 너에게 비굴한 말을 늘어놓을 거라는 어처구니없는 생각은 하지 말거라. 네놈이 바라는 것과 달리 나는 이때껏 살아오면서 후회하는 바가 조금치도 없다. 너란 놈은 그새 후회할 게 많은 것 같지만 말이다."

그제야 정신이 든 듯 영란이 울부짖었다.

"아니, 왜들 이래요! 명기 너, 미친 거 아냐? 어서 그거 내려놓지 못해!"

명기는 이마에 식은땀을 흘리며 손을 부들부들 떨고 있었다.

"못난 놈! 주제에 감히 애비한테 총을 들이대다니."

명기는 인두로 지진 듯 등이 뜨겁게 쑤셔오고 숨이 턱까지 가쁘게 차오름을 느꼈다. 급기야 눈에서 무언가가 꾸역꾸역 비어져 나왔다. 여전히 가슴속에서는 증오와 분노, 수치와 모멸의 감정들이 숯불처럼 이글거리며 타오르고 있었다. 떨어뜨리듯 테이블 위에 총을 내려놓으며 명기는 제풀에 자지러지는 소리를 냈다.

6

후산역으로 돌아왔을 때는 먹물 같은 밤이 찾아와 있었다.

광장으로 칼끝 같은 바람이 몰려가면서 쉼 없이 몸이 떨려왔다. 영란과 금란은 그새 무슨 밀담을 나눴는지, 둘이 서해로 갔다가 내일 올라갈 거라며 여기서 그만 헤어지자고 했다. 이윽고 도망치듯 둘이 차에 올라타 서둘러 그 자리를 떠났다.

광장 옆 주차장에 남은 건 아비와 명기 둘뿐이었다. 이렇게 된 이상 명기는 아비를 공주까지 태워다준 다음 서울로 올라가야 할 거였다. 두 사람은 서로를 외면한 채 한동안 주차장에 서 있다가 머뭇거리며 차에 올라탔다. 명기가 운전석에 앉아 시동을 걸었고 이윽고 아비가 뒷좌석에 자리를 잡았다.

밤의 흔적

1

장호와 현수가 점심을 먹고 사무실로 들어왔을 때 전화벨이 울렸다. 다급하고 신경질적으로 들리는 벨 소리였다. 마치 개가 짖어대는 느낌이었다. 장호가 잠시 테이블 위에 놓여 있는 전화기를 노려보다 수화기를 집어 들자 대뜸 거친 소리가 튀어나왔다. 육십대 초반으로 짐작되는 남자였다.

"거기 청소 용역 업체 맞습니까?"

업종 분류상으로는 특수 청소 하청 업체이고 유물 정리 업체라고 달리 부르기도 한다.

"왜 이렇게 전화가 안 되는 거요?"

단둘이 꾸려가는 사무실이어서 점심시간이나 출장 시에는 전화를 받을 사람이 없었다. 인터넷 홈페이지에 휴대전화 번호가 나와 있지만, 굳이 사무실 전화로 통화를 하려는 사람들이 있었다. 제대로 등록이 돼 있는 업체인지 확인하려는 걸 터였다.

"말씀하시죠."

"여기 합정동인데 오늘 좀 와줘야겠소. 며칠 전부터 냄새가 진동한다고 세입자들이 전화를 걸어대서 혹시나 하고 문을 따고 들어가봤더니, 번개탄을 피워놓고 일을 저질렀더군."

전화를 걸어온 사람은 집주인인 듯했다. 일을 저지른 사람은 세입자 중 하나일 거였다.

"경찰은 다녀갔습니까?"

"오전에 현장 감식하고 신원 확인 마치고 사체를 내갔소. 와서 청소하고 소독하면 돼요. 방에 온통 냄새가 배 있으니 벽지 뜯어내고 장판까지 들어내야겠습디다. 에이, 재수 없게시리!"

"유가족은요?"

청소 하청 업체에서 관여할 일은 아니지만 장호는 습관적으로 물어보았다.

"경찰에서 연락을 해보니 가족은 해외에 있다고 합디다. 기러기 신세였던 모양이지. 비용은 내가 지불할 테니 어서 와주기나 하쇼."

장호는 그가 불러주는 대로 현장의 위치를 받아 적으며 창가에서 믹스 커피를 마시고 있는 현수에게 출장 나갈 준비를 하라고 눈짓을 보냈다. 그러자면 비좁은 사무실 안에 쌓여 있는 청소와 소독 작업에 필요한 기구들부터 트럭에 옮겨 실어야만 했다. 현수는 이마 주름을 세우고 마뜩잖은 표정을 지었다.

"담배 한 대 피울 정도의 시간은 있겠지?"

출장을 나갈 때마다 그가 반문하듯 내뱉는 말이었다. 장호는 방호복을 챙겨 입으며 청소 도우미 영숙에게 연락을 했다.

"한 시간 뒤에 상수역 근처에 있는 홍익산부인과 앞으로 오세요. 네, 4번 출구로 나와서 50미터쯤 직진하면 됩니다. 2시까지, 늦지 마시고요."

"비까지 슬금슬금 내리니 냄새깨나 나겠군. 아무튼 오늘 저녁도 제대로 먹긴 글렀어. 일 끝내고 같이 소주나 한잔하지?"

"이따 봐서."

이렇게 대꾸했지만 장호도 출장을 나갔다 온 날이면 으레 식사를 하지 못했다. 김치찜이나 절인 생선, 젓갈 냄새가 조금만 나도 아예 수저를 들지 못했다. 두 사람에 비해 영숙은 작업 중에 자장면을 시켜 먹을 정도로 비위가 강하고 표정도 늘 무덤덤했다. 그녀는 3년 전 장호가 이 일을 처음 시작할 때부터 함께해온 파트너였다. 초등학교에 다니는 딸을 하나 둔 미혼모였다. 고등학교 동창인 현수는 지난여름에 합류했는데 언제라도 그만둘 것처럼 굴었다. 그의 아내는 아직까지 남편이 무슨 일을 하는지조차 모르고 있었다.

트럭을 몰고 합정동으로 가는 길에 비는 눈으로 변하고 있었다. 홍익산부인과 앞에서 영숙을 픽업해 장호는 내비게이션이 알려주는 대로 약국과 세탁소 사이의 골목 안으로 들어섰다. 머리에 헤어롤을 단 영숙이 봉지에서 박카스를 꺼내 뚜껑을 딴 다음 장호와 현수에게 건네주며 물었다.

"오늘 중에 일이 끝날까요? 내일은 저 다른 곳에 가봐야 하는데."

작업은 때로 며칠씩 걸리는 경우도 있었다.

"현장에 가봐야 알겠지만, 원룸이라니까 조금 늦더라도 끝내야 하지 않겠어요?"

목적지 부근입니다. 시스템을 종료합니다.

내비게이션에서 흘러나오는 소리를 들으며 장호는 동네 구멍가게 건너편에 차를 세웠다. 그들이 도착한 곳은 오래된 다세대 주택들이 밀집해 있는 비좁은 골목이었다. 집주인에게 연락을 하자 잠시 후 낡은 가죽점퍼를 걸친 머리가 희끗한 사내가 나타나 트럭 앞에 서 있는 장호에게 다가왔다. 낮술을 마신 듯 얼굴에 불콰하게 열이 올라 있었다. 그는 구멍가게 옆의 다세대 주택을 가리키며 말했다.

"현관에서 계단을 내려가 왼쪽 두번째 방, 102호요. 문이 열려 있으니 그대로 들어가면 될 거요."

"작업을 하기 전에 견적부터 내야 하는데요."

"나는 다시 내려가보기 싫으니까 전화로 알려주쇼. 그럼 일들 보시오. 저녁에 눈이 꽤 내릴 거라니까 되도록 빨리 끝내도록 합시다."

집주인과 말을 주고받는 사이 현수와 영숙은 트럭 짐칸에서 장비들을 끌어내렸다. 반지하 방으로 내려가기 전에 세 사람은 담배를 한 대씩 피우고 생수를 마신 다음 각자 방호 마스크를 착용했다.

2

102호의 문을 열고 들어서자마자 현수는 윽, 하고 밭은소리부터 냈다. 침대 아래 사체가 누워 있던 자리는 불에 탄 자국처럼 혈흔과 부패 액으로 얼룩져 있었다. 침대에서 몸부림을 치다 바닥으로 굴러떨어진 듯했다. 현장 상태를 보니 사체가 방치된 지 보름 이상은 경과한 듯했다. 창틀과 현관문은 빈틈없이 청테이프로 봉해져 있고 집주인 말대로 번개탄을 피운 흔적이 고스란히 남아 있었다.

혼자 살았던 사람일수록, 연령대가 높을수록 대개 정리할 물건은 많지 않았다. 우선 눈에 띄는 것은 접이식 침대인 라꾸라꾸와 미니 냉장고, 소형 텔레비전, 책상, 간이 옷장 정도였다. 재산적 가치가 있는 현금이라든가 귀금속, 통장, 도장, 보험증서, 부동산 계약서 등과 정서적 유품으로 분류되는 사진이나 다이어리는 따로 챙겨두었다가 유가족에게 전달해야 했다. 물론 큰 액수의 현금이나 귀금속이 발견되는 일은 드물었다. 장호는 집주인에게 견적 내용을 알린 뒤 유품부터 정리했다. 현수는 바닥에 말라붙은 혈흔과 부패 액을 제거하고 영숙은 주방과 화장실을 맡았다. 파리나 구더기, 번데기가 보이지 않는 게 그나마 다행이었다.

오십대 중반의 기러기 아빠가 남긴 물건은 태블릿 PC, 해외 송금에 쓰인 서류, 처세술에 관한 책, 양복과 와이셔츠 두 벌, 낡은 구두와 운동화 한 켤레뿐이었다. 지갑은 신원 확인을 위해 경찰에서 가져갔는지 보이지 않았다. 주방에는 아직 뜯지 않은 라면 몇 봉지와 인스턴트 음식 봉지가 쌓여 있었고 배달 음식 포장지와 찌꺼기가 싱크대에 수북했다. 화장실 옆에는 소주병이 어지럽게 널려 있었다. 장호는 유품을 정리하며 고인이 유서를 남겼는지, 유서의 내용이 무엇인지 궁금했으나 청소 업체를 운영하는 사람으로서는 자세한 내막을 알수 없었고 사실 알 필요도 없었다. 유가족에게 전달할 물건을 정리한 후 단순 쓰레기로 분류되는 것은 대용량 봉투에 넣어 우선 현관 밖으로 내놓았다. 그런 다음 장호는 현수의 일을 거들었다. 바닥에 혈흔 제거제를 살포하고 부패 액이 스며든 자리에는 악취를 없애기 위해 자외선 오존을 살포했다. 천장과 벽에 붙어 있는 도배지를 뜯어내고 연막 항균제를 뿌린 다음 고온 스팀까지 마쳐야 비로소 작업이 완료될 터였다. 침대 모서리의 벽지를 뜯어내다 장호는 볼펜으로 낙서가 돼 있는 부분을 발견하고 잠시 손을 멈췄다.

'한사코 끌어안고자 했던 삶이 마침내 칼이 되어 내 심장을 찌르는구나.'

그 아래엔 흐릿한 사진 한 장이 붙어 있었는데, 자세히 들여다보니 백양나무 가로수 사이로 당나귀 한 마리를 끌고 가는 남자의 뒷모습이 흐릿하게 찍혀 있었다. 어딘가 사막 근처인 듯했다. 사진 속에는 눈이 내리고 있었다. 벽지를 마저 뜯어내기 전에 장호는 휴대전화를 꺼내 그 부분을 카메라에 담아두었다.

작업은 밤 9시에 마무리되었다. 장호는 집주인에게 작업이 종료됐음을 알리고 문자로 통장 계좌번호를 남겼다. 허기를 참으며 일을 서둘렀으므로 다들 지친 기색이 역력했다. 저녁을 먹고 가라고 했지만 영숙은 약속이 있다며 지하철역 입구에 내려달라고 했다.

장호와 현수는 눈길에 트럭을 끌고 밤늦게 사무실로 돌아왔다. 내일 아침 당장 트럭에 실려 있는 쓰레기부터 처리해야하는데 폭설이 내리고 있었다. 사무실 옆에 있는 사우나에 들렀다 나와 두 사람은 야식집에 마주 앉아 삶은 두부를 시켜놓고 막걸리와 소맥을 마셨다. 늘 그렇듯 식욕은 없었다. 젓가락으로 두부를 깨작거리던 현수가 장호에게 물었다.

"오늘 그 방에 살았던 사람, 가족이 외국에 있다고 했나?"

현수도 따지고 보면 기러기 신세나 다를 바 없었다.

"아무리 힘들어도 가족이 있는데, 왜 그런 짓을 저질렀을까?"

"글쎄, 남모르는 사정이 있었겠지."

실직에 따른 생활고, 늘어나는 부채, 자신만 알고 있는 지
병, 배우자의 불륜 등 사정은 다양할 것이었다. 다만 짐작할
수 있는 것은 주위에 자신의 진심을 털어놓을 사람이 없었을
거라는 사실이었다. 현수가 한숨을 내쉬고 나서 말했다.

"다음 출장은 언제지?"

"모레 연신내 쪽. 독거노인의 방인데 사망한 지 다섯 달 만
에 발견됐다는군. 자살은 아닌 것 같고 고독사한 모양이야."

"다섯 달."

이 일을 하다 보면 흔히 접하게 되는 일이었다. 명절 때면
특히 이런 일이 잦았는데, 혼자 사는 부모에게 자식이 전화를
했다가 뒤늦게 사망 사실을 알게 되는 경우였다. 지난 추석에
는 일용직 노동자였던 아버지를 1년 만에 찾아왔던 딸이 사
체를 발견하고 경찰에 신고한 적도 있었다. 그는 몇 년째 관
리비를 연체해 도시가스 공급이 중단된 상태에서 고독사한
경우였다. 사망한 지 3일 이후에 발견되면 보통 고독사로 분
류했다. 그때마다 가족이 나타나는 것도 아니었다. 경찰에서
연락을 해도 별다른 반응을 보이지 않거나 애써 수소문해서
알려줘도 찾아오지 않아 무연고 사망으로 처리되곤 했다.

장호가 특수 청소 업체를 운영하게 된 계기는 인터넷을 통
해서였다. 대학을 졸업하고 장호는 10년 가까이 중소 가구 회

사에서 영업직으로 일했다. 대학에서는 국문학을 전공했지만 마땅히 직장을 구할 수가 없었다. 손재주가 있는 편이어서 목수 일을 배워볼까 해서 입사했는데 그게 뜻대로 되지 않았다. 그러다 몇 해 전 가구를 납품한 대형 가구점이 부도가 나는 바람에 은행에서 어음을 할인받지 못해 경영 악화로 회사가 문을 닫게 되었다. 그 후 장호는 보험 회사와 정수기 업체 등을 전전했으나 실적이 좋지 않아 몇 달 만에 그만두고 말았다. 그러다 어느 날 인터넷에서 중고 시장 정보를 검색하다 유물, 유품을 정리하는 사업이 각광받고 있다는 사실을 알게 되었다. 그러나 그때만 해도 그것이 온갖 불행한 죽음을 담보로 한 사업이라는 것은 미처 짐작하지 못했다. 그런 데다 은행에 근무하는 친구를 통해 어렵사리 융자를 받아 시작한 일이어서 중간에 사업을 정리하기도 쉽지 않았다.

첫해는 일주일에 두세 건의 일을 처리하며 바쁘게 지냈고 수입도 그다지 나쁘지 않았다. 당시엔 직원도 네 명이나 됐다. 그러나 최근에는 수주 경쟁이 점점 치열해져 일도 그만큼 적어졌고 작업 단가도 낮아지는 추세였다. 이런 상황에서 현수를 받아들인 것은 당시 그의 사정이 워낙 다급했기 때문이었다. 신도시에서 커피숍을 운영했던 그는 장호와 달리 삼십대 초반에 결혼을 했고 아이까지 낳았다. 한데 일을 벌이기 좋아하는 그의 아버지가 주위에서 마구잡이로 돈을 빌려 무리하게 동네 목욕탕을 인수했는데, 와중에 현수는 아파트를 담보로 돈을 빌려주었고 적금까지 깼다. 그러나 채 얼마 지나지 않아 근처에 초대형 찜질방이 들어서면서 목욕탕은 불과 몇 달 만에 문을 닫아버렸다. 아파트에서 쫓겨난 현수는 처자식을 처가에 맡기고 몇 푼 되지 않는 권리금이라도 챙기기 위해 서둘러 커피숍을 처분했다. 장호를 찾아와 먼저 손을 내민 것도 현수였다. 지금은 고시원에서 생활하며 장호의 일을 거들고 있었으나 여전히 적응하지 못하는 눈치였다. 언젠가 술자리에서 현수는 자조적으로 이런 말을 내뱉은 적이 있었다.

"우리는 죽음의 언저리를 맴돌며 그것을 파먹고 사는 까마귀 같은 존재라는 생각이 들어. 안 그래?"

달가울 리 없었으나 장호는 현수에게 내색을 하고 싶지 않아 에둘러 말했다.

"누군가는 해야 될 일이고, 생각하기에 따라서는 장례업처럼 꼭 필요한 일이기도 하잖아."

"장례업이야 그렇지만, 저번 일을 생각하면 그렇게만 얘기할 수도 없는 거잖아."

현수가 무엇을 두고 말하는지 장호는 금세 알아들었다. 두 달 전에, 자살한 이십대 청년의 방을 뒷수습한 적이 있었다. 그날 출장을 나가면서 현수는 사뭇 예민하게 굴었다.

"오늘 일은 왠지 좀 찝찝하지 않아?"

"무슨 말이야?"

"뭔가 예감이 안 좋아."

"글쎄."

그 일주일 전 이십대 후반으로 짐작되는 청년이 장호에게 전화를 걸어왔다. 낮게 가라앉은 목소리에 주저하는 기색이었다.

"홈피 보고 전화했는데요."

상대가 젊은 사람이어서 장호는 본능적으로 긴장했다. 잠시 사이를 두었다가 청년이 더듬더듬 말을 이었다.

"다음 주 화요일에 여기로 와주시겠습니까? 정리할 물건은 많지 않지만, 그래도 부탁을 해야겠기에 연락드렸습니다."

"좀더 구체적으로 얘기해주셔야겠는데요. 가령 고인의 유물을 수습하는 일인지, 단순히 집안 정리를 하고 청소, 방역을 하는 일인지 알아둘 필요가 있거든요."

"그렇다면 단순 정리 작업이라고 해야겠네요."

"방의 크기는요?"

"7평 원룸입니다. 비용을 알려주시면 미리 계좌로 입금하겠습니다."

"작업 비용은 수거물의 종류와 무게와 부피에 따라 다릅니다. 참고로 그 정도 크기의 공간이면 대개 3, 40만 원 정도 나옵니다."

"……40만 원 입금하겠습니다."

"비용은 작업이 끝나고 주셔도 됩니다."

"그날은 제가 여기 없을 거예요. 그래서 미리 부탁하는 거고요."

석연찮은 느낌이 없지는 않았으나 장호는 그가 알려주는 대로 주소와 도어 록 비밀번호를 받아 적고 계좌번호를 알려주었다. 실제로 의뢰인과 대면하지 않고 작업을 하는 경우가 종종 있었다. 집주인이나 건물 관리인의 부탁을 받고 현장에 나가 작업을 끝낸 다음 전화로 통보하고 다음 날 입금 여부를 확인하면 그걸로 끝이었다.

현장에 도착한 장호는 돌연 어두운 함정에 빠진 심정이었다. 화장실 안에서 목을 매 자살한 청년의 사체를 발견했던 것이다. 장호는 서둘러 신고부터 했고 경찰이 올 때까지 꼼짝없이 대기하고 있었다. 현수는 누구에게랄 것도 없는 욕설을 연신 내뱉으며 거푸 담배를 피워댔다. 장호의 심정도 사납기는 마찬가지였다. 이런 일이 일어날 줄 몰랐다고는 하지만, 결과적으로 누군가 죽을 때까지 기다렸다가 때맞춰 찾아온 형국이었다.

다음 날 장호는 경찰에 불려가 참고인 형식으로 조사를 받았다. 고인의 통화 내역을 조회해본 결과 일주일 전 장호와 통화한 기록이 나왔던 것이다. 청년은 지방에서 서울로 올라와 일정한 직업 없이 혼자 지내왔던 것으로 밝혀졌다. 까마귀 같은 존재. 장호는 그날 처음으로 자신이 하는 일에 심각한 회의를 품었고 사무실 문을 닫고 한동안 밖으로 나가지 않았다.

3

비록 현수에게는 얘기하지 않았지만, 장호는 한 달 전쯤 그 청년의 경우와 유사한 전화를 받은 적이 있었다. 아무래도 나이를 짐작하기 힘든 음성의 여자였는데, 김포공항에서 가까운 방화동에 산다고 했다. 그녀도 청년과 같은 질문을 해왔고 장호는 잔뜩 긴장한 상태에서 사무적으로 답했다. 아무래도 불길한 느낌이 들었다. 장호는 통화를 끝내고 나서 결국 경찰에 연락을 했다.

사흘쯤 지나 그녀에게서 장호에게 전화가 걸려왔다. 잠에 취한 듯한 목소리였다. 그녀는 당신 덕분에 그날 파출소에 밤새 붙들려 있었다며 대뜸 따지는 투로 말했다. 감기에 걸렸는지 밭은기침을 한 뒤 그녀는 허스키한 목소리로 덧붙였다. 당신이 도대체 뭘 안다고 내게 관여하는 거야. 누가 당신더러 경찰에 신고해달라고 했어? 나에 대해 뭘 안다고. 그러더니 제풀에 흐느끼기 시작했다. 묵묵히 듣고 있다 장호는 수화기를 내려놓았다.

이후 그녀는 전화 대신 카톡을 통해 장호에게 문자 메시지를 보내왔다. 처음엔 부러 외면했지만 새벽까지 불면에 시달리던 밤에 장호는 침대 모서리에 기대앉아 그녀가 보내온 메시지를 꼼꼼히 읽어보았다. 그녀는 자신이 반복적으로 꾸는 꿈에 대해 말하고 있었다. 이를테면 '숲속의 웅덩이'에 대한 얘기.

'언젠가 한번은 분명 그곳에 가본 적이 있다는 느낌이 들어요. 네, 숲속의 웅덩이 말예요. 단풍이 우거진 가을의 고요한 숲입니다. 늘 혼자서 그 숲속에 숨어 있는 웅덩이를 찾아가곤 해요. 새소리조차 들려오지 않는 적막한 기운이 감도는 숲. 그곳에 처음 갔을 때 저는 거기에서 커다란 물고기를 한 마리 본 것 같아요. 어째서 숲속의 웅덩이에 물고기가 살고 있는 걸까요? 아마도 저는 그 물고기를 찾아 매번 그곳에 갔는지도 모르겠어요. 하지만 처음 갔을 때 보았던 그 물고기는 그 후 더 이상 볼 수 없었어요. 아무튼 매번 똑같은 꿈을 계속 꾸게 됩니다. 아주 오래전부터, 한 달에 한 번일 때도 있고 두세 달 만일 때도 있습니다. 근데 말예요, 그곳에서 돌아 나올 때는 늘 길을 잃어버리곤 해요. 어둑한 숲속에서 돌아 나오는 길을 아무래도 찾을 수가 없어요. 캄캄한 미로에 갇힌 것처럼 말예요. 그렇게 온통 괴로움 속을 헤매다 한밤중에 불현듯 깨어나곤 합니다. 혹시 아세요? 이 꿈이 무엇을 의미하는지.'

장호는 단풍이 우거진 숲과 웅덩이와 물고기 한 마리와 어둠 속에서 길을 잃고 헤매는 여자를 차례대로 떠올려보았다. 그러나 그 의미를 쉽게 짐작할 수는 없었다. 때문에 그녀에게 섣불리 대꾸를 하지도 않았다.

며칠이 지나 그녀가 다시 메시지를 보내왔다. 이번엔 '기차'에 관한 꿈이었다.

'어렸을 때 저는 누군가를 만나기 위해 작은 기차를 타고 시골로 갔던 것 같아요. 물론 이것도 실제였는지 꿈인지는 확실히 모르겠어요. 아무튼 누군가를 찾아가는 꿈이에요. 창밖으로 아름다운 풍경이 흘러가고 이윽고 저는 어떤 작은 마을의 간이역에 내리게 되죠. 가을 한낮의 조용한 동네예요. 노인들이 가끔 지팡이를 들고 지나가고 검은 옷을 입은 맹인이 개의 목줄을 잡고 어딘가로 가고 있어요. 저는 늘 빵집 앞을 지나치게 돼요. 빵 굽는 냄새를 맡기 위해 그 앞에 한동안 서 있곤 하죠. 그때 여우비가 지나가고 금세 저녁이 찾아와요. 처마 밑에 서 있던 저는 문득 내가 왜 여기에 와 있는 거지? 라는 의혹에 빠지곤 해요. 분명 누군가를 만나기 위해 온 것 같은데, 왠지 그게 아닌 것도 같고. 또 어느 집을 찾아가야 하는지도 알 수 없는 상태가 돼버리죠. 그럼 저는 막연히 돌아가야겠다고 생각하죠. 그런데 막상 제가 내렸던 간이역을 찾을 수 없어요. 네, 늘 똑같이 말예요. 그렇게 어두워진 거리를 여기저기 헤매다 낯선 곳인 듯 현실에서 깨어나곤 하죠.'

숲속의 웅덩이와 기차를 타고 어떤 마을을 찾아가는 이야기는 뭔가 공통점이 있는 것 같았다. 그러나 장호로서는 아무래도 그 의미를 해석할 수 없었다. 그래서 그녀에게 신경정신과 전문의를 찾아가보는 게 어떠냐는 식으로 짧게 메시지를 보냈다. 그러자 그녀가 곧 이런 반응을 보였다.

'제 꿈은 병원에서 치료할 성질의 것은 아니라고 봐요. 의사라는 사람한테 진단받고 싶지도 않고요. 그런데 왜 당신에게는 얘기하냐고요? 어쨌든 당신은 저를 살려낸 사람이기 때문입니다. 제가 원했든 원하지 않았든. 언젠가 저를 한 번쯤 만나게 될 거예요. 네, 그럴 거라고 생각합니다. 그때 마저 다른 이야기를 할 수 있었으면 합니다.'

메시지를 주고받으면서 장호는 그녀에 대한 호기심이 생겼으나 만나는 일만은 자제하는 게 좋겠다고 생각했다. 업무를 통해 사적인 관계를 만들고 싶지 않았던 것이다. 그것은 금기라기보다는 오히려 자신에 대한 저항에 가까웠다. 언제부턴가 자신은 고독하게 혼자 지내는 것이 당연하고 익숙하다는 생각을 하고 있었다.

자정 무렵이 되어 장호와 현수는 헤어졌다. 현수는 고시원으로 돌아가기 전에 또 어딘가에 들를 것이었다. 서로 알고 있는 비밀이기도 하지만 장호는 그때마다 모른 척했다. 작업에서 받는 스트레스가 어느덧 트라우마로 변해 있는 눈치였다. 한동안 혼자 영화관에 가거나 스포츠 센터에서 수영 강습을 받기도 했지만, 근래 들어 누군가의 죽음을 처리하고 온 날이면 현수는 사창가에서 하루를 봉인하는 눈치였다. 커피 볶는 냄새와 시취 사이에서 그는 늘 위태롭게 흔들리고 있었다.

장호는 자신이 거주하는 원룸으로 돌아와 술을 조금 더 마시며 창밖 가로등 아래로 쏟아져 내리는 눈을 무연히 바라보았다. 옆방에서 안드레아스 숄이 부르는 「백합처럼 하얀」이 눈에 젖은 듯 희미하게 들려오고 있었다. 매일 밤 이 시각에 들려오는 저 노래는 누가 듣고 있는 것일까? 그는 잠시 백양나무 가로수 사이에 난 길로 당나귀를 끌고 걸어가는 사내의 뒷모습을 떠올리고 있었다.

4

연신내 독거노인의 방은 고물상이나 벼룩시장처럼 온갖 잡동사니로 가득 차 발을 들여놓을 수 없을 지경이었다. 어떤 물건도 버리지 못하거나 심지어 수집까지 하는 저장강박장애를 가진 노인이었던 모양이었다. 족히 사흘은 걸려야 작업을 마칠 수 있을 것이었다.

작업을 하는 동안 뒤늦게 연락을 받고 유가족이 도착했다. 사십대 중반의 이들 남매는 무표정한 얼굴로 문밖에 서서 장호가 건네주는 유물을 낚아채듯 건네받고는 번갈아 어딘가로 통화를 했다. 장호가 듣자 하니 그들은 서울에 살고 있었고 장례 절차에 대해 서로 밀고 당기기를 하는 눈치였다. 이만하면 그나마 나은 편이라고 해야 할까. 연락을 받고 아예 잠적을 하는 유가족도 있으니 말이다.

이 일을 시작하고 얼마 지나지 않아 장호는 무연고 사망자의 분향소에 찾아간 적이 있었다. 광화문 지하보도에 무연고, 홈리스 사망자를 추모하는 위패가 세워졌는데 일종의 합동 분향소였다. 그러나 부러 그곳을 찾는 사람은 없을뿐더러 행인들은 그 주변을 피해 다녔다. 장호도 이후 다시는 그곳에 가지 않았다. 무의미한 일이라는 것을 알았던 것이다.

시베리아에서 덮쳐온 이상 한파가 한반도 상공에 머물며 연일 강추위가 계속되고 있었다. 언제까지 이 일을 할 수 있을까? 장호는 트럭에 쓰레기를 옮겨 실으며 문득 그런 생각을 했다. 딱히 새삼스러운 것은 아니었으나, 전에는 그런 생각이 떠오르면 애써 외면하곤 했다. 언젠가 현수가 말한 대로 트럭에 생활용품을 싣고 여기저기 떠돌아다니는 방물장수가 되는 편이 나으리라는 생각이 드는 것도 사실이었다. 장호에게는 현수처럼 딸린 식구가 있는 것도 아니었다. 나이는 이미 삼십대 후반이었으나 딱히 결혼을 하고 싶은 마음도 없었다. 아직은 젊은 편이니 혼자 먹고사는 일이라면 뭐라도 찾을 수 있을 거였다. 애초에 이 일도 그렇게 시작한 것이었다.

사우나에서 나오면서 현수는 오늘은 처가에 들를 거라며 장호에게 월요일에 사무실에서 보자고 했다. 그러고 보니 주

말이었다. 영숙도 이미 돌아간 터였다. 그녀는 근래 어떤 남자와 만나는 눈치였다. 잘되면 좋으련만. 장호는 막연히 그런 생각을 하며 식당으로 향하던 발길을 돌려 충동적으로 지하철역으로 내려갔다. 자신이 지금 어디로 가는지도 모른 채.

장호는 용산역에 내렸고 어느덧 거기서 멀지 않은 홍등가를 비틀거리며 걷고 있었다. 쇼윈도 안에 앉아 있던 여자들이 저마다 얼굴을 빼꼼히 내밀고 그에게 손짓을 했으나, 장호는 정작 그럴 마음이 있어서 여기에 찾아온 게 아니라는 것을 깨달았다. 다만 극도의 외로움에 사로잡혀 있었던 것이다. 장호는 치를 떨며 다시 발길을 돌려 지하철역 방향으로 걸어갔다. 그때 그의 주머니 속에서 카톡! 카톡! 하는 소리가 마치 새가 지저귀는 소리처럼 들려왔다.

그것은 바로 '그녀'가 보내온 신호였다.

'제가 꿈에서 늘 보았던 그 숲속의 웅덩이입니다.'

문자 아래 사진이 한 장 첨부돼 있었는데, 눈여겨보니 그것은 분명 '숲속의 웅덩이'였다. 그녀의 메시지를 읽을 때마다 장호는 어둑한 숲을 떠올리곤 했다. 한데 그녀가 지금 보내온 사진은 웅덩이 주위에 노랗고 빨간 단풍이 가득 우거져 있었다. 웅덩이 안에는 말간 가을 햇빛이 수은처럼 고여 있었다. 그 풍경은 지극히 적막해 보였다. 무어라 대꾸를 하고 싶었으나 장호는 막상 할 말이 떠오르지 않았다. 뒤미처 그녀에게서 다시 카톡 메시지가 도착했다.

'저는 지금 당신 사무실 근처에 있는 중국 음식점에 앉아 있습니다. 혹시 만날 수 있을까 해서요. 〈락락〉이라는 중국집.'

장호는 손목시계를 확인했다. 그새 밤 9시가 가까워지고 있었다. 그렇다면 한 시간 후면 중국집은 문을 닫을 터였다. 장호는 역시 충동적으로 지나던 택시에 올라탔다. 순간적으로 저항의 느낌이 밀려왔으나 이미 어쩔 수 없다는 생각이 들었다. 그녀와 만나지 못할 이유는 또 어디 있단 말인가.

5

그녀는 여럿이 합석할 수 있는 원탁 테이블을 혼자 차지하고 앉아 아직 손을 댄 흔적이 보이지 않는 양장피를 장식물처럼 앞에 두고 칭따오 맥주를 마시고 있었다. 짙은 화장을 한 얼굴에 검은빛이 스민 빨간 벨벳 원피스 차림이었고 까만 뿔테 안경을 쓰고 있었다. 왼쪽 귀 옆에 하얀 꽃무늬 머리핀을 꽂은 게 보였다. 어림잡아 삼십대 중반쯤으로 보였다. 옆 의자에는 검은 코트가 반으로 접힌 채 걸려 있었다. 장호가 맞은편에 가 앉자 그녀는 담장에 앉아 있는 고양이를 보듯 그의 얼굴을 힐끗 바라보았다. 눈에는 어떤 표정도 드러나 있지 않았다. 잠시 후 그녀가 목이 잠긴 소리로 입을 열었다.

"당신을 뭐라고 불러야 할까요?"

전화에서 듣던 대로 허스키한 음색이었다. 장호는 무심코 대꾸했다.

"스위퍼, 혹은 가드맨이라고 부르죠."

그녀는 메마른 미소를 지어 보였다.

"짐작했던 모습과 신기할 정도로 똑같네요."

무슨 뜻으로 그런 말을 하는지 장호는 알 수 없었다.

"어쨌든 살아 있으시니 다행입니다."

그녀가 앵무새처럼 고개를 갸웃, 하고 나서 되받았다.

"그런가요? 뭐 그렇다면 그런 거겠죠. 어느 쪽이 됐든 저로서는 별 차이가 없으니까요."

오른손에 잡고 있던 맥주잔을 들어 깨끗이 비운 뒤 그녀가 말을 이었다.

"말했던가요? 그때는 현실에서 사라지는 일만이 저한테 남겨진 유일한 선택이자 희망이었어요. 더 이상 할 수 있는 일이 아무것도 남아 있지 않다고 생각했거든요."

"희망이란 말은 그렇게 쓰는 게 아닌 걸로 알고 있습니다."

그녀가 반박하듯 대꾸했다.

"아뇨, 저는 오래전부터 줄곧 파괴되고 있었어요. 조금씩, 지속적으로, 쉼 없이. 안락사를 원하는 사람처럼 어떤 사람에게는 죽음이 곧 마지막 남은 희망일 수도 있어요."

"자살과 안락사는 성질이 다릅니다."

그녀가 조성하는 분위기에 말려들고 싶지 않아 장호는 앞접시에 양장피를 덜어 겨자를 듬뿍 뿌린 다음 입으로 가져갔다.

"오랫동안 저는 죽은 거나 다름없는 상태로 살아왔어요. 무려 20년 동안 말예요. 하루하루가 끔찍한 고통의 연속이었죠. 죽은 상태에서 늘 깨어 있어야 했으니까요. 그것을 끝낼 수 있는 방법은 말했다시피 현실에서 사라지는 것밖에 없었어요. 네, 저는 진심으로 죽음을 원했어요. 그런데 난데없이 가드맨이 등장해 그것을 가로막았죠. 당신은 막 하늘로 날아오르려던 새를 추락시킨 거예요."

장호는 단순하게 말했다.

"관념이나 추상으로 죽음을 말하는 것은 매우 사치스러운 일입니다. 그동안 제가 경험한 처절한 죽음들을 생각하면 말이죠."

그녀는 숨이 막힌 표정으로 눈을 부릅뜨고 장호를 바라보았다.

"아무튼, 그 기회를 놓치고 나서 저는 궁극의 무의미에 빠져 있는 상태입니다. 제로이자 무(無)인 상태. 식물인간처럼 더 이상 파괴되는 것조차 없이 호흡만 유지하고 있는 상태. 먼지 쌓인 화병에 꽂혀 있는 드라이플라워 같은 상태."

장호는 못 들은 척 맥주를 따라 마시며 그녀에게 물었다.

"무슨 일을 하시는지 물어봐도 될까요?"

그녀는 가방에서 담배를 꺼내 입에 물고 불을 붙였다. 식당 안에서 담배를 피우고 있었지만 웬일인지 주인은 간섭하지 않았다. 다른 손님이 없어서일까.

담배 연기가 장호의 얼굴로 날아왔다.

"아마 믿지 않을 거라고 짐작하지만, 저는 글을 쓰는 사람이었습니다. 작가는 아니지만, 계속 무언가를 쓰고 있었죠."

대학에서 국문학을 전공한 장호로서는 그 말이 예사롭지 않게 들렸다.

"한때는 그 일이 저에게 살아갈 수 있는 의미를 가져다줄 거라고 믿었습니다. 아마 누군가에게는 분명히 그럴 테지만."

"그런데 그쪽은 그게 아니었던 모양이죠?"

새처럼 눈을 감았다 뜨고 나서 그녀가 되받았다.

"어느 날 글 쓰는 일이 또한 저를 파괴하고 있다는 것을 깨달았습니다. 파랗게 좀이 먹듯 점점 회복할 수 없는 지경으로. 그것이 저한테는 과거의 어렴풋한 기억을 파먹는 일이었는데, 그 희미한 기억마저 글을 쓰면서 마침내 지워져버리고 이윽고 텅 빈 공동만이 남게 되더군요. 그러니까 제로의 상태. 누군가 저한테 글을 쓰는 일은 집을 짓듯 자아를 하나씩 구축하는 일이라고 얘기했는데, 저에겐 그게 아니었습니다."

"무엇에 대한 글인지 혹시 물어봐도 될까요?"

그녀는 바늘에 목을 찔린 듯 이마를 찡그린 채 한동안 고개를 숙이고 있었다. 잠시 후 검불이 묻은 듯한 얼굴을 들고 그녀는 가까스로 입을 열었다.

"네, 그것은 어떤 여자에 대한 이야기입니다. 그녀는 불과 열다섯 살 때 죽으려 한 적이 있습니다. 가까운 사람에 의해서 몸과 마음이 유린된 경험을 한 후였죠. 네, 아주 가까운 사람에게서요. 상처 입은 짐승으로 변한 자신을 보며 그녀는 더 이상 살아갈 자신이 없다고 생각했습니다. 그래서 어느 날 무작정 기차를 타고 혼자 먼 곳으로 갔습니다. 그리고 어느 간이역에 내려 숲속으로 걸어 들어갔죠. 가을 단풍이 우거진 참으로 고요한 숲이었어요. 숲속을 헤매다 그녀는 파란 물이 고여 있는 웅덩이를 발견했죠. 주위에는 낙엽이 가득 쌓여 있었고요. 그녀는 거기에 몸을 던졌습니다. 네, 그날 그녀는 그렇게 죽었죠."

"……"

숨을 몰아쉬고 나서 그녀는 손수건으로 이마를 훔쳐냈다.

"한참의 시간이 지나고 그녀는 어디선가 까마득히 깨어났어요. 작고 낯선 방이었죠. 나중에 알았지만 거긴 어떤 농부의 집이었어요. 깨어났지만 그녀는 대부분의 기억을 잃어버린 상태라는 걸 문득 깨달았죠. 그 후 그 농부의 집에서 그들 부부의 딸로 성장했어요. 네, 스무 살 때까지. 그들은 선한 사람들이었죠. 그래서 그녀는 그들이 키우는 농작물처럼 무심하고 건강하게 클 수 있었어요. 하지만 스무 살이 되어 그 집을 떠나게 되면서부터 그녀는 극심한 결락감에 사로잡혀 방황을 시작했어요. 무엇보다 자신이 누구라는 걸 몰랐으니까요. 그대로는 삶을 지속하기가 힘들었죠. 그녀는 다니던 학교를 그만두고 여기저기 떠돌며 살았어요. 카페나 식당, 백화점과 화장품 매장 등을 전전하며 아무런 집착도 희망도 없이 살았어요. 낯모르는 사람의 허울을 쓰고 살아가는 느낌의 연속이었죠. 몇 년 후 그녀는 급기야 병이 들어 가평에 있는 늙은 양부모를 찾아갔어요. 네, 그 농부의 집 말예요. 거기서 앓아누워 있는 동안 양부모가 그녀한테 말했어요. 더 이상 방황하지 말고 이제부터는 글을 한번 써보라고요. 양부모는 둘 다 교사 출신이었고 양엄마는 시를 쓰는 사람이었어요. 그녀는 양부모의 말대로 그때부터 조금씩 글을 쓰기 시작했죠. 자신이 어렴풋이 기억하고 있거나 경험했던 이야기들을. 그러나 그들의 바람과 달리 글을 쓰면 쓸수록 자신이 점점 더 깊은 늪에 빠지는 느낌을 받았어요."

"왜 그런 걸까요? 글 쓰는 사람들이 모두 그런 건 아닐 텐데요."

그녀는 다시 담배를 꺼내 불을 붙였다.

"물론 글을 쓰면서 자신에 대해 알게 된 사실이 있어요. 그녀는 과거에 자신에게 어떤 일이 일어났는지를 글을 쓰면서 깨달았죠. 또 숲속의 웅덩이에서 무슨 일이 있었는지를. 그러나 거기까지. 더 이상은 허망하게도 한 발자국도 나갈 수 없었어요. 늘 어두운 꿈의 늪을 헤매는 느낌이었죠."

그쯤에서 장호는 지금 듣고 있는 이야기가 바로 그녀 자신의 이야기라는 것을 깨달았다. 장호는 되도록 신중한 태도로 물었다.

"아까 저한테 카톡으로 보낸 사진은 어디서 난 거죠?"

"……양부모님이 마지막으로 저한테 보내온 것입니다. 얼마 전에 그들은 나란히 세상을 떠났어요. 그들은 그동안 제가 어떻게 살아왔는지 잘 알고 있었습니다. 그리고 세상을 떠나기 전에 저를 최초로 발견했던 장소, 그러니까 숲속의 웅덩이를 찍은 사진을 보내온 것이었죠. 거기엔 아마도 어떤 뜻이 담겨 있을 거라고 생각합니다."

긴 침묵이 이어진 뒤에 장호가 무심코 내뱉었다.

"암리타."

그녀가 눈을 흡뜨고 장호를 바라보았다.

"무슨 뜻이죠?"

장호는 다시 천천히 말했다.

"생명의 물이라는 뜻입니다. 인도 신화에 나오는."

그녀가 홀린 표정으로 되받아 중얼거렸다.

"생명의 물."

"숲속의 그 웅덩이 말입니다. 아마도 양부모님이 전하려고 했던 뜻은 그게 아니었을까요?"

그녀는 눈을 감고 한동안 무언가를 깊이 생각하는 눈치였다. 장호가 말했다.

"지금부터 그 숲속의 웅덩이를 오래, 그리고 계속 들여다보면 어떨까요. 그러다 보면 어느 순간 거기에 자신의 모습이 뚜렷이 떠오르지 않겠습니까?"

순간 그녀의 눈가에 한 줄기 눈물이 비쳤다.

"사진을 보니 아주 아름다운 숲속의 웅덩이더군요. 아마 그래서 제가 여기로 오게 된 것 같습니다. 그 사진 때문에요. 몹시 막연하다는 거 압니다. 왜냐하면, 사실 누구나 막막하고 막연할 때가 있거든요."

화교인 식당 여주인이 다가와 문을 닫을 시간이 됐다고 말했다. 퇴근 시간이 지났는지 종업원이 밖에 있는 입간판과 음식물 쓰레기통을 식당 안으로 밀고 들어왔다. 그녀는 인상을 찌푸리며 의자에 걸쳐놓았던 코트를 집어 들었다. 두 사람은 밖으로 나와 불빛이 환한 쪽으로 나란히 걸어갔다. 주말의 식당가였으므로 거리는 시장처럼 붐볐다.

가마솥에서 김이 솟아오르는 만두 가게 앞을 지나다 그녀가 중얼거렸다.

"당신도 언젠가 큰 고통을 겪은 적이 있죠? 어떤 사람 때문에."

"……"

"그래서 아직도 괴로워하고 있고요. 어쩌면 그게 모두 자신

탓이라고 생각하면서. 아닌가요?"

"……"

"당신은 좀처럼 상대의 얼굴을 쳐다보지 않더군요. 어쩌면 타인을 기피하거나 자신에게 늘 분노하고 있는 것 같습니다. 네, 그 정도는 저도 알 수 있습니다."

그녀는 마치 무당처럼 말했다. 하긴 차림새를 보면 아니라고 할 수도 없는 것이다. 편의점 앞에 다다랐을 때 택시가 옆에 와 멈춰 섰고 그녀는 어리둥절한 표정으로 장호를 바라보다 머뭇머뭇 뒷좌석에 올라탔다.

그녀가 떠나고 나서 장호는 인파에 섞여 좀더 앞으로 걸어갔다. 10분쯤 후에 그녀에게서 문자가 도착했다.

'오늘 당신과 만날 수 있어서 다행이에요. 저와 얘기 나눠줘서 고맙습니다.'

그날 밤 장호는 기차를 타고 숲속의 웅덩이를 찾아가는 꿈을 꾸었다. 아주 생생한 꿈이었다. 숲에는 눈이 가득히 내리고 있었다. 이윽고 찾아간 웅덩이에도 하얗게 눈이 쌓이고 있었다. 그는 숲속에서 길을 잃고 헤매다 온몸에 식은땀을 흘리며 새벽에 불현듯 깨어났다.

6

월요일에 사무실에 나타난 현수가 조용히 장호를 불렀다.

"나가서 얘기 좀 할까?"

장호는 사무실 문을 열어둔 채 현수의 뒤를 따라 밖으로 나갔다. 하늘은 맑았으나 여전히 맹추위가 계속되고 있었다. 커피숍에서 마주 앉은 순간 장호는 현수가 무슨 말을 하려는지 눈치챘다. 현수는 주저하는 태도로 이제 이 일을 그만두고 싶다고 했다. 장호는 담담하게 그의 말을 받아들였다.

"대책은 있고?"

현수는 당분간 무주에 귀농해 사는 작은아버지의 감 농사를 거들며 지내게 될 거라고 했다.

"농사, 좋지. 우리가 지금 하는 일에 비하면 건강하고 또 생산적이고. 그쪽은 반딧불이 서식지로 알고 있는데, 감도 많이 나나 보지?"

"어째 비꼬는 투로 들린다?"

"그럴 리가 있나."

"이번 주까지는 같이 출장 나갈게. 다음에 들어올 사람도 구해야 할 테고."

"고마워. 마침 내일 오피스텔 정리 작업이 있는데. 어제 의뢰인한테 전화가 왔더라고."

"혹시 또 고독사 뒷정린가?"

"애완동물 사체 수습."

그만 사무실로 올라가봐야겠기에 장호는 테이크아웃 커피 잔을 들고 먼저 자리에서 일어났다.

다음 날 오피스텔에 도착한 세 사람은 참혹한 광경을 목격했다. 대략 열두어 마리쯤 될 고양이, 강아지 들의 사체가 곳곳에 흩어져 있었는데 그것은 마치 대량 학살이 이루어진 현장을 방불케 했다. 사체마다 구더기들이 들끓었고 바닥에 시커먼 부패 액이 흥건하게 고여 있었다. 주인은 사육할 능력도 없으면서 동물들을 데려다 키우는 이른바 애니멀 호딩이었던 것이다. 늘 무덤덤해 보였던 영숙 씨조차 차마 안으로 들어서지 못한 채 현관문 앞에서 몸을 돌려세운 채 꼼짝도 하지 않았다. 현수는 복도로 나가 거푸 담배를 피워댔다.

장호는 집주인에게 곧장 전화를 걸었다. 한참 후에야 전화를 받은 중년 여자는 자신이 지금 여행 중이며 일주일 후에나 돌아올 거라고 했다. 그전에 오피스텔을 정리해달라고 사뭇 애원조로 말하는 것이었다. 비용은 온라인으로 즉시 송금하겠다고 했다. 장호는 잠시 기다려달라고 말한 뒤 현수와 영숙을 불러 의견을 물었다. 그들이 원하지 않으면 장호는 이대로 철수할 생각이었다. 영숙은 아무 대꾸가 없었다. 뒤에 멀뚱하게 서 있던 현수가 앞으로 나서서 이왕 왔으니 작업을 시작하자고 했다. 장호는 영숙에게 내일 다시 오라고 한 뒤 돌려보냈다.

장호와 현수는 사체를 수거하기 전에 소독 작업부터 시작했다. 그러지 않고서는 도저히 오피스텔 안으로 들어갈 엄두가 나지 않았다. 진공 포장 팩 안에 제각기 사지가 분리된 동물들의 사체를 집어넣으며 장호는 진저리를 쳤다. 몇 번이나 속에서 쓴물이 입으로 넘어왔다. 현수는 여느 날과 달리 묵묵히 작업을 했다. 아마 마지막이라는 생각을 하고 있었을 것이다.

오후 6시에 장호와 현수는 일찌감치 그날 작업을 마쳤다. 저녁참이 되자 다시 눈발이 날리기 시작했다. 두 사람은 여느 날처럼 사우나에 들렀다 나와 야식집에서 술을 마셨다. 장호는 이번 일을 끝내고 며칠 바람을 쏘이고 와야겠다는 생각을 하고 있었다. 현수가 돌아간 뒤에도 장호는 야식집에 그대로 앉아 있었다. 문득 그녀 생각이 났다. 두어 번 망설이다 장호는 그녀에게 카톡 메시지를 보냈다.

'사진에서 보았던 숲속의 웅덩이를 찾아가는 꿈을 꾸었습니다. 중국집에서 만났던 바로 그날 밤에. 웅덩이는 하얗게 눈에 덮여 있더군요.'

잠시 후 그녀가 답장을 보내왔다.

'아. 그랬군요. 저 지금 많이 놀란 상태예요.'
다시 메시지가 올 때까지 장호는 초조하게 기다렸다.
'실은 엊그제 그곳에 다녀왔거든요. 혼자 기차를 타고 가평에. 겨울 숲속에서 간신히 찾아낸 웅덩이는 당신 말대로 온통 눈에 덮여 있더군요. 네, 웅덩이는 그렇게 깊이 잠들어 있었어요.'

그녀가 가평에 다녀왔다는 말에 장호도 내심 놀라고 있었다.

'그런데 당신이 왜 그런 꿈을 꾸게 된 걸까요?'

장호는 그 질문에 얼른 대꾸하지 못했다. 장호가 침묵하자 그녀도 더 이상 문자를 보내오지 않았다.

7

현수가 무주로 떠난 뒤 장호는 당분간 사무실 문을 닫기로 했다. 그리고 차를 몰고 서울을 벗어났다. 겨울 바다에 가보고 싶었다. 동해로 운전해 가는 동안 장호는 오랫동안 자신이 누구와도 관계 맺지 않고 고립된 채로 살아왔음을 새삼 깨달았다. 왜 그랬던 것일까? 의도하지 않았건만 단지 그렇게 된 것뿐이라고 장호는 생각했다. 그럼에도 뼈아픈 느낌이 몰려왔다. 그동안 고유하다고 믿었던 자신의 모든 것들이 흔적 없이 사라져버리고 이윽고 부서지기 쉬운 껍데기만 남은 느낌이었다. 유물 정리업을 앞으로 계속할지에 대해서도 이번에 다시 생각해보기로 했다.

묵호에 도착한 장호는 식당에 들어가 어시장 앞에서 오랜만에 생선찌개를 먹고 저녁의 해안도로를 따라 삼척과 울진의 경계인 임원항에 이르렀다. 그곳은 장호가 대학에 다닐 때 혼자 여행을 왔던 곳이었다. 기이할 정도로 사위가 훤한 밤이었다.

장호는 항구모텔에 방을 잡아놓고 나와 방파제를 거닐다 그제야 하늘에 커다란 달이 떠 있음을 발견했다. 밤바다는 얼음장처럼 번쩍이고 있었다. 바다가 내다보이는 선술집에 앉아 장호는 무주에 내려가 있는 현수와 통화를 했다. 이어 영숙에게 문자를 보내 지금 만나는 사람과 앞으로 잘됐으면 좋겠다는 말을 남겼다.

선술집에서 나가기 전 장호는 마지막으로 '그녀'에게 문자를 보냈다.

'삼척 임원항에 와 있습니다. 눈앞에는 아주 큰 웅덩이, 밤바다가 달빛에 유전처럼 일렁이고 있습니다. 하늘엔 슈퍼 문이 떠 있고요. 하고 싶은 말이 있습니다. 저는 아무래도 당신이 계속 글을 썼으면 좋겠다는 생각이 듭니다. 네, 꼭 그랬으면 합니다. 왜냐하면 처음 만난 순간부터 당신은 영락없이 작가로 보였거든요. 앞으로 뭔가 새로운 이야기가 시작될 거라는 예감이 듭니다. 뭔가 특별하고도 고유한 당신의 이야기가. 그리고 언젠가 저도 그 글을 읽어볼 수 있었으면 합니다.'

장호가 모텔에 들어가 잠들기 직전에야 그녀가 문자를 보내왔다. 장호는 감았던 눈을 비벼 뜨고 그녀가 보내온 메시지를 한 글자씩 확인했다. 창밖엔 여전히 커다란 달이 위협적으로 떠 있었다. 장호는 마치 달 속에 누워 있는 느낌이었다.

'네, 저도 이제 알고 있어요. 암리타.'

누가 고양이를 죽였나

1

그녀가 공인중개사 사무실의 유리문을 밀치고 안으로 들어섰을 때 희숙은 순간적으로 몸이 움츠러드는 느낌을 받았다. 그 오싹한 느낌의 정체가 무엇인지 희숙은 두고두고 생각했다. 불탄 숲속에서 까맣게 재를 뒤집어쓰고 걸어 나오는 사람의 모습이었다고나 할까.

그녀는 쑥색 바바리에 회색 스카프 차림이었고 귀 옆에 하얀 핀을 꽂고 있었다. 희숙이 그녀와 만난 것은 대략 4개월 전쯤이었다. 그때도 저런 모습이었는지는 기억에 떠오르지 않았다. 아무튼 희숙은 그녀를 알아보는 데 잠깐 시간이 걸렸다. 작년 12월 초 그녀는 희숙이 운영하는 공인중개사 사무실을 통해 24평형 아파트의 전세권 계약을 맺은 사실이 있었다.

희숙은 알은체를 하며 그녀에게 의자에 앉으라고 권했다.

"믹스 커피라도 한잔 드릴까요?"

벽시계를 올려다보고 있던 그녀가 고개를 돌려 희숙을 마주 보았다. 초점이 없는 그녀의 눈을 보며 희숙은 가볍게 몸을 떨었다.

"믹스 커피요? 그런 거 말고 다른 건 없나요?"

"녹차나 율무차가 있는데…… 티백이긴 하지만."

"아니, 됐어요."

그녀는 의자에 앉아 무릎 위에 가방을 올려놓으며 말했다.

"집을 도로 내놔야겠어요. 아무래도 이사를 잘못 온 것 같아요."

희숙은 잠시 사이를 두었다가 차분히 대꾸했다.

"전세 기한이 만료되기 전에 집을 내놓으면, 이사 나갈 때 집주인이 지불할 중개료를 대신 부담해야 하는 건 알고 계세요?"

그녀는 대꾸 없이 차가운 모습으로 앉아 있었다.

"제가 기억하기로는 이사 온 지 불과 몇 달 안 된 것 같은데, 집에 무슨 문제라도 있나요?"

그제야 그녀의 눈에 희미하게 초점이 돌아왔다.

"문제요?"

희숙은 고개를 끄덕였다.

"겨울엔 몰랐는데, 날이 풀리면서 베란다 천장에서 물이 새고 있어요. 윗집에 올라가 얘기를 해도 소용이 없더군요. 그리고 층간 소음도 너무 심하고요. 밤새 어디선가 다듬이질 소리가 들려와 잠을 제대로 잘 수가 없어요. 옆집 애는 시도 때도 없이 악을 쓰며 울어대고요."

다듬이질 소리는 아마 이명 탓일 거라고 희숙은 짐작했다.

"다른 문제는요?"

"키우던 고양이가 며칠 전에 죽었어요."

"……"

"저녁에 집에 들어오니 거실 여기저기에 발자국이 찍혀 있더군요. 베란다 창문과 주방 찬장 문도 활짝 열려 있고요. 죽은 고양이는 냉장고 안에 들어 있었죠."

희숙은 그녀가 혼자 사는 여자라는 걸 떠올렸다. 그녀가 한 말이 사실이라면 누군가 고의적으로 고양이를 죽였다고밖에 볼 수 없었다. 현관 도어 록 비밀번호를 알고 있는 누군가가. 그렇다면 그녀와 가까운 사람 중 하나일 터였다. 희숙은 마른 숨을 내쉰 뒤 다시 말했다.

"베란다 천장의 누수 문제는 집주인들끼리 해결하는 게 맞아요. 세입자가 나서봐야 별 소용이 없어요. 그리고 고양이가 죽은 거에 대해서는 제가 잘 모르겠네요."

"그럴 테죠."

"어쨌거나 집을 빼달라는 말씀이죠?"

"이제야 알아듣네요. 가급적 빠른 시일 내로 그렇게 해주세요. 어서 이 산동네를 떠나고 싶으니까요."

"낮에 집에 계신가요?"

"집에는 저녁 9시쯤에나 들어와요."

그녀는 지하철역 근처에서 조그만 옷 가게를 하고 있다며 핸드백에서 아파트 동 출입구와 집 현관의 카드 키를 꺼내 희숙에게 건네주었다. 무슨 차이가 있는지 모르겠으나, 도어 록 비밀번호는 알려줄 수 없노라고 했다. 두 개의 카드 키가 연결돼 있는 고리에는 생선 머리 모형의 장식이 달려 있었다.

그녀가 공인중개사 사무실을 빠져나가고 나서 희숙은 4개월 전 그녀가 작성한 전세 계약서를 찾아보았다. 이름은 김성희. 마흔두 살로 희숙과 동갑이었다.

그녀가 다녀간 날은 4월로 접어드는 토요일 오후였고 종일가는 비가 바람에 날리던 날이었다. 희숙이 집주인에게 전화로 사정을 알리자 주인은 이제 전세가 골치 아프다며 이참에 집을 팔아달라고 했다.

2

희숙이 성희가 사는 집에 가본 것은 이틀 뒤였다. 사무실의 문을 막 닫으려는 터에 신혼부부로 보이는 삼십대 초반의 남녀가 찾아와 전셋집을 구하고 있다고 말했다. 하지만 그들이 말하는 평형의 전셋집은 나와 있는 게 없었다.

"요즘은 전세 물량을 찾기 힘들어요. 특히 30평대 초반은. 평형수를 낮춰 이참에 매입을 고려해보시는 건 어때요? 전세가와 매매가의 차이가 크지 않거든요."

남자가 여자 쪽을 돌아보고 나서 말했다.

"글쎄요, 한번 보기나 할까요?"

희숙이 성희에게 연락하니 8시에나 가게 문을 닫는다며 그들에게 일단 집을 보여주라고 했다. 나이는 젊지만 그들 신혼부부는 눈썰미가 좋고 그만큼 까다로운 사람들이었다. 안방과 작은 방과 화장실과 베란다를 차례로 둘러보고 나서 남자가 입을 열었다.

"세탁기가 놓여 있는 베란다 천장에 누수 현상이 있네요. 보세요, 페인트가 흉하게 다 일어났잖아요. 그리고 거실 확장 공사를 한 모양인데, 덧댄 천장 가운데 부분이 아래로 우묵하게 처져 있어요. 창틀의 새시도 저렴한 걸 써서 실내 온도를 유지하는 비용이 두 배는 들겠고요."

옆에 서 있던 여자도 한마디 거들었다.

"확장 공사를 할 때 화장실은 손대지 않았네요. 주방 싱크대는 아예 싹 갈아야 할 것 같고요."

"25년 된 아파트라 어차피 다시 공사를 하고 들어오셔야 해요."

"그래서 이 집을 얼마에 내놓은 거죠?"

희숙이 시세를 얘기하자 남자가 터무니없이 가격을 내려

불렀다. 희숙은 낮게 숨을 몰아쉬며 말했다.

"그건 전세 가격이에요."

"앞 동에 가려 전망도 좋지 않은데, 산동네 아파트치고는 꽤나 비싸네요."

"작년 가을엔 지금 시세보다 2천 정도가 높았어요. 4월부터 6월까지는 비수기라 매매가가 떨어져 있는 상태예요. 여름이 되면 다시 오를 거구요."

희숙은 그들이 집을 매입하지 않으리라는 걸 이미 짐작하고 있었다. 늘 겪는 일이긴 하나 희숙은 공복에 야릇한 피로감을 느꼈다.

그들을 보내고 희숙은 그 집에 좀더 남아 있었다. 무엇 때문이었을까? 아까는 미처 의식하지 못했는데, 장식장 위의 미니 컴포넌트에서 FM 방송이 흘러나오고 있었다. 희숙은 찬찬히 집 안을 둘러보았다. 순간 스산한 느낌이 공기 속에서 몸을 조여왔다. 아무리 혼자 산다기로서니 여자가 사는 집이 빈 창고처럼 썰렁했다. 낡은 텔레비전 위에는 겨울용 밤색 털 모자가 놓여 있었고 거실에는 1인용 소파 외에 더 이상 눈에 띄는 것이 없었다. 그 흔한 액자나 달력조차 걸려 있지 않았다. 안방에도 침대 옆에 간이용 옷장만 비스듬히 서 있을 뿐이었다.

주방으로 가보니 밥을 해 먹은 흔적이 보이지 않았다. 희숙은 긴장한 상태에서 조심스럽게 냉장고 문을 열어보았다. 냉장고 안에는 소주와 캔 맥주 몇 개만이 사이드 칸에 꽂혀 있었다. 고양이는 보이지 않았다. 빨래 건조대가 있는 맞은편 베란다에는 제라늄과 재스민 화분이 말라가고 있었다. 희숙은 집을 나오기 전에 화분에 물을 주고 라디오를 껐다가 다시 켜놓았다.

밤 9시가 넘어 혼자 저녁을 먹고 있을 때 성희에게서 전화가 걸려왔고, 그녀는 집이 나갔느냐고 물었다. 시간이 좀 걸릴 것 같다고 희숙은 말했다. 전화를 끊으려는 터에 성희가 지금 사무실에 있느냐고 대뜸 물어왔다. 아니라고, 사무실은 7시면 문을 닫는다고 말하려다 희숙은 왜요?라고 반문했다. 잠시 머뭇거리다 성희가 말끝을 흐렸다.

"아뇨, 그냥 물어봤어요."

그러고는 전화가 툭 끊겼다.

3

다음 날 희숙은 자신이 왜 그러는지도 모른 채 다시 성희의 집에 가보았다. 아파트 단지 화단의 벚나무에 꽃망울이 알알이 맺히고 있는 것을 보며 희숙은 괜히 마음이 시큰했다. 때없이 마음이 산란한 계절이었다. 희숙은 먼저 베란다의 화분을 살펴보았다. 물기를 머금은 제라늄과 재스민은 하루 만에 되살아나는 기미를 보이고 있었다. 그날도 라디오는 켜져 있는 상태였고 영화 「미션」에 쓰였던 오보에 연주가 흘러나오고 있었다. 그 소리에 잠시 귀를 기울이고 있다가 희숙은 다시 주방과 냉장고를 살펴보았다. 역시 밥을 해 먹은 흔적은 없었고 캔 맥주는 두 개가 비어 있었다.

문득 생각이 난 듯 희숙은 안방으로 들어가 미니 옷장을 열어보았다. 옷 가게를 한다고 들었는데 안에 걸려 있는 옷은 단출하고 가짓수도 많지 않았다. 옷장 바닥에는 속옷과 가방 몇 개가 쌓여 있었다. 희숙은 성희가 전에 입고 있던 쑥색 바바리를 꺼내 거울 앞에 서서 입어보았다. 그리고 한없이 낯설어 보이는 자신을 바라보며 메마른 웃음을 짓고 그걸 도로 옷장 안에 걸어놓았다. 거실로 나온 희숙은 1인용 소파를 베란다 쪽으로 돌려놓고 거기에 앉아 밖을 내다보았다. 밖에는 꽃샘바람이 사납게 불고 있었다. 저녁참에 비가 올 거라는데, 그런 시간대가 찾아오면 희숙은 술 생각이 났다. 하지만 애써 자제했다. 술을 마시게 되면 걷잡을 수 없이 마음이 음울하게 가라앉곤 하는 것이었다.

남의 빈집에 혼자 앉아 있자니 불현듯 작년 봄에 일어났던 끔찍한 사건이 선명하게 떠올랐다. 집을 보러 온 사십대 중반의 남자를 데리고 비어 있는 집을 보러 갔다가 무방비 상태에서 순식간에 궁지에 몰려 발생한 일이었다. 뾰족한 자갈이 섞인 흙탕물에 휩쓸리는 느낌이 몰려간 후, 남자는 지갑에서 현금을 꺼내 식탁 위에 올려놓고는 허겁지겁 밖으로 빠져나갔다. 그 남자의 완력을 제어할 수 없었던 자신의 무력감에 치를 떨며 그녀는 한동안 밤마다 술을 마시고 잠이 들었다. 단지 참혹한 꿈이었을 뿐이야,라고 습관적으로 되뇌었지만 그렇다고 그 일이 기억 속에서 지워질 리는 없었다.

남편과는 결혼 초부터 서로 사이가 어그러진 채 이러구러 살아온 터였는데, 웬일인지 그즈음부터 불화가 표면적으로 잦아졌고 잠자리를 극구 피하는 희숙에게서 무슨 기미라도 느꼈는지 남편은 별별 트집을 다 잡아대다 급기야 폭행을 저질렀다. 그 광경을 목격한 중학교 1학년 딸아이가 엄마 아빠와는 더 이상 같이 못 살겠다며 외할머니 집으로 보내달라고 울고불고 매달렸다. 남편은 가수를 키워내는 기획사에 속한 음향 담당 기사였는데, 공연을 따라다니느라 불규칙적으로 집에 드나들었고 연락도 없이 보름이나 한 달씩 집을 비우기 예사였다. 푼돈일망정 생활비조차 제때 가져다주지 않으니 차라리 남편의 존재가 없는 게 낫겠다는 생각이 들었다. 생각지도 않았던 공인중개사 일을 시작하게 된 것도 그 때문이었다. 어쨌든 아이를 생각해서 내내 참고 지낸 터였다. 그런데 아이를 친정에 보내고 졸지에 혼자 남게 되자 희숙은 남편이 언제 또 불쑥 집에 들이닥칠지 몰라 늘 두려운 심정으로 하루하루를 지탱하고 있었다. 그런 마음이 엄습하면 무력하나마 아이의 존재가 절실히 필요하다는 것을 깨닫곤 했다.

라디오에서 흘러나오는 아나운서의 날씨 멘트를 들으며 희

숙은 소파에서 일어났다. 때마침 집을 보러 온 사람에게서 전
화가 걸려 와 서둘러 성희의 집을 나섰다. 무언가 잊은 게 있
는 것 같은데, 얼른 머리에 떠오르지 않았다. 현관문을 닫고
엘리베이터 쪽으로 돌아서는 순간 희숙은 방금 자신이 머물
렀던 집 안에서 고양이가 우는 소리를 들은 것 같았다.

4

성희는 사나흘 간격으로 희숙에게 카톡 메시지를 보내거나
전화를 걸어 와 집이 언제쯤 빠질 것 같냐고 물었다. 그동안
몇 차례 집을 보러 온 사람들이 있었으나, 처음에 왔던 신혼
부부처럼 이런저런 트집을 잡아 집값을 깎으려 들었고 전세
로 들어올 수 없냐는 말을 무의미하게 되풀이했다. 서울에서
아파트 시세가 가장 낮은 편에 속하고 투자 가치가 적은 산동
네 지역인 터라 부동산 중개 일이 만만치 않았다. 이 단지에
한번 들어오면 복권에 당첨되지 않는 한 빠져나갈 수 없다는
말이 항시 주변에 떠돌았다. 그만큼 형편이 빠듯한 서민층이
거나 노후를 보내기 위해 찾아드는 인구 비율이 높은 지역이
었다. 공기가 좋다는 것 외에는 교통도 불편했고 학군 경쟁력
도 다른 지역에 비해 크게 떨어졌다.

단지 내에 벚꽃이 만개하던 날 희숙은 또다시 성희의 집에
혼자 들렀다. 베란다의 화분이 생각났던 것이다. 어쩌면 고양

194

이의 존재를 확인하고 싶었는지도 모른다. 또한 그 창고 같은 텅 빈 공간에 잠시라도 자신을 함부로 방치하고 싶은 은밀한 마음 때문이기도 했다.

현관문을 열고 들어간 희숙은 바닥에 남자 구두 한 켤레가 놓여 있는 것을 발견하고 기겁을 했다. 화급히 몸을 돌려 나오려 했으나, 이미 거실 소파에 앉아 있는 남자와 얼굴이 마주친 후였다. 희숙의 마음 밑바닥에 석탄처럼 쌓여 있던 공포가 오롯이 되살아났다. 희숙의 몸은 딱딱하게 굳어 있는 상태였다. 소파에 앉아 있는 하얀 머리의 사내가 이쪽을 보고 말했다.

"거기 누구요? 이 시각에 성희가 들어올 리는 없을 테고."

그는 선글라스를 끼고 있었다. 목에서는 쇳소리가 났다. 한쪽 손에는 지팡이를 들고 있었는데 그 때문에 희숙은 더한 공포심에 사로잡혔다.

"누구냐고 내 방금 묻지 않았소!"

그가 사뭇 위협적인 목소리로 재촉했다. 희숙은 떨리는 소리로 얼결에 되받았다.

"부동산에서 집을 보러 왔는데요."

그는 잠시 무언가를 생각하는 눈치였다.

"그럼 나는 상관 말고 볼일 보시구려. 그전에 내게 물을 한 잔 떠다 주겠소? 아까부터 목이 말랐는데 마침 누군가 나타났군."

그가 목소리를 누그러뜨리며 말했다.

"보시다시피 내가 앞을 제대로 볼 수 없는 사람이오. 아주 조금만 볼 수 있지. 희미하게."

그렇다면 이 집에 어떻게 들어온 것일까? 희숙은 신발을 벗고 주춤주춤 주방으로 다가가 냉장고 문을 열었다. 생수나 물통 따위는 보이지 않았다. 하는 수 없이 희숙은 컵에 수돗물을 받아 그에게 들고 갔다. 그는 희숙이 내민 물컵을 받지 않고 한동안 미동 없이 앉아 있었다. 희숙은 차갑고 습한 공기가 몸을 욱죄어드는 예의 익숙한 느낌에 사로잡혔다.

"수돗물을 마시느니 차라리 술이 낫지 않겠소? 아마 냉장고 안에 있을 거라고 생각하오만."

희숙은 어느덧 떨고 있었다. 한시바삐 이곳을 빠져나가야겠다는 생각이 들었으나 마치 그에게 조종을 당하고 있는 기분이었다.

"잠시만 거기 그대로 서 있어주겠소? 거기 서서 내가 하는 말을 몇 마디만 들어주시오."

"……"

"내게도 이 집을 드나들 수 있는 열쇠가 있소. 매달 생활비를 수금하러 이 날짜에 들르곤 하지. 나는 이 집에 사는 아이의 아비 되는 사람이오. 하지만 만날 수는 없다오. 그 애가 나를 한사코 피하기 때문이지. 나는 단 한 시간만 여기에 머물 수 있소. 그러니까 한 달에 단 한 시간뿐이란 뜻이지. 제기

랄!"

희숙은 물컵을 든 채 그 자리에 허수아비처럼 붙박여 있었다.

"그리 놀라거나 당황할 것 없소. 이런 부녀 관계라는 것도 있는 법이니까. 세상 모든 부모의 속내가 그렇듯 나 역시 내 딸이 나한테 많은 빚을 지고 살아왔다고 생각하오. 그렇다면 마땅히 생활비 정도는 보태야겠지. 안 그렇소? 더군다나 나는 앞도 제대로 분간할 수 없는 처지요."

희숙은 그제야 정신이 번쩍 들었다.

"참 딱한 노인이시네요."

그의 눈썹이 송충이처럼 느리게 꿈틀거렸다.

"왜 아니겠소."

희숙은 내친김에 쏘아붙였다.

"혼자 사는 딸을 쫓아다니며 빚쟁이처럼 매달 돈을 받아내는 일이 즐거운가요?"

노인이 헛기침을 하며 되받았다.

"늙은 나한테 남은 일이라곤 이것 말고는 달리 없다오."

희숙이 재차 쏘아붙였다.

"그럼 고양이도 당신이 죽인 건가요?"

그가 새된 소리를 냈다.

"지금 뭐라고 한 거요? 고양이?"

"그래요, 당신이 고양이를 죽여 냉장고에 집어넣은 건가요?"

차단기가 내려온 것처럼 무거운 침묵이 끼어든 후에 그가
발작적으로 웃어젖혔다.

"내 별 해괴한 소리를 다 듣겠군. 당신 지금 제정신이오?
내가 파리 한 마리인들 어찌 잡아 죽이겠소. 고양이는 어딘가
에 살아 있을 테니 걱정 말고 내게 술이나 한잔 갖다주구려.
나와 얘기나 좀더 나눕시다. 적선하는 셈치고 말이오."

"아직 한 시간이 다 안 된 모양이네요."

추행을 당한 듯한 기분에 사로잡혀 희숙은 허둥지둥 그 집
을 빠져나왔다. 온몸에 진득하게 식은땀이 배어 있었다. 으슬
으슬 몸까지 떨려왔다. 사무실로 돌아와보니 양말에 노란 가
루가 묻어 있었다. 성희의 집에서 송홧가루가 날려든 모양이
었다.

그날 저녁 성희가 연락도 없이 불쑥 희숙의 사무실로 찾아
왔다. 7시 무렵이었다. 낮부터 봄비가 질기게 내리고 있었다.
우산을 접고 사무실 안으로 들어선 그녀는 의자에 풀썩 쓰러
지듯 몸을 맡겼다. 손수건을 꺼내 손에 묻은 빗물을 닦아낸
뒤 그녀가 입을 열었다.

"도대체 집은 언제 나가는 거죠?"

그녀는 초조하고 불안해 보였다.

"요즘은 몇 달째 안 나가는 집도 있어요. 제 생각엔 우선 베
란다 누수 문제부터 해결해야 될 것 같아요. 내일이라도 주인
한테 전화해서 해결해달라고 하세요."

성희가 한숨을 내쉬며 되받았다.

"오늘 저의 집에 아버지 다녀가셨죠?"

"······"

"그 고약한 양반이 무슨 말을 하던가요? 혹시 봉변을 당하지는 않았나요?"

희숙은 그 말에 아무 대꾸도 할 수 없었다. 대신 에둘러서 말했다.

"이사 갈 집은 알아봤어요?"

"아직요. 지금 사는 집이 빠져야 알아보든지 하죠. 가게 근처에 원룸이나 얻을까 싶은데 그것도 잘 모르겠네요. 월세는 자꾸 오르는데 장사는 안 되고."

"왜 여기로 이사를 온 거죠? 일단 들어오면 빠져나가기 힘든 동넨데."

"아는 사람한테 들었어요. 산 아래에 있는 아파트라 산책하기도 좋고 공기가 맑다고. 혼자 요양하면서 살기 마침한 곳이라고요. 사실 제가 몸이 좀 안 좋거든요."

더는 할 말이 없어 희숙은 테이블을 정리하며 퇴근 준비를 했다. 성희는 의자에 도사리고 앉아 그런 희숙을 물끄러미 바라보았다. 그러다 두 여자의 눈이 마주쳤고, 저녁이나 같이 할래요?라는 말이 거의 동시에 오갔다.

5

두 여자는 아파트 상가에 있는 고깃집에서 삼겹살을 구워 먹었다. 희숙은 소주를, 성희는 맥주를 마셨다. 술이 들어가자 성희는 점점 말이 많아졌다. 그녀는 이사 가고 싶은 곳에 대해 먼저 얘기했다.

"저, 행신이라는 곳에 가서 살아볼까 싶어요."

"행신이라면 경기도 말예요? 일산 신도시 아래쪽에 있는."

"맞아요. 경의중앙선 알죠? 문산에서 지평까지 왕복하는. 물론 행신도 경유하죠."

"네, 알아요."

"주말마다 행신에서 경의중앙선 타고 덕소나 양수리에 내려 바람 쐬고 오면 좋겠다는 생각이 들더라고요. 시골 장터에서 맛난 것도 사 먹고요. 지평은 막걸리가 유명하다는데 거기도 가보고 싶고요. 또 요즘 분위기로 봐서는 경의중앙선이 북한까지 연결될 것 같지 않아요? 그럼 개성도 가고 신의주도 가고 평양에 가서 냉면도 먹고 좋잖아요."

희숙은 무심코 웃었다.

"또 행신이 좋은 게, 케이티엑스 열차가 있잖아요. 부산이든 목포든 여수든 마음만 먹으면 몇 시간이면 갈 수 있는 거죠. 바다가 있는 곳까지 말예요. 그런 데다 김포공항도 가깝고요. 안 그래요?"

"거기서 옷 가게가 될까요?"

"가게는 유동 인구가 많은 화정역 주변을 알아보고 있어요. 행신에서 마을버스로 15분 거리예요."

"듣기에는 그럴듯하네요. 교통도 좋은 것 같고."

"그렇죠?"

"행신으로 이사 가면 또 아버지한테 집 열쇠를 맡길 건가요?"

그러자 성희의 얼굴이 어둡게 굳었다. 옆구리를 얻어맞은 듯 이마를 찡그렸다.

"내가 괜한 말을 했나 봐요. 고기가 다 타네요. 먹으면서 얘기하죠."

희숙은 술잔을 들어 성희의 잔에 부딪쳤다.

"아버지가 눈만 멀쩡해도 내가 속수무책으로 이러진 않을 거예요. 10년 전부터 녹내장이 심해지더니 지금은 거의 보이지 않아요. 젊어서부터 방탕한 생활을 하며 엄마 속을 썩일 대로 썩인 벌을 받는 거죠."

"다른 형제는 없나요?"

"엄마는 오래전에 암으로 돌아가셨고 다섯 살 터울인 오빠가 하나 있는데, 아버지 못지않은 사람이어서 그쪽엔 비빌 엄두도 내지 못해요. 애꿎은 나만 거머리처럼 쫓아다니며 손을 내미는 거죠. 공무원으로 정년퇴직을 해서 꼬박꼬박 연금도 받고 있는데 말예요."

술기운이 오른 김에 희숙이 물어보았다.

"혹시 결혼은 안 한 거예요?"

성희는 못 들은 척 술잔을 거푸 비웠다. 성희가 이렇게 술을 마셔도 되는지 희숙은 문득 걱정스러웠다. 역시 또 괜한 말을 했나 싶었다.

그 사람은, 하고 성희는 잠시 입을 다물었다. 이윽고 어렵사리 말문을 열었다.

"그 사람은 5년 전에 세상을 떠났어요."

"……"

"말하자면 객사를 한 셈이죠. 여수 남쪽 끝에 있는 백야도라는 곳에서 배를 타고 한 시간쯤 가면 낭도라는 섬이 있는데, 거기 민박집에서 죽은 채로 발견됐어요."

희숙의 눈앞이 어지럽게 흔들렸다. 아마도 오랜만에 마신 술 때문일 거라고 그녀는 생각했다. 밖에는 여전히 비가 내리고 있었고 간간이 바람이 몰려가는 소리가 들려왔다.

"남편은 죽기 1년 전에 교통사고로 한쪽 다리를 잃었어요. 퇴원하고 나서 한동안은 정상적으로 살아보려고 노력하는 것 같더라고요. 사고가 나기 전에는 중학교에서 야구부 코치를 했는데, 그 일은 더 이상 할 수 없잖아요. 그래서 친구가 하는 휴대전화 매장 일을 도왔어요. 근데 채 두 달도 안 돼 못 하겠다고 하더라고요. 그 후 성치도 않은 몸으로 매일 밖으로 떠돌았어요. 목발을 한 채로 어딜 그렇게 돌아다니는지 하루가 이틀이 되고 사흘, 나흘이 되더니 나중엔 일주일, 한 달씩 집을 나가 돌아오지 않더군요. 전화를 해도 받지 않고요. 뭐 강릉에도 가고 목포에도 가고 서산에도 가고 그랬던 것 같아요. 나중에 알았는데, 매일 환각제를 복용하면서요. 결국 환각제 중독으로 죽은 거나 마찬가지죠."

희숙은 딱히 대꾸할 말이 없어 성희의 눈을 피했다.

"참 못난 사람이었다는 생각이 들어요. 세상에 저보다 아픈 사람들이 얼마나 많은데. 그 사람들도 나름 살아내려고 얼마나 몸부림치는데. 안 그래요?"

희숙이 고개를 주억거렸다.

"성희 씨 말이 맞네요."

"……"

"미안해요. 나까지 이렇게 얘기해서."

"아뇨, 사실인데요 뭘. 아무튼 그 후로는 저한테도 이상한 죄의식 같은 게 생겨서 견디기 힘들더라고요. 마음이란 것도 이미 오래전에 사라진 거 같고."

술이 한 순배 더 돌고 나서 이번에는 성희가 희숙에 대해 물었다.

"차마 부끄러워서 저는 뭐라 말도 못 하겠네요."

"하기 싫으면 하지 말고요."

"아니, 그냥 사는 게 수치스럽고 모멸스러워서 그래요. 때론 공포스럽기도 하고요."

희숙은 입에서 나오는 대로 제 얘기를 성희에게 들려주었다. 그러나 작년에 빈집에서 일어났던 사건에 대해서는 차마 입에 담을 수 없었다. 희숙의 얘기를 곰곰이 듣고 있던 성희가 말했다.

"가수가 되려고 했었다면, 노래 진짜 잘하겠네요."

"결혼한 이후로는 한 번도 불러본 적이 없어요. 앞으로도 부를 일이 없을 것 같고요."

"왜요, 우리 언제 노래방 가요."

희숙은 마른 붓꽃처럼 쓸쓸히 웃었다.

6

그 후 열흘쯤 지나 성희가 희숙에게 카톡 메시지를 보내왔다. 토요일 오후 5시 무렵이었다.

"희숙 씨, 혹시 저녁에 시간 되면 이쪽으로 나올래요? 가게 근처에 내가 가끔 가는 제주 음식점이 있는데, 거기서 같이 저녁 먹어요."

희숙은 잠시 대꾸를 미뤘다. 오늘내일 중으로 아이를 보러 친정에 갈까 생각 중이었던 것이다.

"요즘 밤이 되면 여기 벚꽃이 아주 볼만해요. 다음 주에는 꽃이 질 것 같고요."

더 이상 머뭇거리면 안 되겠기에 희숙은 그러겠노라고 했다. 메시지를 보내놓고 나니 어쩐지 야릇한 마음이 들기도 했다. 저녁 외출을 해서 식사를 한 기억도 까마득했던 것이다.

희숙이 버스와 지하철을 갈아타고 역에서 내려 성희에게 전화를 하자 4번 출구로 나와 50미터쯤 직진하면 스타벅스 옆에 '엔젤 짱'이라는 옷 가게가 보일 거라고 했다. 주말이었으므로 거리는 초저녁부터 붐비고 있었다.

'엔젤 짱'은 서너 평이나 될까 말까 한 작은 가게였고 일주일에 한 번 동대문에서 옷을 떼 와 수입 잡화와 함께 판다고 했다.

"요즘 이쪽 동네도 고급 음식점이나 카페 들이 들어서면서 점점 뜨고 있어요. 블록마다 옷 가게가 하나씩 생기고 있는데, 가겟세까지 덩달아 오르고 있죠."

두 여자는 가게 문을 닫고 주민 센터 쪽으로 천천히 올라갔다. 거리 공연을 준비 중인지 젊은이들이 천막과 무대를 설치하고 음향 장비를 옮기고 있었다. 그 광경을 보자 희숙은 얼핏 남편의 존재가 떠올랐고 잠시나마 호흡이 불안정하게 변했다. 성희는 주민 센터 건너편에 있는 '섭지코지'란 음식점으로 희숙을 데려갔다. 구석 자리에 마주 앉아 성희가 주문을 하자 곧 회와 김과 초밥용 밥이 나왔다. 성희는 마른 김에 밥 한 숟가락과 소스를 찍은 회를 올려놓고 이렇게 싸 먹는 거라며 희숙에게 시범을 보여주었다. 이어 한라산 소주병을 따서 희숙의 잔에 따라주었다. 그사이 고등어구이와 전복, 멍게 회와 튀김과 탕이 차례로 나왔다.

"이렇게 먹으면 값이 꽤 나오겠네요."

성희가 입을 우물거리며 말했다.

"아뇨, 1인당 2만 원밖에 안 해요. 거기다 소주값 보태면 둘이 5만 원 정도 나오겠죠. 삼겹살 먹는 거나 매한가지예요."

그제야 어떤 기미를 느끼고 희숙이 물었다.

"혹시 오늘 무슨 날이에요?"

성희가 수줍게 웃으며 되받았다.

"희숙 씨, 눈치 빠르네요. 실은 제 생일인데, 밥을 같이 먹을 사람이 없어서 연락했어요."

희숙은 아차 싶었다.

"그럼 저녁은 제가 살게요. 성희 씨가 커피 사고요."

"아녜요, 저번에 희숙 씨가 냈잖아요."

희숙은 성희를 만난 김에 집 얘기를 했다. 그동안 또 집을 보러 온 사람들이 있었지만 계약을 하려는 사람은 없었다. 엊그제 노모를 모시고 온 아들이 집을 마음에 들어 했으나, 어머니라는 사람은 슈퍼마켓이 멀고 층수가 높아 혼자 지내기에 불편할 것 같다면서 고개를 가로저었다. 그러고는 연락이 없었다. 또 아이를 셋이나 둔 사십대 부부가 있었는데 그들은 리모델링을 하고 들어오려면 적어도 2천 5백만 원은 들어갈 텐데 그중 반을 집값에서 빼달라고 억지를 부렸다. 다 듣고 나서 성희가 말했다.

"그냥 돼가는 대로 하자고요. 어차피 내 집이 아닌데 마음

대로 할 수도 없는 노릇이고."

평소에 마시지 않던 소주가 들어가자 희숙은 이내 몸이 화끈거리며 술기운이 돌았다. 그래도 오랜만에 밖으로 나와 외식을 하니 조금은 긴장이 풀리는 기분이었다.

9시쯤이 되어 식당 밖으로 나오니 거리에서 노랫소리가 울려 퍼지고 있었다. 사람들 사이를 헤치고 걸어가며 희숙은 왠지 울컥하는 마음이 되었다. 자꾸 벚꽃으로 눈이 가는 자신의 심사를 헤아려보니 더욱 그런 마음이 드는 것이었다. 커피숍으로 들어가기 전 희숙은 꽃집에서 장미와 안개꽃을 섞은 꽃다발을 성희에게 선물했다.

커피숍에 앉아 이런저런 얘기를 나누다 성희가 뜻밖의 말을 꺼냈다.

"희숙 씨, 별일 없으면 이따 우리 집에 가서 한잔 더 할래요? 지하철역 근처에 주류 백화점이 있는데, 거기서 아이스와인 한 병 사가지고 들어가자고요."

희숙은 내일 친정에 가봐야 한다며 조심스럽게 거절했다.

"아, 그렇구나. 그럼 다음에요."

아까와는 달리 시간이 갈수록 희숙은 마음이 무겁게 가라앉으며 점점 불안해졌다. 밖에서 들려오는 소란한 소리가 그런 상태를 더욱 부추겼다. 성희가 눈치채지 못하게 희숙은 마음을 누그러뜨리며 커피를 리필해서 마셨다. 어서 술이 깼으면 싶었다. 10시가 되자 희숙은 그만 일어나자고 성희를 재촉했다. 뭔가 다급한 마음이 되어 희숙은 택시를 타자고 했고 성희도 그러자고 했다.

희숙이 집에 도착한 것은 10시 30분쯤이었다. 남편이 거뭇한 모습으로 거실 소파에 앉아 혼자 술을 마시고 있었다. 희숙은 제풀에 왜 전화도 없이 온 거냐고 남편에게 물었다. 그는 이미 어느 정도 취해 있는 상태였다. 아직 씻지도 않았는지 외출복 차림 그대로였고 발 냄새가 지독하게 풍겼다. 그가 희숙에게 지금 누구를 만나고 들어오는 거냐고 느리게 물었다. 희숙은 가방을 식탁 위에 올려놓고 옷을 갈아입으러 안방으로 들어가려고 했다.

"내가 지금 묻고 있잖아. 도대체 누구와 만나 술을 마시고 이 시간에 들어오는 거냐고."

희숙이 몸을 돌려 대꾸했다.

"누구를 만나든 이제 와서 무슨 상관이에요. 내게도 일이 있고 다른 사람들처럼 만나는 사람이 있게 마련이에요."

"나는 지금 남편으로서 묻고 있는 거야."

희숙은 순간 욱, 하고 감정이 치밀었다. 그에게 어떠한 변명조차 하고 싶지 않았다.

"평소에 연락도 없이 어쩌다 여관방처럼 집에 드나드는 사람이 남편이에요? 애 아빠가 맞냐고요."

"그래서 지금 외간 남자와 어울리다 들어왔다 그런 얘긴가?"

희숙의 입에서 절로 한탄 섞인 한숨이 새어 나왔다.

"그 뻔한 레퍼토리 이제 지긋지긋하니까 좀 바꾸면 안 되겠어요?"

그가 천천히 소파에서 일어나 희숙에게 다가왔다. 희숙은 본능적으로 두려움에 떨며 멈칫멈칫 뒤로 물러섰다. 더 이상 물러설 수 없는 지경이 되었을 때 희숙은 질끈 눈을 감았다. 얼굴에 불덩이가 떨어지는 느낌이 거듭되고 나서 귀에 익숙한 욕설이 들려왔다. 희숙은 몸서리를 치며 두 손으로 귀를 막아버렸다. 그 순간 이런 생각이 번뜩 스치고 지나갔다. 차라리 성희의 집으로 갈 걸 그랬나?

7

다음 날 희숙은 성희에게 전화를 걸어 며칠 같이 지낼 수 있게 해달라고 부탁했다. 이유는 묻지 말아달라는 말도 덧붙였다. 남편은 3, 4일 정도 집에 누워 있다 나갈 것이었다. 그때까지만이라도 몸을 의탁할 곳이 필요했다. 친정으로 갈 생각을 하니 도무지 엄두가 나지 않았다. 거울을 보니 왼쪽 광대뼈 부위가 파랗게 부풀어 올라 있었다. 성희는 무언가를 생각하는 듯 잠시 침묵하더니 언제든 자신의 집으로 오라고 했다.

일찌감치 사무실 문을 닫고 희숙은 슈퍼마켓에서 장부터 보았다. 성희와 저녁을 먹을 생각이었다. 계란, 오렌지주스,

두부, 버섯, 상추, 강된장, 찌개용 돼지고기 반 근을 챙겨 카운터에서 계산을 마치고 희숙은 곧장 성희의 집으로 갔다. 혹시 남편에게 전화라도 올까 싶어 휴대전화 전원은 꺼두었다.

성희의 집에 들어가 희숙은 대충 청소부터 하고 바구니에 있던 옷가지를 세탁기에 집어넣었다. 청소를 하는 동안 베란다 창고와 옷장 안을 다시 살펴보았으나 어디에도 고양이는 보이지 않았다. 희숙은 김치찌개를 끓이고 계란찜과 강된장을 만든 다음 상추를 씻어 간소하게 식탁을 차렸다. 얼마 후 베란다에서 빨래를 너는 동안 성희가 집으로 돌아왔다. 그녀도 슈퍼마켓에 들렀다 왔는지 손에 비닐봉지가 들려 있었다.

두 여자는 저녁을 먹고 국화차를 끓여 마시고 거실 바닥에 방석을 깔고 앉아 텔레비전을 보며 캔 맥주를 마셨다. 성희는 아무것도 묻지 않았으나 희숙의 얼굴에 멍이 들어 있는 것을 자꾸 훔쳐보았다. 텔레비전에서는 시골에 혼자 사는 늙은 남자의 이야기를 다큐멘터리로 내보내고 있었다. 그는 당나귀를 반려로 삼아 살아가고 있었다. 산책을 할 때도 장에 갈 때도 밭일을 나갈 때도 항상 당나귀와 함께했다. 두 여자는 한참을 침묵 속에 앉아 있었다. 먼저 입을 연 것은 성희였다.

"그래도 당나귀와 살아가는 늙은 남자보다는 지금 우리 두 사람이 좀 나은 건가요?"

그 말이 무슨 뜻인지 몰라 희숙은 대꾸하지 않았다. 이명일까? 어디선가 태평소 부는 소리가 희숙의 귀에 들려왔다. 그

속에 간간이 다듬이질 소리가 뒤섞여 들려오고 있었다. 희숙은 자신의 몸에 서서히 열이 오르고 있음을 감지했다. 몸살기가 찾아오려나 보다. 희숙의 상태를 눈치채지 못한 성희가 옆에서 다시 중얼거렸다.

"왜 그랬는지 지금은 모르겠지만, 이따금 자해를 한 적이 있어요. 모든 게 내 탓이라는 생각이 들 때가 있었죠. 누군가 내게 뿌리 깊이 심어놓은 죄의식 같은 거였겠죠. 희숙 씨는 절대 그러지 마세요."

희숙은 심한 어지럼증을 느끼고 있었다. 성희에게 무언가 묻고 싶은 말이 있었으나 입이 열리지 않았다. 희숙은 벽에 등을 기대고 눈을 감았다. 몸에 열이 오르는데 오한까지 겹쳤다.

"고양이 새끼를 한 마리 키운 적이 있어요. 근데 어느 날 냉장고를 열어보니 그 안에 싸늘하게 죽어 있더군요."

"……"

"고양이가 제 발로 냉장고 안에 들어간 걸까요?"

성희는 웬일인지 찔끔거리며 울고 있었다. 희숙은 귀가 웅웅거리는 소리를 들으며 비스듬히 옆으로 쓰러졌다. 그제야 성희가 희숙의 몸을 흔들며 괜찮냐고, 어디가 아프냐고 다급히 물어왔다. 성희는 희숙의 이마에 손을 대보더니 화닥닥 몸을 일으켜 서랍에서 체온계를 꺼내왔다. 희숙은 오한에 부들부들 떨고 있었다. 이불을 갖다 달라고 했으나 성희는 알아듣지 못한 성싶었다.

"세상에, 39도가 넘네! 어떻게 하지?"

성희는 허둥거리며 우선 타이레놀을 찾아 희숙의 입에 넣어주었다. 이어 수건에 물을 적셔 와 희숙의 이마와 얼굴을 닦아냈다. 그러나 열은 쉽게 떨어질 기미가 없었다. 성희가 바닥에서 몸을 웅크린 채 떨고 있는 희숙의 귀에 대고 외쳤다.

"카카오 택시 부를게요. 응급실에 갈 수 있겠어요?"

희숙은 한사코 고개를 가로저었다. 응급실에 가고 싶지는 않았다. 성희는 이불을 꺼내 와 희숙의 몸에 덮었다. 그래도 열을 내려야겠기에 사이사이 체온을 체크하며 물수건으로 계속 몸을 닦아주었다. 혼몽한 의식 속에서 희숙은 자신의 삶 속에 깊숙이 도사리고 있는 공포에 대해 생각했다. 그럴수록 몸은 더욱 떨려왔다. 희숙은 가까스로 손을 뻗어 성희의 손을 필사적으로 거머쥐었다.

희숙은 성희의 집에서 나흘을 꼼짝없이 앓아누워 있었다. 그동안 성희는 출근을 하지 않고 수시로 약국을 오가며 정성껏 희숙을 돌보았다. 희숙은 병원에 가는 것을 끝내 거부한 채 고집스럽게 버텼다. 한 발자국도 집 밖으로 나가기 싫었다. 성희에게는 미안한 생각이 들었으나 나중에 갚으면 될 거라며 애써 자신을 두둔했다.

8

희숙이 회복되고 나서 두 여자는 벚꽃이 다 진 거리를 걷고 있었다. 둘 다 가게 문을 닫아놓은 채 대낮에 외출을 한 터였다. 성희가 영화라도 한 편 볼까?라고 말했지만 희숙은 그냥 거리를 좀 걷고 싶다고 했다. 두 여자는 베트남 음식점에서 쌀국수를 사 먹었고 야외 커피숍에 앉아 오래된 친구 같은 모습으로 자분자분 이야기를 나누었다.

"우리 봄 다 가기 전에 경의중앙선 타고 덕소든 양평이든 바람 쐬러 갈까? 장터에서 맛있는 것도 사 먹고, 지평에 가서 막걸리도 마시고."

"것도 괜찮은 생각이네. 하지만 이참에 좀더 멀리 가보는 건 어떨까?"

"멀리 어디? 그럼 케이티엑스 타고 부산이나 여수로 갈까?"

"아니, 더 먼 데면 좋겠는데."

"그럼 김포공항에서 비행기 타고 제주도는 어때? 나 마일리지 꽤 쌓여 있거든."

희숙이 성희를 돌아보며 다시 말했다.

"나는 말이야, 그보다 더 멀리면 좋겠어. 한번 가면 영영 돌아올 수 없는 곳, 일테면 그런 데 말이야."

그러자 성희가 새처럼 고개를 까닥이며 웃었다.

생의 바깥에서

봄비

내가 그 노인을 만난 건 마포에서 정릉으로 거처를 옮기고
한 달쯤 지나서였다.

방송국 생활 10년을 넘기면서 내게 남은 것은 불규칙한 일
상과 과음으로 인한 건강 악화, 그리고 긴 소모전 끝에 별거
하기로 합의한 아내와의 비틀린 관계였다. 아이가 있었다면
달랐을까? 방송국에 병가 형식의 휴직계를 낸 뒤, 나는 청수
계곡 초입에 있는 산장연립으로 짐을 옮겨 왔다. 대학에 다닐
때 싼 방을 구하러 다니다가 꼬박 2년을 살았던 곳이기도 했
다. 훗날 아내가 된 학과 후배 정임도 당시 이곳에 자주 드나
들었다. 여름이면 둘이 계곡에 발을 담그고 앉아 도토리묵이
나 두부김치에 막걸리를 마시곤 했던 기억이 이제는 누렇게

바랜 흑백 사진을 보듯 아련했다.

매일 정오께나 일어나 토스트와 커피로 대충 속을 채우고 나는 동네를 산책했다. 재개발 소문이 떠도는 이곳은 세월이 무색할 정도로 10여 년 전과 크게 달라진 게 없었다. 검은 루 핑과 오래된 슬레이트 지붕들, 악어의 등판처럼 갈라져 있는 시멘트 포장길, 낮고 허름한 집들 사이로 난 비좁은 골목과 가파른 계단들, 간판에 주인의 사진을 크게 박아놓은 구멍가 게, 그 앞에 쌓여 있는 빈 술병과 쓰레기와 연탄재. 북한산에 서 흘러내려오는 물이 아랫녘에서 산동네를 감싸주지 않는다 면 삭막하기 짝이 없을 풍경이었다.

산동네와 아파트 단지를 연결하는 다리 옆에 폐가가 하나 있었다. 과거에도 나는 이 집 앞을 무심코 지나쳤을 거였다. 붉은 벽돌로 지어진 2층 양옥집은 대낮에도 음습한 기운이 감돌았다. 담장에는 삼지창처럼 생긴 철제 구조물이 촘촘히 박혀 있고 언제 누가 떼냈는지 창문조차 없어 집 안이 훤히 들여다보였다. 천장과 벽 도배지는 곰팡이가 말라붙은 채 뜯 겨져 바람이 드나들 때마다 괴기스럽게 너풀거렸다. 옥상에 는 물탱크로 쓰였음 직한 시멘트 구조물과 텔레비전 안테나 가 보였는데, 집 외벽에서부터 거기까지 담쟁이넝쿨이 그물 처럼 휘감고 올라가 있었다.

그 집 앞을 서성이는 노인을 목격한 것은 산장연립으로 들 어온 다음 날이었다. 처음엔 무심히 보아 넘겼는데, 한 달쯤 지나자 나는 노인이 일요일마다 그곳에 나타난다는 것을 알게 되었다. 노인은 오후 2시쯤 나타났다가 간판에 주인의 사진이 박혀 있는 '쌍둥이 슈퍼' 앞 파라솔 의자에 앉아 막걸리를 마시고 다시 붉은 벽돌집으로 돌아와 담배를 피우고는 다리를 건너 휘적휘적 사라지는 것이었다. 지팡이에 의지해야 하는 노쇠한 몸이었으나 코트에 중절모를 쓴 차림이어서 초라하거나 궁색해 보이지는 않았다.

노인과 말문을 튼 것은 3월의 마지막 주 일요일이었다. 이 집 저 집을 우체부처럼 기웃거리며 산동네를 산책하고 내려오다 나는 슈퍼 앞에 앉아 있는 그를 발견했다. 사위에 봄빛이 완연하긴 했으나 바깥 공기는 아직 차가웠다. 슈퍼에서 담배를 사 들고 나오는데 주인 할머니가 삶은 두부와 간장 종지가 놓인 접시를 들고 따라 나와 노인이 앉아 있는 파라솔 테이블 위에 내려놓았다.

"추운데 안으로 들어가 자시든지요. 그러다 고뿔 들면 어쩌려고. 우리 나이엔 봄을 조심해야 돼요."

노인은 대꾸하는 대신 눈을 홉뜨고 나를 바라보았다. 가까이에서 보니 낯빛이 검고 군데군데 검버섯이 피어 있었다. 내가 걸음을 옮기려는 터에, 그가 줄을 당기듯 말을 건네왔다.

"서로 낯이 익은 것 같은데, 잠깐 앉았다 가지그러나."

대낮부터 노인네한테 붙들려 무슨 소리를 들을까 싶어 나는 돌려 말했다.

"저는 낮술은 잘 안 합니다."

"누가 자네더러 술을 마시라고 하던가?"

엷게 충혈된 눈을 들어 그가 하늘을 기웃거렸다.

"금방이라도 비가 내릴 태세군. 그렇다면 뭐, 한잔쯤 해도 되겠지. 이리 와서 앉게."

공기 중에 습한 기운이 감돌며 아닌 게 아니라 금세 비가 뿌릴 듯한 날씨였다. 나는 머뭇거리며 서 있다가 마지못해 노인의 앞자리에 가 앉았다. 하늘이 시시각각 회색으로 내려앉으며 사위가 축축하게 조여왔다. 비는 그로부터 10분 후에 내리기 시작했다.

"이 비가 몰려가고 나면 남쪽에서 꽃들이 다퉈 올라오겠군. 말마따나 봄은 견디기 힘든 계절이지."

파라솔 밖으로 희뿌옇게 비바람이 몰려가는 것을 지켜보며 노인이 입엣말로 중얼거렸다. 몸이 떨려왔으므로 나는 그가 따라준 막걸리를 거푸 두 잔 비웠다.

"그래, 이런 날엔 낮술도 괜찮지. 담배도 피우시게. 나는 상관하지 말고."

"저한테 혹시 하실 말씀이 있습니까?"

그가 나를 쳐다보더니 툭 쏘아붙였다.

"내가 자네한테 무슨 할 말이 있겠나. 이 동네에서 몇 번 마주친 것 같으니, 그저 말문이나 트자는 거였지. 보아하니 처지도 변변치 않은 것 같구만."

"그렇게 보이나요?"

"말이 나온 김에 한번 물어보세. 뭐 하는 사람인가, 자넨?"

굳이 밝히고 싶은 생각은 없었으나, 나는 휴직 중이라고 사실대로 말했다.

"딸린 식구는 없나? 아내나 자식 따위 말이야."

노인의 말투가 거슬려 나는 잠자코 있었다.

"뭔가 문제가 있는 모양이군."

수전증이 있는지 덜덜 떨리는 손으로 그가 술잔을 집어 들었다.

"그래, 방송국에선 어떤 일을 하나? 그건 얘기할 수 있겠지."

"주로 다큐멘터리 프로그램을 만들고 있습니다. 지난 1월에는 인도네시아 오지에 살고 있는 원주민들을 취재하러 갔다가 말라리아에 감염돼 고생을 꽤 했고요. 그걸 빌미로 휴직을 한 셈이죠."

"집을 자주 비우겠군."

"1년의 반은 그렇다고 봐야죠."

"그러다 보면 여차저차 길 잃은 철새 꼴이 되기 십상이지. 나도 대체로 그렇게 살았네만."

나는 노인이 어떤 사람이지 문득 궁금해졌다. 이미 술잔이 오간 터여서 나는 무릅쓰고 물어보았다.

"나? 지금은 종로에 있는 조그만 건물의 관리인으로 살아가고 있지. 세 평 남짓한 사무실에서 혼자 밥을 끓여 먹으며 마지못해 연명하고 있네."

하지만 왠지 그렇게만은 보이지 않았다.

"내 말을 못 믿는 눈치군."

"어떤 건물주들은 자신이 직접 관리인 역할을 한다고 들었습니다."

노인이 삭은 이를 드러내고 클클거리며 되받았다.

"보기완 달리 눈썰미가 꽤 있는 편이군. 그래, 자네 말이 맞네. 거기서 나오는 임대료 수입으로 기생충처럼 연명하고 있지."

나는 담배를 피워 물며 거듭 물었다.

"그전에는 어떤 일을 하셨는지 여쭤봐도 될까요?"

"젊어서 말인가?"

내가 고개를 주억거리자 그는 스스럼없이 자신이 전직 영화배우였다고 털어놓았다. 역시 긴가민가했지만, 그렇다고 믿지 않을 수도 없었다.

"그래, 스물두 살에 데뷔해 20년 가까이 배우로 활동하며 살았어. 그때 자네는 코흘리개였을 테니 나를 알 턱이 없을 테고. 아무튼 어느 날 그 일을 그만두고 지금껏 백수나 건달처럼 살아오고 있네. 이제 됐나?"

노인은 술잔을 비우고 밭은기침을 하며 담배에 불을 붙였다. 나는 그의 잔에 막걸리를 채웠다.

"그건 순전히 우연으로 시작된 일이었네. 내가 영화에 출연하게 된 일 말이야."

그는 우연,이란 말을 여러 번 되풀이했다.

"대학에 다닐 때였지. 여름 방학 때 남도로 농촌 봉사 활동을 갈 계획이었는데, 어느 날 동아리 선배가 찾아와 다짜고짜 영화에 출연할 생각이 없냐고 묻더군. 아버지 친구가 영등포에서 영화를 찍고 있는데, 엑스트라가 급히 필요하다는 거였어. 그래, 엑스트라 말일세. 난데없다는 생각이 들어 나는 그저 웃어 넘겼지. 그 동아리 여자 선배가 아니었다면 영화에 출연하는 일 따위는 생기지 않았을 거란 말일세. 자신도 함께 출연할 거라고 해서 별생각 없이 응했지."

슈퍼 주인 할머니가 문을 빼꼼히 열고 이쪽을 훔쳐본 다음 도로 문을 닫고 들어갔다. 혹시 쌍둥이 자매 중 하나일까? 나는 뜬금없이 그런 생각을 하고 있었다. 바람이 돌연 방향을 바꾸면서 파라솔 안쪽으로 빗방울이 들이쳤다.

"혹시 그 여자 선배라는 분을 마음에 두고 계셨나요?"

그가 냉큼 고개를 가로저으며 되받았다.

"꼭 그런 건 아니었어. 아무튼 촬영 현장이라는 델 가보니 마치 이삿짐을 부려놓은 것처럼 정신이 없더군. 싸구려 술집이 즐비한 영등포 뒷골목에서 촬영이란 걸 하고 있는데, 홍등가 아가씨들이 죄 나와서 구경을 하고 있더라구. 내가 맡은 역할은 술 취한 행인이었어. 동아리 여자 선배는 호스티스 역할을 맡았지. 1970년대는 그런 영화가 한창 유행이었어. 시골에서 무작정 상경해 취직할 데가 없자 유흥가에서 일하게 된 처녀들 얘기 말이야. 나는 역할이 단순해서 그나마 괜찮았는데, 여자 선배는 몹시 힘들어하더군. 접대부 역할을 하다 감독의 요구 때문에 실제로 술을 마시기도 했는데, 그런 날은 표정이 되게 어두웠어. 하긴 나도 취객 역할을 맡아 골목을 비틀거리며 계속 오가다 보니 뭐랄까, 정말 얼빠진 취객으로 변한 기분이더군."

"역할에 몰입하다 보면 대개 그렇다고 하더군요. 촬영이 끝나고 나서도 회복하는 데 시간이 꽤 걸린다는 얘기를 들었습니다."

내 말을 건성으로 흘려들으며 노인은 말을 이었다.

"감독이 나를 어떻게 봤는지, 어느 날 좀더 비중이 있는 역할을 맡겼네. 단순 취객이었던 나를 호스티스인 선배를 집요하게 추행하는 장면에 썼지. 그 장면을 반복해서 찍는 동안 동아리 선배는 이리저리 몸을 비틀며 괴로워하더군. 마치 불에 덴 도마뱀처럼 말이야. 급기야 울음을 터뜨리며 부들부들 떨더라고. 그런데 나는 그게 연기라고만 생각했어. 왜 안 그랬겠나. 그날 촬영을 마치고 집으로 돌아가던 밤이 떠오르는군."

버스 정류장

촬영 현장을 떠나 그는 집으로 가기 위해 버스 정류장에 서 있었다. 밤이 이슥한 시각이었다. 몸에 술기운이 남아 있는 상태에서 참을 수 없는 허기가 몰려왔고 열대야가 찾아와 있었다. 이윽고 그가 타고 갈 버스가 와서 눈앞에 멈춰 섰다. 그런데 왠지 그는 버스에 올라타고 싶지 않았다. 버스가 떠난 뒤 그는 자신이 동아리 여자 선배를 기다리고 있음을 자각하고 불현듯 놀랐다.

그녀가 정류장에 나타난 것은 20분쯤 후였다. 분장조차 제대로 지우지 않은 그녀의 얼굴은 참혹하게 일그러져 보였다. 두 사람은 말없이 정류장에 서 있었고 다시금 그가 탈 버스가 도착했다. 그러나 그는 이번에도 자리에서 움직이지 않았다. 여자 선배가 먼저 가는 것을 보거나 아니면 좀더 같이 있고 싶다는 생각이 들었다. 곧 그녀가 타고 갈 버스가 왔다. 그녀는 그의 얼굴을 파리하게 돌아보고 나서 끌려가는 사람처럼 버스에 올라탔다. 그 짧은 순간에 그는 어디선가 들려오는 북소리를 들은 듯했다. 버스 안에서 그녀는 밖에 우두커니 서 있는 그를 바라보았다. 그는 그 눈빛을 결코 잊을 수 없다고 했다. 영혼을 도둑맞은 사람의 얼굴처럼 보였던 것이다. 반사적으로 그가 뒤따라 올라타려는 순간 버스가 출발했다. 그 때부터 그의 가슴은 터질 듯 뛰기 시작했다. 그는 직감적으로 자신이 사랑에 빠졌음을 깨달았다.

　그가 담배를 연거푸 피워대는 동안 아까 그녀가 타고 간 버스와 같은 번호의 버스가 도착했다. 그는 혹시나 하는 심정으로 그 버스에 올라탔다. 그리고 잠시 후 기적이 일어났다.

　그녀가 다음 정류장에 내려 그가 오기를 기다리고 있었던 것이다. 두 사람은 허기를 면하기 위해 우선 포장마차로 들어갔다. 카바이드 냄새가 진동하는 주황빛의 포장마차에 나란히 앉아 한 시간 가까이 흐르는 동안 두 사람은 한마디도 나누지 않았다. 그 시간에 무슨 일이 일어나고 있는지 침묵을 통해 서로 알고 있었던 것이다. 그는 허겁지겁 술과 안주를 먹어댔지만 허기는 좀처럼 가시지 않았다. 통행금지 시간이 가까워져 두 사람은 포장마차에서 나와 어쩔 수 없이 근처 여관으로 들어갔다. 그녀는 조용히 안고 자고 싶다고 했으나, 그는 도무지 자제할 수가 없었다. 새벽까지 거듭 사랑을 나누는 동안 그녀는 계속 울먹였다. 그녀가 사이사이 미친놈, 개새끼,라는 말을 내뱉었으나 그는 자신에게 열중한 나머지 그 소리를 귓전으로 흘려들었다.

　여기까지 말하고 노인은 다시 술잔을 집어 들었다. 어느덧 눈이 붉게 충혈돼 있었다. 마른손으로 눈곱을 떼어내며 그가 중얼거렸다.

　"술김에 내가 자네한테 별소리를 다 늘어놓고 있군. 그만할까? 날씨가 스산해 더는 앉아 있기가 힘들군."

노인은 술값을 치르면서 푸른 비닐우산을 두 개 샀다. 그와 나는 붉은 벽돌집이 있는 곳으로 무연히 걸어 내려갔다. 시간이 한참 지난 줄 알았는데 손목시계를 보니 오후 4시를 막 지나고 있었다. 이왕 마신 술이지 싶어 나는 노인에게 넌지시 말했다.

"괜찮으시면 한잔 더 할까요? 다리 건너 제가 자주 가는 술집이 있거든요. 계곡에서 흘러 내려오는 물소리가 좀 소란스럽긴 하지만요. 이번엔 제가 한잔 사겠습니다."

무르춤한 표정으로 잠깐 무얼 생각하는 눈치더니 그가 대꾸해왔다.

"나쁘지 않은 제안이로군. 그럼 오랜만에 계곡 물소리나 들어볼까? 물소리 좋지."

붉은 벽돌집 앞을 지나며 그가 입엣말로 웅얼거렸다. 비가 내려서인지 집은 더욱 음산해 보였다.

"난 이 청수계곡에서 이러구러 10년을 살았다네. 누군가 짐작하듯 흉가처럼 변한 이 집에서 말일세."

노인과 나는 다리를 건너 버스가 다니는 큰길로 나왔다. 그러고는 내가 2, 3일 간격으로 들르는 '꽃 피는 정릉골'이라는 작고 어둑한 술집으로 갔다.

노인과 창가 자리에 마주 앉아 문을 조금 비껴놓자 쏴아, 하는 물소리가 대번에 귀에 쏟아져 들어왔다. 사십대 중반의 주인아주머니가 눈치껏 난로를 옆으로 갖다주었다. 그는 막걸리에 뜨거운 국물과 녹두전을 내달라고 했다.

"천천히 조금씩만 마시죠."

잠시 눈을 감았다 뜨고 그가 나를 바라보았다.

"나는 괜찮네. 내 나이가 되면 더 이상 얘기를 들어줄 사람을 찾기도 힘들지. 이따 갈 때 택시나 잡아주게."

그가 다시 얘기를 시작하는 데는 시간이 걸렸다. 술집 안에는 등산객으로 보이는 중년 남자 네댓 명이 둘러앉아 떠들썩하게 술추렴을 하고 있었다. 그들은 주인아주머니를 연신 흘긋거리며 질펀한 농담을 주고받았다. 녹두전이 나올 때야 그는 입을 열었다.

소백산 천문대

"내가 처음 출연한 그 영화 얘기부터 다시 하지. 그 영화는 대히트를 기록했네. 그 시절에 서울에서만 관객을 50만 명 동원했다는 건 정말 대단한 일이었어. 만약 그 영화가 흥행에 실패했더라면 나는 그저 평범한 대학생으로 돌아갔겠지. 다시 영화에 출연할 생각은 조금도 없었으니까. 그런데 영화가 개봉되고 나서 얼마 지나지 않아 감독이 직접 내게 전화를 걸어왔네. 충무로에 있는 영화사 사무실로 와보라는 거였지. 출연료를 주려나 싶어 다음 날 나는 극동빌딩 옆에 있는 영화사 사무실로 찾아갔어. 그리고 거기에서 나는 전혀 생각지 못했던 제안을 받았지. 감독이 차기작에 나를 주연으로 발탁하고 싶다고 하더군. 자기들로선 일종의 도박이지만 내게는 다시없을 기회라고 하면서 말이야. 차기작은 일종의 신파극이었는데, 그런 영화는 늘 어느 정도 흥행이 보장된다면서 옆에 앉은 제작자도 거들더군. 근데 참으로 이상한 일이지 않나?「울고 가는 저 기러기」라는 그 두번째 영화도 흥행에 성공하면서 나는 일약 스타덤에 올랐어. 1973년도의 일이었지. 학교는 다니는 둥 마는 둥 나중엔 결국 자퇴를 할 수밖에 없었고, 군대 문제가 걸려 있었지만 세번째 영화 촬영을 마치고 국방부 홍보중대에서 방위병으로 근무하면서 교육 영화를 두어 편 찍고 제대했지. 그 후 한동안 공백기가 있었지만 영화계를 떠날 때까지 1년에 한 편꼴로 계속 영화를 찍었네. 그중에는 물론 실패한 작품도 있었지만, 전체적으로 보면 운이 나빴다고 할 수는 없지. 그렇게 마흔이 될 때까지 나는 영화배우로 살았다네. 마치 다른 사람의 인생을 대신 산 것처럼 말일세."

가만히 듣고 있다가 나는 슬쩍 동아리 여자 선배에 대해 물었다.

"아, 내가 그 사람 얘기를 깜박했군."

창문 안쪽으로 빗방울이 사이사이 날려 들어왔다. 말이 끊길 때마다 물소리는 더욱 크게 들려왔고 그때마다 몸이 떠내려가는 듯한 멀미가 엄습했다.

"그 사람만큼 내 애간장을 녹인 여자도 없을 거야."

나는 비릿한 동탯국물을 숟가락으로 두어 번 떠먹었다.

"여관에서 밤을 보낸 날 이후로 그 여자는 나를 극구 피하더군. 까닭을 알 수 없었지. 그 시절엔 남녀가 함께 밤을 보내면 대개 결혼까지 염두에 두는 분위기였어. 나 역시 어렴풋이 그런 생각을 했지. 나보다 나이가 한 살 많았지만, 그건 별로 문제될 게 없었어. 하지만 그녀는 좀처럼 나를 만나주지 않더군. 그녀는 구파발에 살았는데, 나는 틈이 날 때마다 그녀의 집을 찾아갔어. 그러다 갑자기 영화 촬영에 들어가는 바람에 더 이상 찾아가지 못했지. 나중에야 알았는데, 그즈음 그 여자는 정신과 치료를 받고 있었다고 하더군. 그러고 난 뒤 휴학을 하고 충북 단양에 있는 외가로 내려갔다는 얘기를 들었어. 하지만 나는 그 여자가 무엇 때문에 병원 치료를 받고 더군다나 시골로 내려갔는지 알 수가 없었지. 그 여자가 나 때문에 마음에 큰 상처를 입었다는 것도 아주 나중에야 알았다네."

"그래서 그분과는 결국 만나지 못했나요?"

가슴이 조여오는지 그는 길게 숨을 몰아쉬었다.

"한참 시간이 지난 다음에나 만났지. 「울고 가는 저 기러기」가 개봉된 후에 나는 기획사를 통해 광고 출연 제의를 받았네. 유명 제과 회사의 광고였지. 그런데 마침 그 광고를 촬영하는 장소가 단양에 있다고 하더군. 소백산 천문대 말이야."

천문대,라는 말에 나는 저절로 아내 정임의 얼굴이 떠올랐다. 그해 겨울, 그러니까 대학 3학년을 마치고 입대하기 전에 그녀와 나는 영월에 있는 별마루천문대로 함께 여행을 간 적이 있었다. 거기서 나는 그녀에게 고백을 했고 지금까지 뗄 수 없는 관계로 살아오고 있었다. 그런데 그녀와 나는 언제부터 돌이키기 힘든 지경으로 접어들게 된 것일까. 방송국 일로 자주 집을 비우면서 서서히 틈이 벌어지고 어느덧 멀어지게 된 것일까? 단지 그래서였을까? 어느 날부터 그녀는 내가 밖에서 전화를 걸어도 받지 않았다. 내가 외국에 나가 있을 때도 마찬가지였다. 대화가 끊긴 것도 벌써 오래전이었다. 심지어 나는 아내의 불임 이유조차 제대로 모르고 있었다.

"당시엔 국내에 천문대가 소백산에 하나밖에 없었네. 나는 기회가 찾아왔다고 생각했지. 촬영 팀과 소백산으로 출발하기 전에 나는 어렵사리 알아낸 주소로 그녀에게 편지를 써 보냈어. 이번엔 꼭 만날 수 있었으면 한다고 말이야. 촬영 팀은 소백산 천문대에서 사흘을 머물 예정이었는데, 어느 날이든 천문대로 올라와달라고 간곡하게 썼지. 함께 별을 보면서 얘기를 나누고 싶었던 거지."

"그래서 그분이 천문대로 왔나요?"

"더 들어보게. 촬영 팀과 함께 소백산 아래 죽령 휴게소까지 갔는데, 길이 험해서 더는 올라갈 수가 없는 거야. 자네도 알다시피 촬영 장비라는 게 워낙 무겁고 많아? 서울에서 끌고 온 봉고차로는 도저히 천문대까지 올라갈 수가 없어 촬영 감독이 전화를 했더니, 직원이 지프를 가지고 내려오겠다는 전갈이 왔어. 그로부터 두 시간 뒤에나 내려왔는데, 알고 보니 천문대 사람들은 낮에 잠을 잔다는 거야. 듣고 보니 과연 그렇더군. 지프를 기다리는 동안 나는 그녀가 머물고 있는 단양 외가로 갈까 생각했지만 일행이 있었으니 그러기는 힘들었지. 한참을 기다려 천문대 직원이 끌고 내려온 지프를 타고 충청도와 경상도의 경계를 아슬아슬하게 넘나들며 천문대에 도착하니 이미 날이 어두워지고 있었네."

나는 막연히 소백산 천문대를 머릿속에 그려보았다.

"삿갓봉이란 데 세워진 천문대는 참으로 장관이더군. 그때 껏 그렇게 아름다운 건물은 본 적이 없었어. 그 첩첩산중에 돔 모양의 천문대가 우뚝 솟아 있는데, 밤인데도 그 전경이 황홀할 지경이었어. 회색 건물에 은빛과 흰색 돔들이 멋진 조화를 이뤄 마치 다른 행성에 와 있는 것 같더군. 첨성대를 본 떠 만든 주관측실 앞에 이르자 급기야 숨이 막히더라구. 천문 학자인 직원에게 부탁하니, 떠나기 전에 주관측실 안에 있는 천체망원경으로 하늘을 볼 수 있는 기회를 주겠다고 하더군. 그러니 그녀가 와줬더라면 얼마나 좋았겠나. 안 그런가?"

"……"

"하지만 그녀는 오지 않았지. 첫날 늦게 도착해서 촬영 일정이 하루가 더 늘어났는데도 그녀는 끝내 나타나지 않았어. 나는 저녁마다 천문대 입구에 나가 초조하게 그녀를 기다렸지. 날이 완전히 어두워져 촬영에 들어갈 때까지 말이야. 그리고 사흘째 되던 날 밤에 천체망원경을 통해 밤하늘을 볼 수 있는 기회가 주어졌네. 낙담한 심정으로 스태프 몇 명과 주관측실로 들어갔지. 한데 거기엔 다른 사람들이 먼저 와 있더군. 학교 선생들이라는데 미리 천문대에 신청해 밤하늘을 관측할 수 있는 자격이 주어진 사람들이었어. 나는 차례를 기다리며 뒤에서 망연히 서 있었네. 그녀와의 관계가 이제는 완전히 끝났다는 생각이 들더군. 이윽고 내 차례가 왔네. 아, 그날 그 순간을 내 어찌 잊을 수 있을까!"

그는 토해내듯 한숨을 몰아쉬었다.

"그건 단지 밤하늘이 아니라 끝없이 공허하고 광활한 우주의 모습이었어. 나는 북극성부터 찾아봤네. 그러자 옆에서 천문학자가 속삭이더군. 북극성을 보려면 먼저 북두칠성부터 찾아보라고. 북두칠성의 끝에 있는 두 별을 이은 선을 오른쪽으로 따라가다 보면 마침내 북극성에 닿는다고. 그리고 북극성 왼쪽 위에는 작은곰자리가 있고 오른쪽에는 카시오페이아가 있다고."

그의 말을 들으며 나는 별마루천문대의 기억을 떠올렸다. 그날 나도 북두칠성과 북극성과 작은곰자리와 카시오페이아를 보면서 숨을 죽이고 있었지. 그리고 바로 옆에는 스물한 살의 정임이 두꺼운 외투에 털모자를 쓰고 서 있었지. 내 팔을 부여잡은 채.

"이윽고 천문학자가 천체망원경을 조종해 겨울에나 제대로 관측할 수 있다는 오리온자리를 겨냥해주더군. 그런데 막상 내 눈에 들어온 것은 오리온자리가 아니라 장미처럼 검붉은 빛의 성운이었어. 그게 바로 오리온대성운이라고 하더군. 어느새 내 눈에서는 주체할 수 없이 눈물이 흘러내리고 있었네. 순간 그대로 죽고 싶다는 생각이 들더군. 그 광활한 우주를 목격한 사람이라면 누구라도 그런 생각에 빠질 수밖에 없을 거야. 그때 누군가 뒤에서 내 어깨를 두드리더군."

미선과 단양에서 올라온 그 여자

그때 누군가 뒤에서 그의 어깨를 두드렸다. 그는 꿈에서 돌아온 듯 천체망원경에서 눈을 떼고 몸을 곧추세웠다. 그리고 홀연한 심정으로 뒤를 돌아보았다. 거기엔 어떤 여자가 환하게 웃고 서 있었다. 순간 그는 생각했다. 마침내 단양에서 그녀가 올라온 것이라고.

웨이브가 들어간 단발머리에 감색 코트를 입은 여자였다. 목에는 주황빛의 목도리를 두르고 있었는데, 그게 먼저 그의 눈에 들어왔다. 어디선가 본 듯한 얼굴이라고 그는 막연히 생각했다. 학교 선생들과 동행한 사람 중 하나일 거였다.

"너, 준영이 맞지? 김준영."

그는 가물가물한 눈으로 그녀의 얼굴을 마주 보았다. 밤하늘에서 돌아온 직후였으므로 그는 아직 혼몽한 상태였다. 그는 옆으로 자리를 비켜섰다.

"나 미선인데 모르겠어? 영화배우가 되더니 이제 나까지 몰라보는구나. 영락교회 학생부 서미선. 이래도 모르겠어?"

그제야 그는 가까스로 그녀를 기억해냈다. 고등학교 시절 한때나마 서로 가슴앓이를 했던 사이였다. 잠깐만 기다려달라며 그녀는 천문학자의 안내를 받아 천체망원경 앞으로 다가섰다. 그녀도 연신 밭은소리를 내며 감탄사를 연발했다.

두 사람은 주관측실을 나와 천문대 연구동 숙소 1층에 있는 휴게실로 갔다. 그녀가 커피를 두 잔 만들어 그의 맞은편 의자에 와 앉았다. 그는 메마른 소리로 어떻게 여기까지 오게 됐냐고 물었다.

"나 지금 교생 실습 중인데, 학교 선생님들 졸라서 겨우 따라왔어. 운이 되게 좋았던 거지."

미선은 일행과 천문대에서 내준 연구동 숙소에서 하루를 묵고 내일 서울로 올라갈 예정이라고 했다. 그녀는 모 여대의 물리교육과에 재학 중이었다.

"그때 나는 몹시 외로운 상태였기 때문에, 거기서 미선과 우연히 만난 게 오히려 위안이 됐네. 그날 밤 정작 별을 같이 본 것도 그녀였고 말이야. 그날 밤 그녀와 나는 새벽까지 휴게실에 앉아서 이런저런 얘기를 나눴네."

다음 날 두 사람은 각자 서울로 올라왔다. 한 달쯤 지나 그녀에게서 연락이 왔다. 일부러 그러는지 그녀는 잔뜩 토라져 있었다.

"너한테 먼저 연락이 오기를 기다렸는데, 내가 괜히 전화한 거니?"

그도 그동안 미선의 생각을 하지 않은 건 아니었다. 하지만 마음을 정리할 시간이 필요했고 섣불리 그녀에게 다가가고 싶지도 않았다. 미선의 전화를 받고 그는 어쩌면 그녀가 뭔가 뒤틀린 듯한 자신의 삶을 제자리로 돌려줄 수 있을 거라는 기대를 품게 되었다. 그녀는 타고나기를 성격이 원체 밝고 사소한 것들에서 삶의 기쁨을 이끌어내는 순수한 재능을 가진 여자였다. 얼떨결에 영화계라는 델 들어와보니 그곳은 무수한 욕망이 거칠게 충돌하는 세계였고 온갖 협잡과 음모와 계략이 그 속에서 매 순간 꿈틀거리고 있었다. 미선과 통화가 된 날 그녀는 충무로로 그를 만나러 왔고, 그 후 두 사람은 주말마다 시간을 함께 보냈다. 그가 인생에서 가장 안정감을 느끼던 시기도 그때였다고 했다.

2년 뒤 군에서 제대한 직후 그는 미선과 결혼했다. 금방이라도 손아귀에서 빠져나갈 것 같은 안도감을 어떻게든 거머쥐고 싶었던 것이다. 결혼과 함께 그는 정릉 청수계곡에 새로 지은 이층집을 사들였고, 충북 괴산까지 내려가 아내의 이름과 같은 미선나무를 구해와 마당에 심었다. 미선나무는 개나리가 필 무렵 잎보다 꽃이 먼저 피었고 봄철 내내 향기가 집안까지 은은하게 스며들었다. 그러나 삶은 그를 그대로 놓아두지 않았다.

미선이 임신 4개월째로 접어들 무렵이었다. 그녀는 당시 여중에서 교사로 재직하고 있었다. 그가 영화사 사람들과 술을 마신 뒤 택시를 타고 귀가하던 밤이었다. 그날도 오늘처럼 비가 부슬부슬 내렸다. 그는 큰길에서 택시를 세우고 다리를 건너 집까지 걸어갔다. 그런데 집 앞에 누군가 우산을 쓴채 서 있었다. 순간 그는 불길한 느낌에 사로잡혔다. 아까 충무로에서 택시를 탈 때 미선에게 곧 집으로 들어갈 거라고 전화로 알려놓은 일이 먼저 뇌리에 떠올랐다. 그때 미선이 말하길, 저녁참부터 어떤 여자가 집 앞에서 서성이고 있다고 한것 같은데 그는 그 말을 건성으로 흘려들었다. 간혹 팬이라고 하는 사람들이 어떻게 알고 찾아왔는지 집 앞을 기웃거리다 돌아갈 때가 있었던 것이다.

그녀는 3년 만에 단양에서 올라온 대학 동아리 여자 선배였다. 어둡기도 했으나 얼굴이 몰라볼 정도로 변해 있어 그는 그녀를 얼른 알아보지 못했다. 하지만 분명 그녀였다. 표정이 없는 얼굴로 그녀는 이쪽을 미동 없이 바라보고 서 있었다.

그는 머뭇거리며 다가가 이 시각에 어쩐 일이냐고 물었다. 그렇게밖에는 물을 수 없었던 것이다. 한 번은 만나야 할 것 같아서 찾아왔다고 그녀는 띄엄띄엄 대꾸했다. 그는 불이 켜져 있는 창문을 올려다본 뒤, 그럼 어디 가서 얘기를 하자고 했다. 두 사람은 다리를 건너 그때껏 문을 열어놓은 집을 찾았다. 저만치 건너편에 국숫집 간판이 보였다.

주인 할머니는 손님이 있으면 통행금지 전까지 영업을 한다고 했다. 그는 국수 두 그릇과 소주를 시켰다. 그녀는 사흘 전에 단양에서 올라왔다고 했다. 그가 사는 집을 알아내느라 꼬박 이틀이 걸렸다는 말도 덧붙였다. 그는 몇 개월 전에 결혼했다고 말했고 그녀는 알고 있노라고 차분하게 대꾸했다. 그는 마음이 복잡했다. 아직까지 그녀에게 마음이 남아 있는지조차 알 수 없었다. 할 얘기가 있어서 찾아왔다고 그녀는 거듭 말했다.

"그럼 말해요."

그녀의 얼굴에 차가운 웃음기가 번졌다 이내 사라졌다. 그녀는 작정을 하고 온 듯 거침없이 말했다. 내가 네 아이를 가졌었다는 거, 너는 모르고 있었지? 턱, 숨이 막혀왔으므로 그는 질끈 눈을 감았다. 까마득한 심정이 되어 그는 한동안 그대로 있었다. 그렇다면 그날 버스 정류장에서 만나 함께 술을 마시고 여관에 들었던 날이었을 거였다. 한데 그녀는 지금 와서 그 얘기를 하고 있음이었다. 그토록 수없이 찾아갔건만 막상 만나주지도 않던 그녀가.

그녀는 그로 인해 자신이 얼마나 큰 상처를 입었으며, 고통에 몸부림치며 살았는지 남의 말을 전하듯 무감한 어조로 얘기했다. 그는 몹시 혼란스러웠다. 그로서는 이해할 수 없는 일들이 자신도 모르는 사이에 일어났던 것이다. 그는 반문조로 물었다.

"그런데 그때는 왜 나를 만나주지도, 찾아오지도 않았던 겁니까?"

그녀는 망설임 없이 대꾸했다.

"너를 증오하고 있었거든. 또 너란 사람이 무섭기도 했고. 그래서 임신한 사실을 알고도 감출 수밖에 없었어. 낙태를 하고 난 뒤 자살까지 생각하다 결국 외가로 내려갔지. 거기서 3년 동안 외할머니를 모시고 농사를 짓고 살았어. 어떻게든 회복되길 바라면서 말이야. 하지만 과거의 나로 돌아가지지는 않더라구. 그사이에 너는 화려한 광대짓을 하며 결혼까지 했고."

"그래서 찾아온 이유가 뭡니까? 여전히 나를 증오하고 있는 것 같은데. 이제는 내가 무섭지 않은가요?"

그녀는 소주잔을 비우고 국수 그릇을 들어 국물을 한 모금 삼켰다. 머리카락이 얼굴로 쏟아져 내려와 뺨을 어둡게 가렸다. 그녀는 소주를 거푸 한 잔 더 마셨다. 술을 마실수록 그녀의 얼굴은 창백하게 변했다. 너도 알고는 있어야 할 것 같아서. 그동안 내게 어떤 일들이 일어났는지 말이야. 그렇지 않니? 그는 미안하게 됐다고 그녀에게 말했다. 그녀는 들은 척도 하지 않았다. 서울로 올라와서 알게 됐어. 애초에 나한테 주어진 몫의 삶은 이미 사라져버렸다는 걸. 그럼 이제 나는 뭘 하며 어떻게 살아야 하지? 그는 손톱이 하나씩 뒤집히며 피가 튀어나오는 듯한 고통을 느꼈다. 그쯤에서 그는 그녀에 대한 마음이 여전히 가슴에 불씨로 남아 있다는 것을 눈치챘다. 앞으로 무슨 일을 하든 돕고 싶다고 그는 말했다. 그녀는 쓴웃음을 지어 보였다. 국숫집에서 나가야 할 시간이 다가왔을 때, 그녀는 진담인지 모를 투로 이렇게 말했다. 학교 앞에다 이런 국숫집이나 하나 차릴까? 준영이 네 생각은 어때? 졸업을 못 했으니 어디 취직하기도 힘들 것 같고. 그렇다면 나도 기꺼이 도울게요. 도움이 싫다면 동업 형식으로라도.

자정이 가까워진 시각, 버스는 끊긴 지 오래였고 후미진 산동네였으므로 택시는 보이지 않았다. 조급한 마음으로 그가 사위를 두리번거리자, 그녀가 아무 데서나 자고 갈 거라며 그만 집으로 들어가라고 했다. 그는 그녀의 손목을 잡고 북한산 입구 쪽으로 무작정 올라갔다. 언젠가 그쪽에서 여관을 본 것도 같았다. 어찌어찌 그녀를 여관에 들여보내고 집으로 걸어오는 동안 그는 자신이 막다른 지경에 처해 있음을 깨달았다.

스캔들

동아리 여자 선배가 학교 앞에 차린 국숫집 겸 주점은 그럭
저럭 장사가 잘됐다. 그 때문인지 그녀도 조금씩 자신을 찾아
가는 모습이었다. 그는 촬영으로 바쁜 와중에도 시간이 날 때
마다 그 집에 들러 두어 시간씩 앉았다 밤늦게 집으로 돌아오
는 일을 되풀이했다. 그가 그 국숫집에 자주 나타난다는 소
문이 돌면서 종일 손님이 끊이지 않았고 더 이상은 별 걱정이
없을 것 같았다.

그즈음 미선은 그에게 여자가 생겼다는 것을 눈치채고 있
었다. 사람을 시켜 그의 동정을 꿰고 있었으나 미선은 그에게
그 일을 언급하지 않았다. 자존심 때문이기도 했지만 임신 중
이어서 기다릴 만큼은 기다려볼 생각이었다. 그가 출연한 다
섯번째 영화가 흥행에 실패하면서 그는 한동안 슬럼프를 겪
었다.

그러던 어느 날 일간지 연예 면에 그와 관련된 스캔들 기사
가 실렸다. 그의 뒤를 밟던 연예부 기자가 이쪽에 아무런 언
급도 하지 않은 채 그대로 기사를 내보냈던 것이다. '영화배
우 김준영의 내연녀'라는 기사 제목에서 보듯 그것은 악의로
가득 차 있었고, 호텔에서 나오는 두 사람의 사진까지 큼지막
하게 실려 있었다. 그 사진은 부인할 수 없는 밀회의 증거이
기도 했다. 그는 누구에게도 할 말이 없었다. 며칠 뒤 그는 영

화사 관계자를 통해 전후 사정을 알게 되었다.

"당시엔 국방부 홍보 영화라는 게 있었네. 흔히 반공 영화라고 하지. 배우들은 마지못해 그런 영화에 출연을 해야만 했어. 배우뿐만 아니라 가수들도 앨범을 낼 때는 한두 곡씩은 건전가요를 수록해야만 했고. 뭐, 반공 방첩의 시대였으니까. 그 일을 거절하면 불이익이 온다는 것을 알면서도 나는 두어 번 출연을 거부했지. 영화사 사람들이 일찌감치 경고를 했는데도 말이야."

"특별한 이유라도 있었나요?"

"글쎄, 내게 무슨 투철한 사상이 있었던 것도 아닌데, 그냥 출연하기가 싫더군. 반공 영화에 출연한다고 해도 딱히 대중이 손가락질을 하는 시대도 아니었거든. 딴따라라면 누구나 받아들여야만 하는 일이기도 했고. 어쩌면 나는 영화에 인생을 걸 생각이 없었던 것 같아. 뭔가 늘 불안한 상태였고 가면을 쓰고 사는 것처럼 부자연스러웠으니까. 언젠가는 영화판을 떠나게 되리라는 예감을 하고 있었지. 아무튼 정부에 밉보인 꼴이 되었는데, 그게 엉뚱한 데서 터져버린 셈이 됐지."

"그 후에 어떻게 되었습니까?"

"영화 말인가?"

"네, 그것도 그렇고요."

"스캔들에 관해선 입에 담고 싶지도 않지만, 이왕 내뱉은 말이니 계속하겠네."

스캔들이 터지고 나서도 미선은 그 일을 결코 입에 올리지 않았다. 하지만 그 때문에 이미 모든 게 변해 있었다. 미선은 각방을 쓰기 시작했고 그와는 대화를 나누지 않았다. 물론 식탁에도 함께 앉지 않았다. 엎친 데 덮친 격으로 그녀는 출산 예정일에서 불과 열흘을 앞두고 극심한 두통과 복통에 시달려 병원으로 실려 갔다. 아이가 거꾸로 들어서 있는 상태여서 곧바로 조기 출산을 위한 수술에 들어갔는데, 그만 아이를 사산하고 말았다. 병원에서 퇴원한 후 미선은 학교에 휴직계를 내고 집 안에 틀어박혔다. 그러고는 어떤 사람과도 만나지 않고 걸려오는 전화조차 받지 않았다.

그러던 어느 날 그녀가 그를 불러놓고 말했다.

"더 이상 같이 살 수 없을 것 같으니, 앞으로의 일은 준영 씨가 결정하세요."

그 말이 무슨 뜻인지 그는 이내 알아들었다. 그는 이런저런 생각 끝에 대꾸했다.

"내가 이 집에서 나갈게. 어차피 명의도 당신 앞으로 돼 있고."

"그럼, 그렇게 하세요."

"이제 나한테는 영영 기회가 없는 건가?"

"맞아요. 하지만 이혼은 하지 않을 생각이에요. 당신이 다른 여자와 사는 걸 보고 싶지는 않거든요."

"나도 그럴 생각은 없어."

"앞으로 준영 씨와 같이 사는 일은 다시 없을 거예요. 명심하세요. 행여라도 이 집에 찾아오지도 말고요. 아셨죠?"

그는 그녀가 얘기하는 걸 순순히 받아들일 수밖에 없었다. 며칠 후 그는 영화사 사무실에서 마련해준 임대 아파트로 몸을 옮겼다. 그리고 다시는 그 집에 돌아가지 못할 걸로 생각했다.

"별거한 지 2년쯤 지나 아내에게서 전화가 걸려왔네. 만나자고 그러더군. 그래서 그 집으로 갔지. 갔더니, 결국 이런 말을 하더군."

"조만간 한국을 떠날 생각이에요. 학교도 이미 그만뒀고요."

그녀는 미국으로 유학을 떠날 예정이라고 했다. 지금으로선 언제 돌아올지 알 수 없다는 말도 덧붙였다.

"그러니 이 집은 준영 씨가 알아서 하세요. 위자료 따위는 필요 없으니 신경 쓰지 마시고요."

그는 미선에게 마지막 단 한 번만이라도 기회를 달라고 했다.

"아뇨, 그럴 거면 내가 먼저 청했을 거예요. 하지만 나는 그럴 마음이 조금치도 없어요."

열흘 뒤 그녀는 미국으로 떠났고 그는 어쩔까 생각하다 그래도 앞으로의 일은 모른다는 생각이 들어 그녀와 살던 집으로 다시 들어왔다. 자포자기한 상태가 되어 그는 앞으로 무엇을 할 것인가에 대해 생각했다. 그러나 딱히 떠오르는 게 없었다. 그렇다면 영화에 다시 출연하는 수밖에 없었다. 공백기가 길어질수록 기회도 점점 줄어드는 법이었다. 스캔들 사건은 어느 정도 잠잠해진 터였다. 그는 아내와 헤어진 사실을 극비리에 부치고 영화사의 요구대로 반공 영화에 출연한 뒤 영화계로 복귀했다. 그 후 세 편의 영화를 연달아 찍으며 예전의 상태를 웬만큼 회복했다. 그러나 그는 이미 삶에 대한 정념을 잃은 상태였다.

나는 다시 한번 동아리 여자 선배에 대해 물었다.

"스캔들 사건 이후에 나는 그녀를 찾아가지 않았네. 설명하기 힘들지만 그녀에 대한 감정이 어느덧 식어 있더군. 자신을 체념하고 나니 더는 감정이 생기지 않더란 말일세."

"그럼 그 후에 한 번도 만나지 못했나요?"

"결국 그렇게 됐지. 어쩌다 소식을 전해 들으며 살고는 있네만. 지금은 방배동 어디에 식당을 하나 가지고 있다고 하더군. 뒤늦게 결혼해 잘 살고 있다고 들었어. 아이는 아마 없는 것 같고."

미선이 떠난 뒤 그는 붉은 벽돌집에서 혼자 7년을 살았다. 그동안 그가 한 일은 영화에 출연하면서 번 돈을 모아 마흔이 되던 해 낙원상가와 종로5가 사이에 있는 3층짜리 건물을 사들인 것뿐이었다. 예나 지금이나 그곳은 번잡하지만 건물은 세월의 무게를 이기지 못해 이제 낡을 대로 낡아 있었다. 그는 직업소개소가 입주해 있는 2층 관리사무실에서 혼자 끼니를 해결하며 살고 있었다.

그는 미선이 돌아오길 오랫동안 기다렸다. 하지만 그녀는
자신의 말대로 돌아오지 않았다. LA에서 학교를 마친 뒤 식
품 유통업계에서 오랫동안 일하다, 10년 전에 한인 슈퍼를 열
어 성공적으로 자리를 잡았다는 얘기를 전해 들었다. 지금은
다운타운에서 멀지 않은 교외에서 반려견 몇 마리와 함께 살
고 있다고 했다. 1년에 한 번쯤 통화를 하는데, 여태껏 서로
만나자는 얘기를 나눈 적은 없었다.

"종로에 건물을 사들인 후에 나는 영화계를 떠났네. 더는
영화판에 있고 싶지가 않더군. 그건 역시 내 삶이 아니라는
생각이 들었고. 청수계곡에서 혼자 지내는 동안 알코올에 중
독돼 병원에 몇 차례 입원했다가 건물 사무실로 아예 들어가
버렸네. 그게 어느덧 26년 전의 일일세."

그 붉은 벽돌집은 그러니까 26년째 비어 있는 셈이었다.

영화배우 김준영

그와 헤어지고 나서 나는 인터넷을 검색해 그에 대해 알아
보았다. 그는 1952년 출생으로 피란지인 부산에서 태어났다.
부모는 인천 사람이었다. 휴전이 되고 나서 그가 네 살이 되
던 해 일가족은 서울로 올라왔다. 1971년에 고등학교를 졸업

한 뒤 대학에 들어가 영문학을 공부했다. 장차 외국계 회사에 취직해 해외에 나가 근무하며 살 계획이었다. 그러다 우연찮은 계기로 영화계에 들어와 뜻하지 않은 삶을 살게 되었다. 그가 주연으로 첫 출연한 영화「울고 가는 저 기러기」는 공전의 히트를 기록하며 그해 그에게 신인 남자배우상을 안겨주었다. 그다음 영화는「안개 바다」라는 멜로물이었는데, 그 또한 흥행에 성공하며 충무로에서 주목을 받는 배우로 거듭 발돋움했다. 그러나 1976년 스캔들이 터지면서 한동안 영화에 출연하지 못했다. 그가 영화계로 돌아온 것은 1978년 가을이었다. 그 후 그는 사극과 전쟁 영화 등 다양한 장르에 출연했는데, 초기 작품에 비해서는 크게 주목을 받지 못했다. 그러다 조연으로 출연하는 횟수가 많아졌고, 그렇게 간간이 영화에 출연하다 1990년대에 들어와 영화계에서 아예 모습을 감췄다. 이후 그의 삶이나 행적에 대해서는 전혀 알려진 바가 없었다.

"영화계를 떠난 후 나는 이런저런 일에 손을 대봤네. 아무 일도 안 하고 살 수는 없었으니까. 주로 요식업 쪽이었는데, 손을 대는 일마다 무슨 마가 낀 것처럼 곧 문을 닫게 되더군. 50이 되었을 때 내게 남은 건 종로에 있는 건물 하나뿐이었어. 이건 그나마 놔둬야지 싶어 나는 일을 접고 이곳저곳을 떠돌며 살았네. 과수원에서 허드렛일을 하며 지낸 적도 있고, 남해 쪽을 떠돌며 고기잡이배도 타고 양식장에서 일한 적도 있었지. 몸으로 하는 일이 단순해서 좋긴 했는데, 만날 술을 마셔대니 몸이 또 나빠지더군."

"그동안 아무도 만나지 않고 계속 그렇게 혼자 사셨나요?"

그는 문득 입을 다물고 있다가 마저 털어놓았다.

"통영에 있는 가두리 양식장에서 일할 때 만난 여자가 있었네..나처럼 사연을 지닌 채 떠돌며 사는 여자였지. 그 여자와 서호시장 근처에서 두어 해 살림을 차려 같이 살았네. 그런데 알고 보니 지병이 있었더군. 그 여자를 떠나보낸 뒤 나는 서울로 올라왔네. 그것도 벌써 15년 전의 일이로군."

두 눈을 껌벅거리며 그는 희미하게 고개를 가로저었다.

"이제는 아무도 나를 기억하는 사람이 없으니, 마음이 되레 편해지긴 했어."

그가 불콰해진 얼굴로 말했다.

"내가 한바탕 요란한 꿈을 꾸며 산 것 같지 않나? 이제 나는 어제의 기억조차 가물가물한 나이가 되었네. 밤마다 환청과 이명에 시달리며 마치 죄수처럼 살고 있지. 시간이 갈수록 옛날 일만 뚜렷하게 떠올라."

"그래도 사랑한 사람이 있었으니, 모든 게 꿈은 아니었겠죠."

그가 허탈하게 웃으며 되받았다. 녹슨 쇠붙이처럼 목이 잔뜩 쉬어 있었다.

"어떤 남자에게는 어떤 여자가 삶의 전부지. 그래, 전부 다라고 할 수 있지. 그런데 나한테 그 사람은 과연 누구였을까?"

"......"

"내 집인데도 불구하고 거기에 발조차 들여놓지 못하고, 그저 문 앞에서 기웃거려야 하는 난 도대체 누구냔 말일세. 나는 일찌감치 삶에서 쫓겨나 오랜 세월 바깥을 떠돌며 버림받은 채 살아온 사람일세."

나는 아무 대꾸도 할 수 없었다. 피곤한지 그가 메마른 손으로 눈가를 비비며 테이블에 벗어놓았던 모자를 집어 썼다.

"오늘 내가 자네한테 주정깨나 늘어놓았군. 이제 그만 일어서야겠네."

밖엔 어둠이 내려와 있었다. 나는 주인아주머니에게 택시를 불러달라고 했다. 그는 피곤한 듯 잠시 벽에 기대 눈을 감고 있었다. 계곡 물소리가 다시금 귓전에 쏟아져 들어왔다.

비는 여전히 흩뿌리고 있었다. 술을 같이 마셔주고 얘기를 들어줘서 고맙다는 말을 남기고 그는 사마귀 같은 모습으로 어깃어깃 택시에 올라탔다.

"어쩌다 또 만나게 되면 그때 술이나 한잔 더 하세."

나는 대답 대신 고개를 주억거렸다.

비닐우산을 쓰고 산장연립으로 돌아오는 길에 나는 붉은 벽돌집에 다시 가보았다. 밤비 속에서 집은 유령이 출몰할 듯 완강한 어둠에 포위돼 있었다. 슬쩍 철 대문을 밀어보았으나 굳게 닫힌 문은 삐걱이는 소리조차 들리지 않았다. 미선나무라고 짐작되는 꽃향내만 밖으로 은은히 스며 나오고 있었다. 아주 잠깐 사이, 오래전 별마루천문대에서 올려다본 하늘의 별들이 눈앞에 스치듯 떠올랐다 순식간에 사라져갔다.

산장연립으로 돌아와 나는 샤워를 하고 정임에게 전화를 걸어보았다. 그녀는 오늘도 내 전화를 받지 않았다. 나는 늦더라도 연락을 달라고 그녀에게 문자 메시지를 남겼다. 어둠 속에서 비가 내리는 창밖을 내다보며 나는 그녀와 함께해온 시간들을 돌아보았다. 어떤 우연 혹은 필연이 그녀와 나를 만나게 했고, 또 어떤 오해와 어긋남이 그녀와 나를 이렇듯 돌이킬 수 없는 상태로 만들어놓은 것일까? 그녀는 내게 어떤 존재인 것일까.

나는 오래도록 창가에 서서 그녀에게서 전화가 걸려오기를 기다리고 있었다.

백제인

세상을 떠나기 몇 주 전에 수호는 오랫동안 떨어져 살았던 처자식에게 얼굴이라도 한번 볼 수 있었으면 한다고 소식을 전했다. 그는 고등학교 교사로 재직하다 정년퇴직을 한 뒤, 고향인 부여(扶餘)에 빈집을 사들여 8년째 혼자 살고 있었다.

　여기저기 수소문하던 그는 20년 전에 헤어졌던 아내 혜진에게 먼저 연락을 했다. 그녀는 둘째 인영이 대학에 입학하자마자 집을 나갔는데, 호적상으로 두 사람은 여전히 부부 관계로 남아 있었다. 수호의 전화를 받고 나서 혜진은 그가 머잖아 세상을 등지리라는 것을 직감적으로 알아차렸다. 그게 아니라면 이제 와 굳이 자신을 찾을 일은 없을 거라고 생각했다.

　혜진은 '내가 왜 새삼스럽게?'라며 고개를 내젓고 속히 잊어버리려 했으나, 하루이틀 지나면서 그래도 죽기 전에 한번 보자는데, 하는 생각이 들어 마음을 움직여보기로 했다. 그래서 증권사에 다니는 첫째 명수와 제빵사인 딸 인영에게 전화를 걸어 바람 쐴 겸 주말에 부여에 다녀오자고 넌지시 떠보았다. 담합이라도 한 듯 남매는 발끈하며 "아니 거긴 뭐하게요?"라며 그녀의 심정을 무색하게 만들었다. 그들도 진작에 부여에서 보내온 연락을 받은 터였다.

자신이 왜 이러나 싶으면서도, 혜진은 부소산성 아래서 봄철에 맛볼 수 있는 웅어회나 한 접시 먹으면서 지난 얘기라도 하자며 남매를 설득했다. 심지어 이런 말까지 늘어놓고 있자니 절로 한숨이 나왔다.

"에미가 여태껏 너희들에게 무엇을 청한 적이 있느냐. 그렇다고 밥 한 끼라도 얻어먹으려 하겠느냐."

20년 전에 혜진은 그야말로 맨몸뚱이로 집을 나왔다. 고지식하지만 섬약하던 남편을 윽박질러 허름한 집 한 채 마련할 정도의 돈은 짜낼 수 있었겠으나, 무슨 자존심이었는지 당시엔 그조차 죽기보다 싫었다. 해서 그녀는 지금의 백화점 매장을 하나 갖기까지 식당 종업원으로 시작해 친구의 옷 가게 점원에, 마트 캐셔에, 보험 설계사에 온갖 일을 하며 혼자 버텼다. 그간에 주위의 성화로 두어 번 남자도 만나보았으나, 어째 옹색하고 추접한 느낌이 들어 지레 뿌리치고 말았다. 그나마 자족하는 건 늙어서 자식들한테 손을 벌리지 않아도 될 만

큰 삶을 일궈냈다는 데서 오는 홀가분함이었다.

혜진은 어렵사리 남매를 타일러 일요일에 동서울종합터미
널에서 만났다. 자식들이라곤 하지만 이들도 1년에 고작 두
어 번이나 볼까 말까 했다. 명절에 생각나면 전화를 걸어오거
나 잠깐 들렀다 가는 정도였다. 그렇다고 서운한 감정 따윈
품지 않았다. 어차피 자신도 팽개치듯 집을 나온 처지임을 잊
지 않았다.

부여까지는 세 시간이 걸릴 터였다. 남매는 운전석 뒤에 나
란히 앉아 내내 속닥거렸고, 혜진은 중간께 앉아 봄빛이 부풀
어 오르고 있는 창밖을 내다보다 깜빡 잠이 들었다.

활석(滑石)으로 만들어진 그 '여인상'만 아니었다면 오늘날
가족이 이렇게 뿔뿔이 흩어져 살지는 않았을 거였다. 그것은
대략 30년 전, 수호가 학생들과 '백제 문화 유적 답사'로 부여
에 다녀오면서 집 안에 들어오게 되었다. 그의 말에 따르면
청동기 시대 선사 취락지인 송국리에서 발견한 유물이라고
했다. 발끝에 무언가가 밟혀 무심코 흙을 걷어내다 보니 놀랍
게도 손바닥만 한 여인상이 서서히 모습을 드러냈다. 머리 부
분 일부가 깨져 비록 온전한 형태는 아니었으나, 순간 그는
숨이 멎고 온몸이 불에 타오르는 듯한 전율에 휩싸였다. 천을
두른 머리 아래로 드러난 기품 있는 이마, 명상하듯 반쯤 감
긴 눈, 희미하게 미소를 짓고 있는 입술이 오묘한 조화를 이

뭐 뭐라 말할 수 없이 신비로운 느낌을 자아내고 있었다. 이것이 과연 청동기 시대의 유물이란 말인가! 아니면 백제 성왕이 이곳에 터를 잡고 사비 시대를 열었던 시기에 어느 장인에 의해 만들어진 것일까. 그렇다고 해도 무려 1400년 전의 유물이라는 얘기였다. 누가 보면 안 되겠기에 그는 여인상을 감싸 안고 덜덜 떨면서 서둘러 그 자리를 벗어났다.

그 정체불명의 여인상이 손에 들어온 뒤 수호는 하루가 다르게 사람이 변해갔다. 혜진이 보기에는 암만해도 그가 여인의 혼령에 빙의가 된 성싶었다. 그는 밤마다 서재에 틀어박혀 여인상을 끌어안고 한탄을 하기도 하고 혼이 나간 듯 중얼거리기도 하고 때로는 흐느끼기까지 했다. 혜진은 아예 안중에도 없었다. 아침저녁 밥상머리에 앉을 때도 늘 정신은 딴 데가 있는 얼굴이었고, 무얼 물어도 대답조차 제대로 하지 못했다. 혜진은 처음엔 다만 어이가 없었지만, 날이 갈수록 걷잡을 수 없는 무력감에 시달렸고 몽매에도 생각지 않았던 질투심에 사로잡혔다. 그녀는 넋이 나간 듯한 수호의 얼굴을 마주할 때마다 버림받은 여자처럼 심정이 사나워졌다. 그가 결국 그 여인의 혼령과 사랑에 빠졌음을 깨달았던 것이다.

그게 정작 잘못한 일이었을까? 혜진은 이따금 옛일을 돌아보며 의혹에 사로잡힐 때가 있었다. 하지만 그때는 달리 방법이 없다고 믿었다. 그녀는 충동적으로 남편이 책상 서랍 깊숙이 감춰두었던 그 여인상을 훔쳐 밖에 내다 버렸다. 그 후에 벌어진 일들은 차마 돌아보고 싶지도 않았다. 수호는 미친 사람처럼 돌변해 쥐 잡듯 혜진을 닦달하기 일쑤였고, 주말이면 어딘가로 사라졌다가 일요일 밤늦게 돌아오기를 반복했다. 짐작건대 부여를 왕래하는 눈치였다.

그쯤에서 그쳤으면 좋았으련만, 수호는 어떤 여자와 만나기 시작했다. 어디서 무얼 하다 온 여자인지 한복 차림에 양산을 쓰고 아파트 앞 커피숍에 출몰하거나, 두 사람이 버젓이 놀이터 벤치에 앉아 노닥거리기도 하는 것이었다. 아무리 아파트 단지라지만 소문이 나지 않을 리 없었다. 그런 말이 귀에 들려오면 혜진은 수치심에 몸을 떨었다. 하지만 수호는 좀처럼 제자리로 돌아올 기미가 없었다. 그뿐만이 아니었다. 이후 혜진에게 눈길 한번 제대로 주지 않았다. 그럼에도 혜진이 10년 가까이 집을 지킨 건 어린 자식들과 깨진 종지의 간장처럼 말라붙은 자존심 때문이었다.

부여 시외버스 터미널에 내려 세 사람은 택시를 타고 수호가 살고 있는 집을 찾아갔다. 아득히 백마강이 내려다보이는 방 두 칸짜리 집에서 그는 해골 같은 몰골로 목숨을 부지하고 있었다. 한눈에 봐도 새까맣게 찌들어 조만간 숨을 놓을 것처럼 보였다. 처자식이 들이닥쳤는데도 그는 자리에서 일어나지 못하고 등을 벽에 기댄 채 눈만 껌벅거렸다. 이불을 끌어당겨 한사코 아랫도리를 덮는 동작만 간헐적으로 되풀이했다. 먼저 입을 연 것은 혜진이었다.

"곧 떠나려나 보우. 염치 몰수하고 이렇게 부른 걸 보니."

수호가 가물가물한 눈빛으로 혜진을 바라보았다.

"금세 돌아갈 작정이니, 마지막으로 할 말이 있으면 하시구려. 마침 애들까지 와 있으니."

남매는 아비의 얼굴을 외면한 채 멀뚱히 천장만 바라보고 있었다. 수호가 가래 섞인 목소리로 더듬거렸다.

"요새는 어제 기억조차 까마득해. 작년, 재작년 일은 제쳐 두더라도."

"그럼 지금 기억나는 건 뭐유?"

혜진이 냉랭한 투로 물었다. 수호가 가쁜 숨을 몰아쉬며 말을 이었다.

"글쎄, 그게 그러니까, 그때 기억만 선명하게 되살아나는데 말이오. 젊었을 때 내가 학생들을 데리고 여기서 멀지 않은 송국리에 간 적이 있었지. 청동기 시대 유적지 말이야. 한데 발끝에 무언가가 밟히는 게 아니었겠소? 아, 그건 저 무량한 시간 속에 잠들어 있던 옛 여인이 부지불식간에 깨어나는 순간이었지. 그때가 지금도 꿈인 듯 생시인 듯 자주 떠오르는군."

세 사람은 숨을 죽이고 수호를 노려보았다.

"그 여인을 내 그토록 사무치게 연모할 줄은 미처 몰랐어. 그건 저주와 다름없는 일이었지. 허나 그게 내 팔자소관이자 피할 수 없는 운명이기도 했겠지."

"그래서요?"

가만히 도사리고 있던 딸 인영이 툭 쏘아붙였다.

"돌이켜보니 그 운명도 괜찮지 않았나 싶어. 그건 아무한테
나 주어지는 운명은 아니었을 테니까. 식구들에겐 비록 안된
일이었겠으나."

인영이 내처 쏘아붙였다.

"안된 정도가 아니었죠! 엄마가 집을 나가고 나서도 아빠
는 우리한테 눈곱만큼도 관심을 두지 않았어요. 설령 고아라
해도 그럴 수는 없는 거잖아요."

잠자코 있던 명수가 슬쩍 끼어들었다.

"인영아, 그만해."

"바쁠 텐데 와줘서들 고맙다. 그래, 너희들한테는 내가 많
이 미안했다. 얼굴 봤으니 이제 가봐도 된다."

이어 수호는 혜진을 돌아보며 물었다.

"근데 임자, 내 한 가지 물어봐도 되겠소?"

"······이제 와 내가 당신한테 못 들을 얘기가 뭐 있겠수. 제
발로 집을 나와 20년이나 지난 터에."

"그거 당신이 감췄소? 아님, 어디 내다 버렸소. 임자, 죽기
전에 내 그것만은 알아야 하지 않겠소?"

무슨 뜻인지 혜진을 금방 알아들었다. 그러나 웬일인지 사
실대로 말하고 싶지는 않았다. 아직도 억하심정이 남아 있는

걸까?

"나는 모르오. 내가 어찌 여태 그걸 기억하겠수. 그러니 당신도 그만 잊어버리시구려."

말을 마치기가 무섭게 혜진은 자리에서 일어났다. 남매도 따라 일어섰다.

"요 아래 식당에 내려가 웅어탕이나 한 그릇 올려 보낼 테니, 그거나 새김질하며 챙겨 드시구려."

수호를 놔둔 채 세 사람은 밖으로 나왔다. 그들이 수호의 집에 머문 것은 채 한 시간 남짓도 되지 않았다. 큰길로 나와 세 사람은 정류장에서 버스를 타고 부소산성 아래에 있는 식당으로 갔다. 들녘과 산모퉁이에 피어 있는 꽃들을 바라보고 있자니 혜진은 불현듯 마음이 시려왔다. 아주 오래전의 일이 되겠다. 수호와 결혼한 뒤 그녀는 부여에 몇 번 다니러 온 적이 있었다. 당시 그가 했던 말이 떠올랐다.

"부여는 늘 고적하고 쓸쓸한 기운에 감싸여 있지. 백제가 멸망한 땅이어서 그런 걸까? 그래서 그런지 여기 사람들은 발소리를 죽이며 다니고 당최 말들이 없어. 그래도 난 내 고향 부여를 사랑해. 무량사, 정림사지, 능산리 고분, 고란사, 낙화암, 백마강…… 이런 것들이 나를 잉태하여 사람으로 거듭나게 해줬으니 말이야."

세 사람은 가정집을 개조한 식당에 앉아 웅어회 백반을 주문했다. 봄철 부여에나 와야 받아볼 수 있는 상차림이었다.

혜진과 명수는 주거니 받거니 소주 한 병을 비웠다. 모두 여운이 남아 있는 표정이었으나, 별다른 얘기는 주고받지 않았다. 이윽고 혜진이 어두워지기 전에 올라가자며 자리를 털고 일어났다. 계산을 하기 전에 그녀는 식당 아주머니에게 웅어탕을 한 그릇 포장해달라고 했다.

"내가 집을 알려줄 테니, 이것 좀 사람을 시켜 보내줄 수 있겠수? 혼자 사는 늙은이인데 한 그릇 먹이고 싶어서 그런다우."

식당 아주머니는 그러마고 선선히 고개를 끄덕였다. 뒤미처 혜진은 손사래를 쳤다.

"아니, 됐소. 내가 알아서 하리다."

포장한 웅어탕을 손에 들고 식당에서 나와 혜진은 명수를 돌아보았다.

"너 이것 좀 애비한테 갖다주고 올래? 우리는 버스 터미널에서 기다리고 있을 테니."

명수는 혜진이 들고 있는 비닐봉지를 물끄러미 내려다보다 고개를 끄덕였다.

"얼른 휘이 갔다오거라."

명수가 택시를 잡으려는 순간, 혜진이 다시 한번 그를 불러 세웠다.

"그리고 가는 길에 이 망할 놈의 물건도 니 애비한테 던져주고 오너라."

혜진은 주섬주섬 가방에서 붉은 비단에 싸인 손바닥만 한 물건을 꺼내 명수의 손에 쥐여주었다.

"뭐냐고 묻지는 말거라. 오래전에 내다 버렸던 물건인데, 무슨 미련이 남았는지 도로 가져와 지금껏 내가 가지고 있었다."

택시가 출발한 뒤 혜진은 인영의 손을 붙잡고 부소산성 아래를 흐르고 있는 백마강으로 갔다. 그새 저녁 빛에 잠기고 있는 강 한복판으로 돛을 단 유람선 한 척이 거대한 혼령처럼 떠가고 있었다.

"누구 말마따나 여긴 참으로 쓸쓸하고 고적한 곳이로구나."

잠시 후 인영이 목에 걸린 소리로 중얼거렸다.

"이대로 올라가도 되겠어요? 우리야 그렇다 치고, 엄마 말예요."

서서히 붉은 기운이 번지는 강을 바라보며 혜진이 대꾸했다.

"서울에서 내려올 때는 송국리라는 델 한번 가보고 싶었는데, 시간도 늦었으니 오늘은 그만 올라가자. 니 애비가 죽으면 그때 다시 한번 내려와야 할 테니 말이다."

말끝에 혜진이 냅다 받은소리를 했다.

"뭐, 청동기 시대? 지랄 염병하고 자빠졌네! 백제 때라면 혹시 또 모를까, 안 그러냐?"

"……"

"이 강바닥에다 던져버렸어야 했는데, 내가 왜 그 화상한테 다시 그 물건을 돌려보냈는지 모르겠다."

인영은 슬쩍 혜진의 얼굴을 돌아보았다. 무얼 잘못 보았던 것일까. 혜진의 얼굴에 찰나 의미를 알 수 없는 오련한 미소가 떠올랐다.

제비가 떠난 후

김형중
(문학평론가)

1

전갈이 없었으므로 나는 그의 어머니가 귀천했단 소식을 나중에야 들었다. 발인도 한참 지난 후였으므로 조문하지 못했다. 이 책의 해설을 쓰려던 참이었고, 그래서였던가, 제비들이 떠나고 나면 묵묵부답 완전한 침묵에 들었다가, 첫눈과 함께 집을 나가기를 반복하던 어떤 어머니의 이미지가 떠올랐다. "여자는 영원의 나라를 왕래하는 철새 같은 존재란다"(「제비를 기르다」, 『제비를 기르다』, 창비, 2007, p. 57)라고 말하던 그 어머니가 제비 따라 영영 가셨구나 싶었다. 첫눈 온 뒤의 일이었다.

2

그랬다. 제비의 운명을 타고났던 그 어머니 말고도 윤대녕 소설에 등장하는 인물들은 주로 저쪽 영원의 나라와 이쪽 지상의 나라를 '왕래'하며 살았다. 그랬으므로, 모두 은어 같았고 연 같았고 제비 같았다. 말하자면 그들은 "근원결락강박"(「국화 옆에서」, 『은어낚시통신』, 문학동네, 1994; 개정판, 문학동네, 2000, p. 223)을 앓고 있는 이들이어서 잃어버린, 혹은 잃어버렸다고 가정된 근원을 찾아 떠나지 않고는 배길 수 없는 습성, 곧 역마를 타고난 사람들이었다. 밥상머리에 말 한 마리가 불쑥 고개를 내밀고는 "자! 이제! 가자!!"(「말발굽 소리를 듣는다」, 개정판 같은 책, p. 172)라고 말하면 냅다 수저를 내팽개치고 자리에서 벌떡 일어나 백년 만에 한 번 편다는 대나무 꽃을 보러 떠나는 사람들이 윤대녕의 주인공들이었고, 여행 와중에 그들이 겪은 무수한 우연과 필연의 사연들, 다치고 다치게 하는 관계와 연애들, 그것이 윤대녕 소설의 뼈대였다. 이른바 '존재의 시원을 찾아서'(남진우)라는 말이 윤대녕의 소설 세계를 요약하는 관용어가 된 것도 그런 이유였다.

3

그런데 '왕래'라고 했거니와 떠나기 위해서는 원심력이 필요하고 돌아오기 위해서는 구심력이 필요하겠다. 척력만 강하면 떠나 돌아오지 않을 것이고, 인력만 강하면 애초에 떠나지 않을 것이기 때문이다. 그러므로 '왕래'하는 윤대녕의 소설들은 원심력과 구심력의 역학 관계 속에서 형성되었다고 해보자. 그럴 때 초기 윤대녕 소설의 경우 원심력이 구심력에 비해 강했단 사실은 틀림없어 보인다.

가령 나는 지금 윤대녕의 아름다운 단편들 중에서도 으뜸이라 여기는 「빛의 걸음걸이」(『많은 별들이 한곳으로 흘러갔다』, 생각의나무, 1999; 개정판, 문학동네, 2010)를 떠올리고 있다. 서두에 고향 집의 평면도를 그려놓고 시작하는 그 작품 말이다. 1972년에 지어진 그 집에서 빛의 걸음걸이가 가장 먼저 시작되는 동쪽 건넌방에는 해산한 여동생이 머문다(새 생명과 젊음은 항상 동쪽에 머무는 법이다). 서쪽 건넌방에는 병든 누나가 산다(그 방에 황혼 녘에야 빛의 걸음이 닿는 것은 당연한 이치). 그리고 북쪽 안방에는 이제 죽음을 맞이할 참인 어머니가 산다(빛이 그 걸음걸이를 다 마치는 순간 어머니는 죽는다).

이쯤 되면 저 낡은 집이 생로병사를 주관하는 시간의 집이고, 생명 있는 것이라면 무엇이나 반드시 경과해야 하는 생애

266

단계를 공간화해놓은 집이란 사실은 짐작 가능하다. 다만 궁금한 것은 "스물여섯 살 이후 그곳이 내게는 일 년에 그저 서너 번쯤 내려와 묵고 가는 허름한 호텔방이었다. 나는 부모형제와도 어쩔 수 없이 반쯤은 타인인 나이가 돼버려 안방은 물론이고 동쪽 건넌방이나 서쪽 건넌방에 있으면 몹시도 부자연스럽고 불편하기만 했다"(「빛의 걸음걸이」, 개정판 같은 책, p. 121)라고 말하는 화자가 어디에 머물고 있는가 하는 점이다.

그는 해바라기 방에 머문다. 그 방은 해바라기밭 위에 만들어졌고 대문에서 가장 가까운 곳에 위치해 있다. 물론 해바라기는 빛이 걷고 있는 동안은 지상이 아닌 하늘만 바라보는 꽃이고, 대문에서 가장 가까운 방은 아무 때나 떠나기에 가장 적합한 방이다. 말하자면 강력한 원심력의 자장권 내에 위치한 방이다.

그렇게 '잃어버린 무언가'가 저기 바깥 먼 데 있다는 듯, 항상 떠날 채비를 못 해 안달이었던 무모한 인물들이 초기 윤대녕 소설의 주인공들이었다. 그리고 윤대녕의 소설이 그토록 아름다웠던 이유가 바로 그 원심력에 지배당한 자들의 '무모함'에 있었다. 자명한 실현 불가능성을 부인하고 '존재의 시원'을 찾아 길 위를 떠도는 동안, 그들의 여행은 무척이나 장관이었다. 설사 그들 모두가 여행의 목적지에 도달하여 자신의 '시원'과 생생하게 맞대면하지는 못했다 할지라도, 그의 모든 주인공들이 가진 소리와 빛에 대한 예민한 감수성이 아름다웠고, 달, 꽃, 죽음, 물 등의 신화적 이미지들과 교합할 줄 아는 그의 언어들이 아름다웠다. 그중에서도 특히 『많은 별들이 한곳으로 흘러갔다』에 실린 여러 단편이 아름다웠다.

4

그러나 이 제비와 역마의 가계에서 서쪽 방의 누나인들, 북쪽 방의 어머니인들 대문 옆, 떠나기 좋은 방에 머문 적이 없었을까? 게다가 빛은 그 뒤로도 계속 걸음을 재촉했을 터이고, 화자의 왕래도 다리에 힘을 잃었을 테니 어느 시점 그 역시 방을 옮겨야 하지는 않았을까?

그렇게 윤대녕의 소설에서도 구심력이 원심력을 제압하거나 최소한 동등한 위력을 발휘하는 시기가 온다. 그 시기는 대체로 소설집 『누가 걸어간다』(문학동네, 2004)에 실린 작품들이 발표되던 2000년대 중반 즈음이 아니었나 싶다. 그리고 그런 경향이 확연해지는 것은 (『많은 별들이 한곳으로 흘러갔다』 이후) 그의 가장 빼어난 단편들이 실려 있는 『제비를 기르다』에서였다. 가령 「낯선 이와 거리에서 서로 고함」(『누가 걸어간다』)의 화자가 무더운 여름에도 밤새 배낭을 메고 도시의 한복판을 걷는 것은 떠나기 위해서가 아니다. 그에게도 역마가 없지 않아서 일상 바깥을 꿈꾸지 않는 바는 아니나, 그가 걷는 것은 돌아오기 위해서다. 그는 떠나기 위해 걷는 것이 아니라 떠나지 않기 위해 가까스로 걷는다. 같은 책에 실린 「올빼미와의 대화」는 구심력과 원심력이 대등하게 길항하는 그 시기 윤대녕 소설의 역학을 상징적으로 보여주는데, 이 작품은 아내가 집을 비운 사이 지난날의 이방 강박을 종용하는 자아와 그 시절을 옛 시절로 돌리고 정주하려는 자아 간의 갈등에 대한 기록이다. 화자에게 밤마다 걸려오는 전화의 진짜 발신자는 원심력이다. 통화에 매혹당하면서도 그를 경계하는 전화의 진짜 수신자는 구심력이다.

이후 「편백나무숲 쪽으로」(『제비를 기르다』)를 발표한 것이 2006년 봄(『문학동네』 2006년 봄호), 이 작품에서 평생을 떠도는 삶으로 일관하던 아버지가 돌아와 '대정(大定)'을 맞는 곳은 고향의 3백만 평 편백나무 숲이다. 수구초심…… 구심력이 최종적으로는 원심력을 압도한다. 이 작품을 읽을 즈음 나는 이제 윤대녕이 그토록 찾아 헤매던 존재의 시원이 원래 자신이 있었던 곳, 삶 이전에 있었던 곳, 말하자면 죽음이 된 것은 아닐까라는 생각을 했던 것도 같다. 이후로 윤대녕 소설 속 주인공들은 여행을 계속했지만 그것은 떠나기 위해 돌아오는 여행이 아니라 돌아오기 위해 떠나는 여행이었다. 낭만적 풍모는 사라지고 삶의 고단함이 묻어나는 여행이었다. 말투는 건조해지고 묘한 달관의 느낌이 나는 문체가 냉정했다. 『대설주의보』(문학동네, 2010)의 해설을 쓰면서 신형철이 '범

속한 비극'이라는 말로 요약하려 했던 바도 아마 그런 변화였던 듯하다.

시스템과의 낭만적 긴장 대신 '생'이라는 불가항력이 소설을 이끈다. 무언가를 바꾸기에는 너무 늦어버렸다는 체념이 소설 곳곳에 자욱하다. 귀소의 모티프가 있되 그것은 신생을 예감하는 영원회귀의 귀소가 아니라 죽음을 준비하는 수구초심의 귀소다. 〔……〕 남녀를 불문하고 윤대녕의 인물들은 이제 병들어 견디고, 견디며 죽어간다.(신형철, 「은어에서 제비까지, 그리고 그 이후」, 『대설주의보』 해설, p. 285)

5

병들어 견디고, 견디며 죽어가는 사람들의 이야기를 쓰는 일은 작가로서는 무척이나 힘들었을 것이다. 전력을 다해 쓰는 작가들은 작중인물들과 같이 앓고 같이 죽기도 하는 법이니까. 그러나 작중인물이 아니라 실제의 인물 수백 명이, 그것도 바로 자신이 지켜보는 눈앞에서 수장당하는 광경을 보는 일은 아예 차원이 다른 고통을 가져다준다. 세월호 참사는 윤대녕에게도 어김없이 심각한 심리적 외상을 가져다주었던 듯하다. 장편 『피에로들의 집』(문학동네, 2016) 후기에서 윤대녕은 이렇게 쓴다.

계간지 연재가 시작될 즈음 세월호 사고가 발생했다. 나는
그만 말문이 막혀버렸다. 이후 만성적인 우울과 불안에 시달
리며 쓰다, 말다를 반복하면서 작가임을 스스로 한탄하기도
했다. 결국 연재가 한 차례 중단된 뒤, 나는 미완의 원고를
들고 밖으로 나갔다.(『피에로들의 집』 작가의 말, p. 248)

말을 업으로 삼은 작가에게서 들을 수 있는 가장 참담한
말, 그것은 아마도 '말문이 막혔다'이리라. 그러니까 내게 전
해진 윤대녕의 새 소설집 『누가 고양이를 죽였나』의 원고들
은 모두 그의 말문이 막힌 다음에 씌어진 것들이었고, 그래서
나는 작품들 자체보다 되레 그 속에 담긴 작가의 안부가 궁금
했다. 아니나 다를까, 참사 이후 그 역시 이 나라의 진지한 작
가들 대부분이 그렇듯이 안녕하지 못해 보였다. 원고를 통독
해보니 이즈음 그를 사로잡고 있는 것은 '타나토스와 총' 그
러니까 죽음 충동과 분노의 정념이었다.

6

루카치가 소설이란 애초에 일종의 여행담이라고 했으니 원

심력 없는 소설은 존재하기 힘들다. 피터 브룩스의 말을 빌려와도 사정은 마찬가지다. 이야기를 만들고 이어가려는 원심력으로서의 에로스와 이야기를 끝내고 사건을 종결지으려는 구심력으로서의 타나토스가 없다면 소설은 일정한 분량의 이야기로 완성되지 않는다. 그러니 세월호 이후에도 윤대녕의 소설들에 여행담이 적지 않다고 나무랄 일만은 아니다. 게다가 여행의 성격 자체가 완연하게 변했다. 죽은 자의 흔적을 좇는 여행, 죽고자 떠나는 여행, 사랑하는 이의 죽음으로부터 기원한 여행……

가령 첫번째 작품인 「서울─북미 간」의 K는 돌연한 딸의 죽음으로 인해 가정이 완전히 파탄 난 상태다. 심리적 외상으로 인해 우울증과 알코올 중독에 빠져 있던 그가 북미 여행을 결심한 것은 세월호 참사를 겪은 후다. 참사는 그의 정신을 완전히 피폐하게 만든다. 결국 캐나다로 떠난 그는 페이스북을 통해 알게 된 여성 H를 만난다. 그러나 초기 소설과 달리 둘의 만남에는 어떤 떨림이나 에로틱한 분위기도 없다. H 역시 삼풍백화점 붕괴 때 남편을 잃고 평생을 고통에 시달리며 살아온 인물임이 곧 드러나기 때문이다.

「나이아가라」에서도 사정은 마찬가지인데, 화자가 북미 대륙 횡단 열차 여행을 감행하는 것은 죽은 '삼촌'(실제로는 남)의 흔적을 찾기 위해서다. 여행의 끝에서 그가 깨닫는 것은 삼촌이 자신을, 그리고 자신 역시 그를 마음 깊이(얼마간 동성애적으로) 사랑했다는 사실이다. 비슷하게 「백제인」의 주인공이 떠도는 삶을 택한 것은 1400여 년 전에 죽은 여인의 조상을 사랑했기 때문이다. 죽음에 대한 사랑, 그러니까 타나토스가 그의 평생을 지배했다. 다른 작품 「경옥의 노래」는 초기의 걸작 「상춘곡」(『많은 별들이 한곳으로 흘러갔다』)과 대조해서 읽을 때 흥미롭다. 「상춘곡」의 화자는 낭만적이게도 벚꽃의 개화 속도에 맞춰 옛 여인이 홀로 사는 곳까지 북상한다. 그러나 「경옥의 노래」의 경옥은 이미 죽었고, 그녀를 사랑했던 상욱은 이제 죽은 그녀를 화장해 재를 뿌리러 다닌다. 죽은 연인과 함께 다녔던 곳들을 돌아다니며 그녀의 재를 뿌리는 일, 그것은 죽음의 여행이고 애도의 여행이다.

게다가 '대정'이나 '존재의 시원'이나 '정화' 같은 낭만적인 이름을 붙이기에는 그 죽음들의 성격이 너무나도 현실적이고 비참하다. 가령 「밤의 흔적」에서 출몰하는 죽음들은 이렇다. 번개탄을 피워놓고 자살한 오십대 중반의 기러기 아빠(그의 유언은 이랬다. "한사코 끌어안고자 했던 삶이 마침내 칼이 되어 내 심장을 찌르는구나." 그리고 벽에는 마치 초기 윤대녕 소설의 흔적이라도 되는 것처럼 백양나무 가로수 사이로 당나귀 한 마리를 끌고 가는 남자의 뒷모습이 흐릿하게 찍힌 사진이 걸려 있었다), 죽은 후에도 다섯 달 동안이나 방치되어 있다 발견된 독거노인, 지방에서 올라와 실업 상태를 비관해 죽음을 예고하고 자살한 이십대 청년, 애니멀 호딩 주인에 의해 버려져 아파트에서 죽은 채 썩은 십수 마리의 고양이와 강아지 들 (그 장면의 묘사는 삼가는 게 좋겠다)……

이런 압도적인 죽음들 앞에서 자살에 실패한 여자의 꿈속에 등장하는 '암리타'(생명의 물)가 발생시키는 원심력은 한갓 체념한 자들의 꿈 이상이 되지 못한다. 차라리 현수의 인간에 대한 다음과 같은 정의가 마음에 더 와 닿는다. "우리는 죽음의 언저리를 맴돌며 그것을 파먹고 사는 까마귀 같은 존재라는 생각이 들어. 안 그래?"(p. 158) 현수로 하여금 저런 말을 하게 할 때, 지금 윤대녕은 인간을 '호모 타나토스'라고 정의하고 있지 않은가!

요컨대 이번 소설집에서 윤대녕의 인물들이 떠나는 모든 여행은 죽음을, 그것도 아주 현실적이고 구체적인 죽음을 싸고돈다. 죽기 위해, 죽음을 피해, 죽음을 좇아 떠나는 여행들만이 즐비하다. 마치 피터 브룩스의 말을 뒤집어서 에로스가 아니라 타나토스의 힘으로 써 내려간 소설들이랄까?

7

죽음과 함께 이번 소설집에서 도드라지는 윤대녕의 변화를 꼽으라면 그것은 '사회적인 것'의 '귀환'이다. 물론 꼼꼼하게 윤대녕의 작품들을 따라 읽어온 독자들이라면 그간 그의 작품들 속에 (마치 배경처럼 스쳐 지나가기는 하더라도) 사회적 시간과 공간들이 아예 부재하지는 않았다는 사실을 알고 있을 줄 안다. 가령 『미란』(문학과지성사, 2001)처럼 전형적인 연애담에서조차 주인공 성연우가 젊은 날 제주도로 여행을 떠나던 시점은 '1년 앞으로 다가온 서울 올림픽' 탓에 공항에서의 검색이 강화되고 있었다고 명기되고, 제주도의 민박집('명왕성'이라는 이름의) 옆방에서는 운동권 학생들이 노래를 부르고 있었고, 오미란이 연우의 사랑을 처음 승낙했던 날은 1987년 5월 16일(!)이었고, 서귀포에서는 초병의 느닷없는 암호가 튀어나와 엄연한 분단 현실을 강조하기도 했으며, 변호 의뢰인 김학우는 연우의 양심 없는 비정치성을 책하기도 하지 않았던가?

그러나 윤대녕이 이번 소설집에 실린 「총」에서처럼 오로지 대사회적 분노의 정념을 드러내놓고 표출한 적은 내 기억에는 없다. 베트남전에 참전해 무공훈장을 받고 이러저러한 추문과 비리에도 불구하고 국가 유공자 자격으로 여러 혜택을 누린 늙은 가부장, 온갖 폭력과 추궁으로만 가족을 대했던 이 늙은 국가주의자를 보면서 광화문의 태극기 어르신들(이 말을 쓰고 싶지 않지만)을 떠올리지 않기는 힘들다. 아들 명기가 그의 이마에 권총을 들이댔을 때의 분노, 그러나 마치 무슨 버릴 수 없는 유산이라도 되는 것처럼 그를 차 뒷좌석에 태우고 돌아가야 할 때 느끼게 되는 막막함은 이전의 윤대녕 소설에서는 느껴보기 힘든 정념이다.

한때 '생물학적 상상력'으로 '사회학적 상상력'의 고갈을 극복하고 1990년대 한국 문학을 개시했다는 평을 받았던 윤대녕이 쓴 작품으로서는 드물게 사회학적인 작품들은 더 있다. 표제작인 「누가 고양이를 죽였나」에서 윤대녕은 만연한 가부장적 폭력과 피해 여성들의 동료애적 연대를 그려 보이는가 하면, 앞서 거론한 「서울-북미 간」에서는 세월호 참사와 삼풍백화점 붕괴 사건을 연결시킴으로써 한국 사회의 취약하고 부패한 근대성을 역사화하기도 한다. 이즈음 윤대녕은 명백히 '사회적인 것'으로 귀환하고 있음에 틀림없다.

8

사회적인 것의 '귀환'이라고 했거니와 이 말은 윤대녕의 소설이 사회적인 것들과 무관하지 않았던 적이 있었음을 의미한다. 돌아오거나 돌아간다는 것은 한 번쯤은 있었던 곳으로 간다는 의미이고, 엄밀하게 그런 의미에서 나는 윤대녕의 소설에 최근 사회적인 것들이 '등장'하기 시작했다고 쓰지 않고 '귀환'하고 있다고 썼다.

한 평론가의 '존재의 시원을 찾아서'라는 아주 적절하고도 아름다운 명명 이후 『은어낚시통신』은 대체로 그 방향으로만 해석되어왔다. 그러나 꼼꼼하게 다시 읽어보면 『은어낚시통신』은 전혀 균질적인 텍스트가 아니다. 첫 창작집이 대체로 그렇듯이 그 작품집 안에는 「은어」 「말발굽 소리를 듣는다」 「국화 옆에서」 같은 작품들만 있지는 않았다. 「눈과 화살」도 있었고, 「그를 만나는 깊은 봄날 저녁」과 「January 9, 1993 미아리 통신」도 있었다. 김승옥 계열에 속한 후자의 두 작품은 논외로 하더라도 「눈과 화살」에서 나는 이런 구절들을 읽은 적이 있다.

—이 순간에도 철조망 안으로 누군가 나를 들여다보고 있다. 아, 거대한 눈, 그것은…… 그렇다, 모든 등록번호와 생년월일과 본적과 탁아소와 학교와 병원과 기타 공공기관과 교통시설과, 모든 제도가 만들어놓은 것들은 그 자체로 하나의 거대한 감시의 눈이 된다. 살아 숨 쉬는 외눈박이 괴물의 눈! 그것은 내가 볼 수 없는 어두운 곳에, 높은 곳에서 나를 주시하고 있다. 횡단보도의 신호등 뒤에서, 자정이 넘은 술집에서, 등화관제 속에서, 전철의 개찰구에서, 기타의 행정구역에서…… 나는 그저 하나의 전형, 순종하는 전형일 뿐이다.

—너와 내가 나누어 가지고 있는 것 같으면서 사실은 서로를 억압하고 지배하는 권력의 효과를 나는 거부한다. 우리의 앎 속에서 그것은 미세한 힘으로 퍼져 생식을 거듭하고 있지.

—결국에 나는 광기에 사로잡힌 자로 분류되고 처벌될 것

이다. 어디, 유배를 보낼 터이지. 그러나 나는 광인임을 자인하며 유배지로 향한다. 그렇게 나는 나 자신을 심판해버린다. (『은어낚시통신』, 개정판 같은 책, pp. 374~75)

저 문장들에서 누구라도 카프카와 푸코, '규율권력'과 '이데올로기적 국가기구' 같은 단어들을 떠올리지 않기는 힘들어 보인다. 나는 언젠가 저 작품들을 두고 윤대녕이 '가지 않은 길'이라고 쓴 적이 있는데, 말하자면 윤대녕은 1990년대 초반에 누구보다도 일찍 푸코를 문학적으로 전유하려고 시도했을 만큼 사회적인 것들에 익숙한 작가이기도 했다. 다만 그가 어떤 이유론가(아마 그는 천생 아감벤적인 의미에서 '우울증적 주체'였던 것으로 보인다. 그리고 당시 시대는 그런 성향과 그런 소설을 원했다) 그 길을 가지 않았다. 그리고 이른바 '해석적 억압'의 원리에 따라 주류적 해석이 그로 하여금 다른 길은 제쳐두고 존재의 시원을 찾는 여행을 계속하도록 독려하기도 했으리라.

9

그의 소설에 사회적인 것이 '등장'한 것이 아니라 그의 소설이 사회적인 것으로 '귀환'하는 듯하다는 말은 이런 의미다. 그러니까 자신의 소설 속 주인공들이 그랬던 것처럼 작가 윤대녕도, 아주 긴 여행 끝에, 애초에 인연을 맺었으나 선택하지 않았던 어떤 길 앞에 다시 서 있다. 나는 그가 그 길에 다시 들어설지 그간 걸어온 길을 계속 걸을지 가늠할 수 없다. 그러나 그가 어떤 길을 선택하든 내가 그의 소설 읽기를 그만두지 않겠다는 약속은 할 참이다. 나도 제비의 습성을 가졌고, 늙은 국가주의자들을 그만큼이나 싫어하기 때문이다.

작가의 말

『도자기 박물관』(2013년 9월) 이후 대략 5년여 만에 여덟
번째 소설집을 낸다.

앞쪽에 실린 「서울-북미 간」과 「나이아가라」는 2015년
캐나다에서 머물던 시기에 씌어진 것이다. 「경옥의 노래」는
2016년 귀국 직후에 쓴 것이므로, 세 편의 소설이 북미 체류
와 연관돼 있다 하겠다.

2015년 1월에 나는 내심 'Out of Korea!'를 외치며 그야말
로 뿌리치듯 한국을 떠났다. 2014년 4월 16일 이후 나는 '작
가인 나의 죽음'을 경험했고, 더 이상 글을 쓸 수 없으리라는
예감에 깊이 사로잡혀 있었다.

망명지인 북미에서 그러나 나는 더욱 사나운 꿈에 쫓겨 다녔다. 한국에서의 기억들이 매 순간 나를 압박하며 괴롭혀댔다. 낯선 도시의 병원에 누워 있는 동안, 나는 우선 단 한 편의 소설이 필요하다고· 생각했다. 맨 앞에 수록된 단편 「서울 ─ 북미 간」이 그것이다.

그동안 나는 많이 변했다. 눈빛도, 얼굴도, 마음도. 내가 원하지 않거나 짐작하지 못한 방향으로 좀이 슬듯 뭔가 조금씩 계속 비틀리며 변하고 있음을 느꼈다. 그것을 자각하는 것은 몹시 괴로운 일이었다. 하지만 나는 그 변화를 결국 받아들일 수밖에 없었다. 모든 삶의 처지가 그러하듯이. 하물며 내가 나를 다시 작가로 인정하기까지 많은 경과가 필요했다. 당연한 얘기겠으나, 밤마다 거미줄을 치듯 한 줄 한 줄 글을 씀으로써 그것이 비로소 가능했다. 이제 겨우, 나는 되살아났다.

지난달에 귀천하신 어머니가 사무치게 그립다. 이 그리움을 가슴에 숯불처럼 끌어안고 또한 남은 생을 아득히 살아가야만 하리라. 책이 나오면 저 겨울에 계신 어머니부터 찾아뵐 생각이다. 더불어 앞으로 어떻게든 열 권까지는 소설집을 내야지, 라고 다짐하고 있다.

'객주문학관'에 특별히 감사드리고 싶다. 귀국 후 나는 청송에서 거듭 세 번의 여름을 나며 책을 읽고 운동을 하고 소

설을 썼다. 객주의 그 푸짐한 밥상과 술에 대해 얘기할 때면,
내 어머니는 무척이나 안도하는 표정을 짓고 기뻐하셨다.

2019년 1월 초순
윤대녕

수록 작품 발표 지면

서울 – 북미 간   발표 시 제목 「닥터 K의 경우」, 『문학과사회』 2015년 여름호

나이아가라   발표 시 제목 「눈물」, 『현대문학』 2015년 10월호

경옥의 노래   『문학동네』 2016년 가을호

총   『현대문학』 2017년 9월호

밤의 흔적   『문학사상』 2018년 4월호

누가 고양이를 죽였나   『문학과사회』 2018년 가을호

생의 바깥에서   『21세기문학』 2017년 여름호

백제인   『악스트』 2016년 11·12월호